U0946407

花火
魅丽文化
花火工作室

张　蓓
（桃子夏）
著

难过时
我会
记得笑

江苏凤凰文艺出版社
JIANGSU PHOENIX LITERATURE AND
ART PUBLISHING, LTD

图书在版编目（CIP）数据

难过时我会记得笑 / 桃子夏（张蓓）著. -- 南京 : 江苏凤凰文艺出版社，2014
ISBN 978-7-5399-7468-2

Ⅰ. ①难… Ⅱ. ①桃… Ⅲ. ①长篇小说－中国－当代 Ⅳ. ①I247.5

中国版本图书馆CIP数据核字(2014)第132240号

书名	难过时我会记得笑
作者	桃子夏（张蓓）
出版统筹	黄小初　邹立勋
选题策划	花火工作室
责任编辑	胡小河　姚　丽
文字编辑	林玉婷　宁为玉
责任监制	刘　巍　江伟明
出版发行	凤凰出版传媒集团 凤凰出版传媒股份有限公司 江苏凤凰文艺出版社
集团地址	南京市湖南路1号A楼，邮编：210009
集团网址	http://www.ppm.cn
出版社地址	南京市中央路165号，邮编：210009
出版社网址	http://www.jswenyi.com
经销	江苏省新华发行集团有限公司
印刷	湖南新华精品印务有限公司
开本	880×1230毫米 1/32
字数	296千字
印张	9
版次	2014年8月第1版，2014年8月第1次印刷
标准书号	ISBN 978-7-5399-7468-2
定价	25.00元

序

为了不辜负美好的时光

文 / 宁为玉

写这篇序的时候，我已经辞去《花火》杂志责任编辑的职务，准备全身心投入到自己第一本长篇小说《秋千会老》的创作中。

仔细说来，桃子夏的这本《难过时我会记得笑》出版过程是非常艰辛的，换了好几个责编，内容也是一改再改，而设计师中途还去生孩子了……历时之久，以至于终于定稿的那天，为玉我差点喜极而泣。

我跟桃子夏说，我一定要写个序，虽然我只是这本书的半路责编，但是跟我亲生的没有什么两样啊，我有好多话想要说，请一定给我这个机会。

然后，我得到了这个机会。可提笔时却又不知该从何说起，伴随着这本书的制作，我的人生也在发生着翻天覆地的变化。

我跟桃子夏真正熟悉起来是在拍《锦夜》剧情卡的时候，我们俩饰演一对情侣。但是在那之前，我们只见过一面，而我呢又是个闷骚的家伙，尤其在面对美女的时候会非常紧张，所以拍摄期间闹出了不少笑话。我还记得那天我们在屋顶上迎着狂风暴雨群魔乱舞了一个下午，最后收工的时候，摄影师长舒了一口气，说："为玉啊，你是不是暗恋桃子夏啊，这么娇羞……"

应该是从那个时候开始成为朋友的吧，那一个下午的合作，我在桃子夏的身上发现了一种温暖的气质，她就好像邻家的姑娘，真实而又美好，特别是时刻挂在嘴角的微笑，让人心旷神怡。

我一直相信文如其人，所以桃子夏在《难过时我会记得笑》的责编相继离职后让我负责这本书的制作时，我欣然接受，虽然那个时候我已经疲于应付职场上的各种难题。

工作间隙，我会跑到公司楼顶打电话给桃子夏，一起讨论各种细节。我趴在围栏上，俯瞰脚下的城市，由衷地觉得非常荣幸能够成为她的责编。而那些时日，天公作美，满满的都是温暖的阳光。当然，有时也会起争执，但深知彼此都是为了书好，便一笑泯恩仇。

2013 年年底，我因为工作的不顺利，心情烦闷，休了年假，恰逢桃子夏来长沙，我领着她到编辑部一日游，最后我们坐在阅览室里畅谈文学、梦想、生活，以及接下来的工作计划。我从未与人那般敞开心扉聊着我们都感兴趣的话题，以至于夜幕降临我送她回家时，我们还在大马路上畅聊如何丰富《难过时我会记得笑》的赠品。

桃子夏说："为玉啊，赶紧把你的《秋千会老》多写一点，到时好随'难过'的试读本赠送呀。"我说："我努力吧，不过袅袅的'樱花 2'倒是确定可以送试读本……"

我们在马路上聊了很久，那是十二月的中旬，长沙已经很冷，入夜时又刮起了大风，行人三三两两，偶尔会有一辆汽车呼啸而过。我们聊得忘记了时间，忘记了环境，路过的人也许会以为我们俩是难舍难分的小情侣，但有谁会想到我们是因为工作，因为我们热爱的文字，因为梦想，因为未来。

这应该就是真正意义上的朋友了吧，编辑和作者，就像伯牙和子期，高山遇流水，是为知音。

我一直很庆幸，我选择了编辑作为我的职业，即便此时此刻，我暂时放下了这份荣耀，但是我的梦想，我从未想过背弃。

而我答应了桃子夏要把《难过时我会记得笑》做好，所以即使我离职了，我依然会尽我最大的努力将这本书尽量完美地呈现在你们面前。

就算是为了不辜负彼此的信任，就算是为了不辜负那些逝去的美好时光。

C O N T E N T S

C O N T E N T S

目录

第一幕：蜜蜂与时光的刺

妈妈说，蜜蜂的刺连着一部分内脏，当它刺人时，内脏也会被牵出。所以蜜蜂不轻易刺人。明明会死也要击退敌人，那一定是为了保护比生命更重要的东西。所以啊，等你长大了，不要轻易地去恨一个人。竭尽全力去恨谁时，往往伤到的是自己。

难过时我会记得笑【第一章】

多年后，她也会如烙印般铭记着那一年的3月11日，那是一个花朵在风里簌簌落的三月天，温暖平常，一如年少时每个在复习里度过的下午。

那天妹妹和爸爸都不在家。

她闷在书房里勤勤恳恳做了五个小时数学试卷，却只有一套试卷的成绩低空飞过及格线——真是叫人气馁，怎么努力都够不着的绝望。恰恰这时妈妈进来了，她连藏一下不及格试卷的时间都没有。

"你试卷做得多，又花钱补了课……难道真的比别人笨一点？你妹妹跟你都是我生的，怎么她的成绩就一点儿也不让人操心？"

这样拿来跟妹妹比较已不是一次两次，那个"笨"字更是深深地刺痛了她的心。她顺手把试卷狠狠揉成一团扔进垃圾桶，负气道："反正我就是你生的，笨也是遗传了你的！"

妈妈脸色一沉。

"你别找借口，你跟你妹妹都是我女儿，都是同样的资质，为什么她能及格而你就不能？说白了，就是你还不够努力……"永远是这一套，"你不知道你妹妹多努力？年初我带她去北京参加艺考，大冬天的暖气坏了，她为了练功，头发上都结了一层薄冰。从小你就不肯早起，只有她听我的话，每天都是五点半起来练功，所以她就成功了啊！你看，是不是？还有……”

“够了够了！”她愤愤地拉开椅子往外走，“妈，你别这么偏心妹妹！你既然有她那么优秀的女儿，为什么当初不把我送人？你以为我想每天这么憋屈地过日子啊？其实我也不想做你的女儿，一天到晚净给你添麻烦！”

妈妈一怔，全然没想到从来温言软语的大女儿会这样怒不可遏地跟她顶嘴。年近五十的她忍了忍，屏息问：“你的意思是？”

“你偏心！你喜欢妹妹喜欢得太明显了！”为了博父母一个肯定，她永远是班上最早一个到校，自习到最晚一个离开的，可无论她怎么努力都盖不过妹妹的光环。

说完她就摔门出去了，留下妈妈一个人默默地坐在书房里。其实那句“不想做你的女儿”一出口她就后悔了，毕竟是自己的亲妈，这话她说得太重了。可话已出口，她又在气头上，不想立刻去讨好妈妈，就这么躲在厨房里喝水，磨蹭了足足半个小时。

这半个小时里，她一直竖起耳朵关注着书房里的动静，可书房里一丝声音也没传出，妈妈没出来……又是十几分钟过去，她悄悄踱到书房门口，透过门缝一看——妈妈还坐在书桌边，默默无言。窗户透进些微凄凉的天光，一寸寸勾勒出她早已不再年轻的轮廓，鬓角银丝分明。

妈妈是什么时候有了白发？要知道从前开家长会的时候，

她最骄傲的事情就是，她妈妈永远是家长里最年轻漂亮的一个。她心里内疚，默默推开房门。

“妈，我……”

“囡囡，妈妈不是有心要拿你跟妹妹做比较，妈妈只是着急你的前途。”妈妈的神色似有凄楚的隐衷，分明有哭过的痕迹。她心里一酸，推开门走进去，刚想好好跟妈妈说清楚误会，刚想好好帮妈妈拔掉鬓角的白发——地震在这时，忽袭而至。

那天下午两点十分，九级地震忽袭这座以安宁宜居著称的海边小城——静海市——剧烈的震动将它生生地颠覆。更可怕的是随之而来的十米海啸，海啸将无数人卷入波涛汹涌的大海，从此杳无音讯。她的父母都在这一场地震和海啸里遇难，连副完整的尸骨都没能寻回。

在剧烈的震动到来时，在头顶上第一块沙石轰然落下时，她和妈妈之间只有两米不到的距离。如果她没有说那句“其实我也不想做你的女儿”，如果她没有在厨房里磨蹭那半个小时，早一刻回来道歉，她们母女俩就不会在这一场永别里留下如此大的遗憾。

命运残忍至此，一念之差，落叶纷纷。

余震消失后，她寻去沦为一片废墟的家里，在一堆破败的残垣断壁里用一双手死命地挖，终于从水泥碴里翻出了一件妈妈穿过的衣服。那是一件羊毛开衫，领口的内侧还绣着她们姐妹俩的名字：颜清子，颜清酒。天底下的父母，无论言辞里多么恨铁不成钢，心底深处永远是把儿女们放在最珍贵的位置。

那一件毛衫沾满泥屑，她小心翼翼地打来一盆温水细细洗干净了，后来一直将它带在身边，每天睡觉都压在枕头下。从前她不知有多独立，每年暑假都一个人旅行，每次累得不成人样地回到家，总是从旅行包里翻出一大包没洗的衣服，跳进家里放好热水的浴缸里舒舒服服地泡澡，吃一顿老妈做的饭。她见过许多遥远美丽的风景，她经历过同龄人没有过的经历，哪怕是一个人在雪山脚下，一个人在大海边，还是一个人在异国他乡时，她也未曾觉得孤独。她知道，无论她混得多惨走得多远，这世界的某一个角落，有一对骨血相连的血亲会无条件地等着她，无条件地欢迎她回家。他们是她的依靠。

父母去世后，这唯一的依靠消失了。

所幸妹妹也活了下来，海啸那天妹妹不在家，虽然受了极重的伤，但总算是保住了一条命。从灾后她在医院里找到奄奄一息的妹妹的那一刻开始，她曾经对妹妹所有的妒忌都转化成为类似于母爱的疼惜。她傻傻地安慰自己：妈妈最爱的就是妹妹，如果你好好照顾妹妹，妈妈在天堂就一定会很高兴，一定会原谅你。

更重要的是，妹妹是这世上她唯一的亲人了。

又过了几个月，这座城市的恐惧、悲伤、孤独都随着时光在慢慢消失，人们的伤疤似乎在慢慢愈合，唯有内疚和绝望从来不曾从她心里走远，哪怕她已经学会在人前装出最无懈可击的笑脸。

现在她们姐妹俩的感情好得像是母女。前些日子妹妹说她有个大麻烦，求她一定得帮忙，她推不掉就应承了下来，实则心里是一万个忐忑不安。

因为这次的麻烦，确实有点大。

今天早晨她还在刷牙，听着门铃一响，手里的牙刷差点落到地上。她没去开门，先洗了几把脸，又换了外套，把右腿上的纱布绑好了，换了双拖鞋坐上轮椅——等这一水儿的准备完成了才姗姗地去开门，门外等候已久的那个男人没有半点不耐烦。

他一个大跨步进了洗手间，熟门熟路地翻出发蜡，打开自来水龙头一边整理头发一边唠叨："清酒啊，你真应该留一把钥匙给我。不然就你这小断腿万一在家里摔着了，可是连个扶的人都没有！"

她哎哎地应着，滚动着轮椅去冰箱里拿了罐果汁递给他。男子整理完头发出来，一眼瞄见茶几上的泡面："你又吃这些？这样，我给你请个生活助理吧。你要时时刻刻记住自己的身份，你不是个普通的女孩子了。要保养皮肤，要有范儿。"

男子停下脚步，回身冲她眨了眨眼睛："我说得对吧？颜清酒，我的大明星。"

"我哪算什么明星啊，新人而已，多亏师父照顾。"

这个男人叫安森，是提携她进入演艺圈的经纪人，更是她最信赖的师父。几年前开始，初长成的颜清酒就被同学推荐去拍文学杂志的封面照，当书模，渐渐闯出名气来。接广告，接电视剧的小角色，等薪酬涨到一个不错的位置了，她才不过十八岁。同龄人连校门都没出过，更别说像她这样四处开工尝尽人间冷暖。

师父是在一档电视剧的选角现场瞧上她的。

一见到她，师父就双眼放光，挤过来递名片，不依不饶地说："小姑娘，你签了我家公司吧！包你一帆风顺！"

她那时候也傻乎乎的，压根没想到这世上还有坏人，就这么稀里糊涂地签了经纪约。所幸运气好，师父真不是坏人，他一心一意帮助她，帮她除去成长路上的一切障碍，又挖空心思在公司里帮她争取到最好的资源。

师徒俩累得筋疲力尽，收工回家的路上，师父常一边吃盒饭一边说："清酒啊，我下半辈子能不能养老，可就全靠你了。你可千万要大红啊，红了才能安安心心地等着老，不用像贫苦大众那样，每月盼着那一点点社保退休金过日子！"

清酒的星途一帆顺风，师父算准了她成长路上的每一个岔路口，却偏偏算不准这一场地震和海啸——颜清酒在地震中被落下的水泥砸中，右小腿伤得血肉模糊，加上震后市内一片混乱，救援迟缓，清酒的腿伤又被感染了——等送到医院已超过六个小时。

医生说，必须马上动手术。她怕痛，哀哀地拉住师父的衣襟问："师父，我爸呢？我妈呢……我害怕。"

师父一甩头特斩钉截铁地说："清酒！怕什么？！你师父我当年出道的时候，在古装动作片里给人当替身，吊威亚的时候从十米高摔下来，摔得一脸血昏了过去，他们掐人中把我掐醒，我擦了血又继续拍，回去才发现是内脏出血。那时候我真是连一个哭诉的人都没有，如今你至少还有我呢！放心！师父陪着你，出不了大事！”

三天后，当她从手术后悠长的昏睡里终于清醒了一点点后，护士告诉她：“手术那天，你师父一直在外面等你，一个大男人哭得跟孩子似的，一边哭一边担心，你年纪这么小就残疾了，将来长大了该怎么生活？他最爱的徒儿的一辈子就这么毁了。”

……

清酒以为演艺道路会戛然而止，未曾想，一个关于“在海啸里受伤或去世的那些明星们”的网络帖子里写到了她，又放上她当初自我勉励说“就算断了腿也要加油哦”的微笑视频——这个“父母双亡，右小腿在地震中落下残疾，却又努力忘却悲伤憧憬着未来”的视频，狠狠地感动了网友们。清酒意外走红。

师父擦干眼泪，索性要她以“励志少女”的形象重新出道。师徒俩继续打拼于这五光十色的娱乐江湖，为了一点点幸福的可能。

化过淡妆，师徒俩急忙往东星卫视赶。东星卫视有一档节目邀请她当嘉宾主持，今天得把合约谈一谈。听说要接手的这档主持节目偏严肃，制片人颜泽是出了名的铁血，之前谈的好几个主持人都是一言不合就两散了——加上昨晚那个电话，逼她来的那个人，在电话里不断提醒她今天来谈这档节目的注意事项，说得特严重，好像哪里说错了一句话，就会被这个叫颜泽的人抓住把柄。

他们到早了，制片人还没有来。

师父捻着娇俏的兰花指，在节目策划书上指指点点。接洽他们的节目编导丁柔，人如其名好脾气，她一边安慰他们说制片人马上就来了，一边贴心地摆上来不少点心。

点心极其丰盛，可师父不许她多吃，怕她长胖。趁师父上洗手间的空当，清酒藏了块抹茶味蛋糕出了门，装成是去走廊上看资料。这条走廊的尽头正面对着大海，碧空之上全是棉花似的白云，她紧张的情绪稍稍放松，拿出蛋糕打算一口咬下去。

等等，旁边好像有什么东西在看着她。

轮椅旁边正蹲着一只胖乎乎的大白猫，一边做“好猫蹲”，一边用星星眼望着她手里的蛋糕。

“你也想吃？”她问它。

胖猫讨好地摇尾巴。

清酒笑眯眯地把蛋糕递到它眼前：“你真的想吃？”

大胖猫死死地盯住蛋糕，咽了口口水。

“那可没办法，这是我的蛋糕。”

大胖猫怨念地斜了她一眼，不摇尾巴了……那怨念的模样她瞧得好笑，掰下一小块给它。吃完了也不见师父来喊她回会议室，她也不想回去。会议室太压抑，不仅仅是气氛，还有这节目的选题——这档东星卫视重点打造的访谈类节目，主题是“海啸遗物”，每期节目的委托人会带着一件属于遇难者的遗物来到节目里，讲述这件遗物主人的故事。只要故事够真挚，一旦采用，节目组就会帮委托人完成一个心愿。

海啸遗物？这也太沉重了吧？

好不容易忘记的痛苦，为什么要重新捡起来？清酒捡起丁柔给她的节目资料，一张张细细地看。阳光正好，落在她的侧脸上，把睫毛染成温暖的金色。浏览一遍后，她还是无法融入这档节目的本子里。

只要一想到海啸，她就想到爸妈的模样，想起他们至今仍无下落，尸骨无存——她连想都不要再想起，何况是上一档节目把好不容易愈合的伤疤，再重新撕开给所有人看呢？

“不符合常理的想当然的节目策划。”她下了定论，“要不就是为了收视率，故意找些托儿来虐观众？走煽情路线？”

清酒没兴趣再看，寻思着跟大家一起把节目混完就成了，没必要太走心，反正她也就是个半吊子的主持人——这么一想立时轻松了不少，她把剩下的一页策划书折了折，不消一分钟，一只清清爽爽的白色纸飞机就停在她手里。

咻。

纸飞机乘着轻快的风，朝沙滩和远处的大海飞去。她望着碧空下那一抹浅浅滑翔的白色。海风这么大，纸飞机当然飞不到海里。半路上它便会被风吹得改变方向，或是直直地坠落在沙滩上。可至少，它曾勇敢地朝梦想的大海飞去——单是这份勇敢，就足以令她羡慕。

现在的她很瞧不起自己，那一场海啸后，她变成了一个不愿意想起过去的胆小鬼。

“你很讨厌这个策划？”

有人在身后语带愠怒地问。清酒寻声望去，却见是一个穿衬衫的男人，一脸如冰的冷漠，站在那里瞧着她。

“为什么把策划一页页都扔了？”他很不爽。

“折成纸飞机……不算扔吧？”

“好吧。小朋友，这策划是我写的，你有什么意见？”男人盛气凌人，居然叫她小朋友。清酒不由得仔细瞧他，他戴着一副雾蒙蒙没怎么擦的眼镜，雾得连他眼睛的模样都瞧不清楚了，至少该有两三天没刮胡子了吧？胡楂乱乱地布满下巴，把好端端俊秀的脸蛋衬出一股沧桑。看他年纪也不算小了，二十七？二十八？

她瞥了一眼他衬衣胸前的圆珠笔划痕，说了句场面话：“不不，我没意见，不是挺好的策划吗？呵呵。”

男人明显不相信。

他不说话的时候有种不怒而威的神情。

“行。”

他说完转身就走了，也没说句再见，俨然一副大忙人的派头，清酒脚边蜷着的小猫动了动身子，也蹿上去跟他一块走了，跟前跟后殷勤的模样。

原来这是他的猫。

半个小时后，姗姗来迟的制片人与师父握手寒暄时，清酒在一旁惊讶地睁大了眼睛，原来这制片人——就是她刚刚在走廊上遇见的男人。

他叫颜泽，刮去熬夜生出的胡楂，又换了一身清爽的商务装，显露出原本俊秀的轮廓。这一回，清酒看清楚了他的眼睛。那是一双幽深如海的眸子，近乎黑暗的浓郁底色，虽然五官俊秀，但是气场强大，绝不会令人心生亲近。

这间会议室是隔出来的玻璃间，大约五十多平方米，坐着他们四人。隔音效果极好，听不到外面办公室一丁点的嘈杂。所有人都似上了发条的娃娃，女职员们抱着各色文件踩着高跟鞋一路小跑。

玻璃间里的气氛更紧张，从节目流程到主持人台词，师父与颜泽的意见，处处针锋相对。

颜泽问清酒："颜小姐，你去看了海啸博物馆吧？说说感想。"

清酒被问住了。之前节目组确实提到让清酒和经纪人去一趟海啸博物馆，那里最能直接调动起人们的情绪，可通告太多了，师父说还是先保证通告的质量，赚钱才是正经事。一天推一天，这海啸博物馆终是没去成。

幸好师父岔开话题："如果要清酒唱节目主题曲，也可以，那主持费得调整一下。"他伸出五个手指，"这个数。"

"这个我们等会儿谈，颜小姐，我很想听听你的感想。"

"她是我手里的艺人，所有与节目相关的事情，你都问我就好了。我们来沟通。"

"但上台主持的是她，不是你。"颜泽撇开安森，"颜小姐，看完策划书后，你自己有什么想法？"

清酒磕磕巴巴说："我，我觉得，这，这档节目……"

颜泽打断她，转头交代丁柔："上次那个教台词的老师，你去联系一下，给她补补。"

丁柔看了清酒一眼，点头，把这条记在本子上。清酒的脸红到了脖子根。安森说："找什么老师？我们家清酒台词很好。她只是有点紧张，谁让你迟到了半个小时，一来就训话似的盘问一个小姑娘，有的人啊……真是……"

"这确实是我们这方的失误，对不起。"丁柔轻声赔着不是，"本来约好的商谈时间是昨天，我们也特意留出了档期，但安先生你们昨天没来，我们就只好把今天的工作挪过去先做了，制片人更是加班到凌晨四点……这才来晚了。"

往后颜泽再问清酒任何问题，她都先看看师父的脸色，看师父是让她自己答，还是由他代劳。但大部分时候，安森已经抢先发话了。清酒老老实实地坐在安森身边，像被母鸡护住的幼雏。

来电视台的路上，师父再三交代："清酒，我知道你在主持上就是一个白痴，但在外人面前，绝不能让人给看低了。对你不利的问话，我来挡；对你不利的节目流程，我帮你删掉。总之你听我的话就对了。"

好不容易熬到休息时间。

清酒对师父说，制片人貌似不满意她。

"那当然。"师父满不在乎地翻了个白眼，每一根眉毛里都翻滚着得意，"但我们是太上皇指定的，他拿我们没辙！"

原本，东星卫视的台领导，根本不会管手下节目的具体问题，但因为清酒的人气太高了，传到了某领导的耳朵里。领导一拍脑袋："就找这个小丫头来主持我们的强档节目！"于是，清酒硬生生挤掉了颜泽原来的人选，空降到节目组。颜泽可不好惹，今早那火药味十足的会议，没准就是给他们师徒俩一个下马威。

师父说到这里，清酒的思绪回到今早在走廊上初遇的刹那，她读懂了颜泽当时盛气凌人的眼神。昨晚他一定睡在台里了，熬夜赶了一晚上的工作，今天爬起来胡子都还没刮，就见新来的主持人把他辛辛苦苦写的策划书，一页页折成纸飞机往海里扔，他当然恼火死了。想到他怒气冲冲地走掉，身后还跟着只胖猫的样子，清酒扑哧笑出了声。

“你笑什么？”师父问，“你吃的那药，没什么副作用吧？”

“呃，什么药？”

“医生给你开的新药，上周三我放在柜子上，特意要你记得吃的。”师父皱眉，“你这样可不行，这事也能忘记？”

他郑重地说：“你的手术耽误了这么久的时间，几个月都没作品出来了，地震后励志视频的热度也退得差不多了，清酒，你要快点把状态调回来，不然大家很快就会把你给忘了。”

“嗯。”清酒攒出一个笑容。

笑容好看得让安森恍了恍神，他由衷地叹息：“我终于明白叶弥生为什么偏偏喜欢上你了。”

叶弥生。

听到这名字，她脸色黯了黯，觉得该说点什么，又迟疑了半晌不知道如何开口。神色黯然地坐在轮椅上，轻蹙着眉。

“好吧，我不该提他的名字。”安森说，“他也真是，说走就走，我还以为你们会一路奔教堂去呢，以前感情那么好。

清酒，你少了叶弥生，通往天后宝座的路上可就少了个最重要的贵人！”

是啊，谁又想到弥生说走就走，引得那个人也随他而去了呢——她默不作声，思绪飘得很远很远。弥生，都是因为这个叶弥生。

“这丫头，天生一张上镜脸。”丁柔说。她和颜泽正站在三楼茶水室的窗户边，远远打量着清酒和安森的一举一动：“你说……这个颜清酒，会不会是台长的什么亲戚？”

“不。台长是看了这份调查报告。”颜泽将报告递给丁柔。她扫了几眼，这几个月来的收视率调查报告显示，这个在大地震中右小腿致残的新艺人，受到了观众极大的关注。她惨烈的身世和乐观的笑容让观众又怜又爱。

在新闻直播类节目里，甚至只要出现清酒的镜头，该分钟的收视率绝对噌噌地往上蹿。等清酒的报道一播完，镜头没了，换别人了，下一分钟的收视率就悲剧了。一头栽下去，拉也拉不回！电视行业就是这么现实，只要节目导向正确，收视率就是一切，市场就是一切。丁柔把那几页报告还给他：“有观众缘的话，那就没办法了。好在这小丫头长得也不错。”

“小孩子而已。”颜泽交代，“你好好带她，让她从说话开始练。她的咬字吐词，好重的港台音。”

丁柔笑道：“其实安森没说错，你真的一直板着个脸，把人家小姑娘都吓坏了。”

“我吓坏她？”颜泽放下杯子，神色冷峻地看她，“那是因为你不了解真相。”

“哦？什么真相？”

她故意问，颜泽却没了说话的兴致。

“你记得联系台词老师。”

“哦。”

她讨了个没趣，讪讪地走到窗边打电话。刚拿出手机，只见楼下的公交车站台上刚好停下一辆车，从车上下来一个抱着大纸箱的女孩。丁柔眼神一亮，回身冲颜泽甜笑：“你快来看看，这是谁来了。”

林知初来得正是时候。

作为第一期节目的委托人，正巧让她和安森他们接触一下，彼此找找感觉。丁柔见她一个人下了公交车，还抱着一个大纸箱，急急地准备下楼去接她。出门前，丁柔从私人储物柜里，拿出一碟饼干和一瓶酸奶递给颜泽。

“这个，你填填肚子。”

她一出门，就被走廊里的一只野猫吓了一跳，穿着高跟鞋跳起好几步，捂着胸口心有余悸：“台里怎么老有流浪猫？真脏！”

猫儿轻盈地跳入楼下的小花园。

颜泽拿起那瓶酸奶，日期是今天的，是她特意留的。没吃几口饼干，丁柔打电话来说，第一期节目的委托人林知初已经接到了。他拿起没吃完的饼干，扔向楼下的小花园。流浪猫们喵喵叫着围上来，迅速吃掉了他喂的饼干。它们当然不会走，它们或许永远也不会走。因为这里有人喂食，这里有爱。

强势如他，有时也会是温柔的。但只是有时，极偶然的有时，在沉溺于恋人的温柔里，在强烈地想保护心爱的人，不允许她受任何委屈，在酸胀的心里再也挤不下旁的思念时。

清酒滚着轮椅从露台回来，经过这条路。她见几只流浪猫围成一圈在抢着吃什么，一抬头，原来是颜泽趴在窗台上往下扔饼干。

清酒本想走过去的，可早上那只吃蛋糕的胖猫又出现了，它使劲儿挤开其他的猫咪，一头扎进去叼起最大的一块饼干。真是只馋猫啊，活该胖死你——清酒笑起来，对楼上的颜泽说："这是你养的猫？"

颜泽抬起下巴打量了她一眼："算是吧。"

"叫什么名字？"

"豆豆。"

"啊，我也叫豆豆呢，外婆取的小名。"想起了外婆，她心里一阵温暖。

颜泽狐疑地偏了偏头："豆豆？"

"喵，对啊！"她学了声猫叫，"我也叫豆豆，不过我不吃猫粮，只爱麻辣小火锅，喵。"

饼干扔完了。

猫儿们散去了，连清酒的背影都消失许久了，颜泽还倚在这扇小小的窗户前，眼前是空旷的一楼长廊，按捺不住在心底绽放的那一朵小小的吃惊——他竟然觉得清酒喵喵叫的样子，还挺可爱的。他有多少年没觉得某个女孩子可爱了？

清酒去会议室的路上，豆豆一直屁颠屁颠地跟在她身后，赶都赶不走。连师父也奇怪：“这谁家的猫？干吗老黏着你？”豆豆脾气不好，跟他的主人一样难相处，可现在它却跟紧了清酒。清酒回到会议室，它也停下脚步，伸个懒腰在她轮椅边睡大觉。安心地蜷成毛茸茸的一团。清酒也不吵它，由着它在脚边安安心心地睡。

说话间，丁柔引着一个陌生女孩进来。那女孩十七八岁的样子，乍一望去与清酒年龄相仿，身材容貌也十分出众。走近了，却会发现她与平常女孩大大的不同。

十七八岁的女孩，纵使忧伤，那伤口也是极轻浅的，抵达不了心灵深处，很容易就能重新快乐起来。这女孩一双精灵般的大眼，微微上挑的眉毛，粉面如桃，神色里却蓄满了浓郁的伤痛。加上她一身素净的白色连衣裙，不由得让人想起家庭伦理大片里，常常出现的那种角色——未亡人。

丁柔将她介绍给大家。

林知初，第一期节目的委托人。

这档以海啸为背景的谈话节目，是要委托人带来遇难者的一件遗物，讲述他们之间的故事，许下一个小小的心愿。节目就会从这件遗物着手，做一期节目，帮委托人实现他（她）许下的心愿。

哗啦啦。

花花绿绿的衣服、圆规、校服、课本，从纸箱里倒出来堆满了半张会议桌。林知初放下箱子，抹了把头上淋漓的大汗："编导说录短片，要真实的道具。我今天就带了些过来。"

安森上下打量了一下林知初，连忙拿了张名片递给她："你好，有兴趣的话，可以来我们公司试镜。"

林知初没有接，抬眼看他，淡淡地说："我只想念书，不想进入娱乐圈。"

安森悻悻地收回名片。丁柔笑着说："难怪金牌经纪人也对你有兴趣呢。去年东星卫视举办'校花大比拼'，你是冠军，网络人气更是爆棚，百分之八十五的男网友都把票投给了你。"

清酒倒是一点儿也不在意师父网罗别的新人，大大方方地伸手："嘿，林知初，很高兴认识你。"

"你好，我看过你的新闻。"林知初觉得清酒坐在轮椅上也帮不了什么忙，并不是很买她的账，只是一个劲地追问丁柔，什么时候开始拍短片，她在节目组许下的心愿，有没有可能实现。

安森一见林知初对清酒的态度，就很是不爽。哪知清酒这个小白痴，完全没注意这些细节。

颜泽还得跟安森聊合同的细节，丁柔便让主持人和委托人先沟通一下。

两个女孩年龄相仿，很快就聊到了一起。清酒问林知初："听说你是最着急的委托人，一直申请上第一期节目，你要找的人到底是谁呢？"

"一个同学。"

"男同学？"清酒猜到了，"是男朋友吧？"

这眉目凌厉的少女，与清酒完全不是一种类型，高挑，五官有着超越年龄的艳丽。十几岁的年纪，身材如二十多岁女人般玲珑有致。这样夺目又早熟的少女，放在任何一个宅男踩宅男的学校，都是名副其实的女神。会让这样一个女孩惦念着的男生，就算不是男朋友，也一定是有丝丝缕缕的情愫。

"我没有男朋友。"林知初正色道，"你有？"

"哪个女孩不希望有个帅哥男朋友？出事的时候护着我，凡事替我撑着，不用装坚强，只要好好地装乖就成了。"清酒轻轻地笑，笑自己的花痴，"可我哪有这样的福分，出什么事的时候，除了师父外一个人也找不着。男朋友更是想都不敢想。做艺人，许多事都由不得自己。"

清酒这么坦率，让林知初卸下了一点点心防，她沉默了一会儿，终于端起咖啡喝了一小口，放下杯子时却极慢，极慢，几乎要停在半空，以一种寂寞的姿势。

"你……叫我'初初'就好了。其实我要找的这个人，我对他的感情很复杂，他先是毁了我所有的希望，然后又救了我一命。你说，我到底应该恨他，还是原谅他？"

不待清酒回答，她又轻轻地说下去："很久以前，我听过这样一句话，'情不知所起，一往而深；恨不知所终，一笑而泯'。没想到，这句话会应验到我自己身上……"

【第二章】难过时我会记得笑

幼时，林知初曾被蜜蜂蜇伤。

不过是想要摘一朵花的小小贪心，却招致蜜蜂的刺，深深扎进指尖的疼。又狠又辣，那不是一个孩子可以忍住不哭的疼。她号啕大哭，那蜜蜂却没有回巢，在空气里无力地绕了几圈，硬生生地坠落，落在满地的花瓣里。

它死了。

抽泣中的她问妈妈：“疼的明明是我，死的怎么是它？”

妈妈捏紧她的指尖，轻轻一挤，指头上的刺便凸了出来。妈妈说：“蜜蜂的刺连着一部分内脏，当它刺人时，内脏也会被牵出，所以蜜蜂不轻易刺人。明明会死也要击退敌人，那一定是为了保护比生命更重要的东西。所以啊，初初，等你长大了，不要轻易地去恨一个人。竭尽全力去恨谁时，往往伤到的是自己。”

那时她才六岁，深仇大恨不过是被同桌抢了老师发的小红花。直到遇到了罗小衮，她才明白，真正的伤害不是让你死，而是让你生不如死。真正的悲哀是，当你一次又一次将伤害你的人念及于心，百般怨恼，却发现对方早已在不知不觉间，融入了你的生命。你离不开他。

他们同校同班，从来没有说过半句话，甚至连一个眼神交流也无。初初心气高，一心练琴，恨不能明天就成为最优秀的钢琴演奏家，飞去欧洲，飞去维也纳，飞去世界级的音乐殿堂。而罗小衮，他是角落里的一蔸小蘑菇。你把他扔在墙边上，不浇水不理会，他也能安安心心地长在那儿，一辈子。

高二下学期，初初当选校运会代言人，要和校足球队拍摄一组活力照片。

拍摄选在周日。周六晚上，她正在家里练琴，接到校交响乐团温老师的电话，温老师激动得几乎要用颤音说话。他们乐团被市里选中，下个月将去维也纳参加世界中学生交响乐团比赛，初初被定为钢琴独奏人选。

妈妈听说这消息，眼角眉梢全是笑。母女俩连夜去买了件比赛穿的小礼服。米白色水溶蕾丝，轻盈的欧根纱裙摆，站在试装镜前的少女，比裙子更让人沉醉的是她眼里欣然的光彩。

那晚，她先去睡了，月光凉凉地入了窗。妈妈在客厅里打电话，压低了嗓音："女儿被选中了，去参加比赛，独奏……对，就是那个比赛，最权威的……你什么时候有空回来？我们去把字给签了……"

睡下的初初，在黑暗里悄悄地睁开了眼睛，她屏息倾听着客厅里的动静。

"你放心，我不会告诉初初她爸爸不要我们母女俩，跟另外一个女人跑了……我教了一辈子学生，这点自尊还是要的……嗯，好……这些大人的事情，往后再告诉她吧……”

熄了灯的房间里，唯一的光明就是来自门下的那一线微光，微弱的，告诉她世上还有这么一点点暖意。初初不想听下去，整个人缩进了被子里，只有在这狭小的空间里，缩成婴儿般小小的一团，她才能找到一丁点的安全感，才能浑浑噩噩地睡去。

为了表现出少年的热血，摄影师特意挑了个雨天，让十几个孩子在场上卖力奔跑踢球，他在一旁抓拍。伴随着一声又一声的“咔嚓”，告诉辛苦奔跑的孩子们，努力没有白费。初初也上场了，她抢到球时，敌队围上来三个人，她在脚下倒了倒球，瞄到两人之间有个空隙，空隙后十米的距离就是队友。

她做了个假动作骗过对方，朝那空隙一记远射。大颗大颗的雨滴，吧嗒落在额前，模糊了视线。这记漂亮的远射借了上天的运气，精准地落在队友脚前一米的位置。一切堪称完美，可她却失去平衡，滑倒在泥地里。

争抢的三人躲避不及，一记铲球的腿狠狠踢在初初的右脑。脑子里轰的一响，雨水和着泥巴糊满了脸颊和视线。她挣扎着想爬起来，视野很快就被一片鲜红的纱雾笼了个严严实实。那鲜红的纱雾是血，从头上的伤口汩汩淌下的鲜血。

她平时那么臭美，连洗脸都是轻轻的，生怕毛巾粗糙的纹路刮疼皮肤。可现在——球鞋底钉扎进耳朵和脸颊。雨滴和泥水疯了似的砸在她脸上，伤口撕裂般刺痛。摄影师的惊呼，队友的惶恐，所有奔忙的喧哗，焦急的错乱，她听不到也看不见，一头栽倒在大雨倾盆的泥地里，如死去一般昏迷，人事不省。

……

医生说，脸上的划痕非常深。

医生又说，耳朵的伤口进了太多泥水，感染严重。

医生还说，伤疤是小事，最糟糕的是……一天后，初初醒了，第一时间伸出双手看了看，还好，这仍是完完好好的一双手。

初初又摸摸脸，心里一凉——她整个右半边脸，从耳朵到脸颊都被纱布包得严严实实，右耳朵又痛又痒，几乎听不到声音。她慌了，拉住医生连声问："这到底是怎么回事？"

医生拂去她的手，头也没抬地叹息："小姑娘，你脸上被划了一道，右耳鼓膜和听骨严重受损……通俗点说，就是聋了。"

妈妈说："现在的医术高明得不得了，初初你先回学校上课，一边上课一边做康复治疗。"至于脸上那条又深又粗的划痕，妈妈安慰她，"你年纪还小，过两年疤痕就淡下去了。"

初初相信了妈妈的话。

耳朵包着纱布听课，就像把上课当成默片来看。一下课，初初四处借课堂笔记抄。"罗小衮"这个名字，是第三天下化学课后，出现在她课桌上的。这本署名"罗小衮"的笔记本里，详细记载了所有老师上课的重点，和参考书上的附加知识点。她瞟过一眼，脑海里怎么也想不起自己有问这人借过笔记，亦对不上他的面容。罗小衮，只是一个苍白的名字。

来参观"毁容校花"的人很多。课间十分钟有，体育课有，校门口、上学路上，时时刻刻都有。静海一中的贴吧，更是发起了新一轮的校花投票，“暑假你最想和她一起去看电影的女生”大评比里，曾投票给她的男生纷纷倒戈，投给了以前是第二名的薛阮阮。倒戈理由五花八门，有个男生匿名说——

“薛阮阮没林知初漂亮，但人家不是聋子呵，林知初的纱布都没拆，指不定已经破相了……”

楼下纷纷附和：“亲，你真相了！”

这世间便是如此，莫说凉薄，趋利避害是人人心底埋藏得最深的黑暗之门。锦上添花一时，落井下石一时，雪中送炭一时，墙倒众人推亦是一时。

围观、议论、幸灾乐祸，这些她都有料到，唯一没想到的是——

查了十几天，踢伤她耳朵的人，居然定不下来！

摄像头离操场太远，镜头里只见大雨簌簌而落，队员们错乱的脚步落在林知初的头上。她头上一共挨了三脚，后脑、靠近颈椎的地方，还有伤得最重的右耳。看得清是哪几个人，却无法确定谁踢中了耳朵，导致耳聋。

午后，教导主任把事故相关的几个人叫到了办公室。老师正襟危坐，屈起的食指磕着桌面，咚，咚，咚，这沉稳的节奏让桌前伫立的三位少年，心跳起起落落。

风轻拂而过，将桌面上的几页伤残鉴定报告，撩弄得哗哗响。办公室桌前，三个男生都是一脸无辜，三人都有踢伤她的嫌疑。与她相熟的学生会主席程笃森也是嫌疑人之一。住院的时候，程笃森来探望过她。她问他：“你当时看清了吗，谁踢的耳朵？”

程笃森的神色像是明明知道是谁，又不方便说，只能含糊道:“事情总有水落石出的一天,你就先好好养伤吧。”初初懂了，程笃森不想出卖的人，你问他一百遍也没用。

磕桌声戛然而止。

“这一脚可以说毁了林知初一辈子！耽误了她的课，影响了她的高考！”主任扫过三位少年的瞳孔，“现在她还做不了手术，学习生活很不方便，你们三个人里，推一个人出来照顾她。”

其中两人纷纷往后退，他们不傻，这时“挺身而出”意味着“默然认错”。原地,只留下一个叫罗小衮的。教导主任打量他:“罗小衮，你愿意照顾林知初？”

程笃森还是站了出来：“老师，我来吧。不是我踢伤了林知初，但我是学生会干部……”

可老师已经认准了留在原地的那个呆子,指了指他,说:“就你吧，罗小衮。”

没说“好”，更没说“不好”。罗小衮用他招牌的“天然呆”神情望着老师。好几秒后，慢半拍地嗯了一声，表示听见了。人群后的初初打量了他一眼,想起了笔记本上那个名字——罗小衮。

原来就是他。

温老师还是疼她的，一听说她出事，当天就跑去医院探望，坐在病床边，捧着初初的一张小脸，左端详右端详。

初初很担心："乐团下个月就要去市里比赛……"

老师直安慰她不要担心："好好养伤，老师喜欢听你弹琴，钢琴席位永远为你保留。"

这句话，让病中的她不知有多安慰，安安心心休养了几天。出事前，温老师说，一回校马上开始准备比赛练习。现在她都上了好几天的课，也不见老师来找她。

初初不放心，放学后转去了文艺楼的琴房。

自小妈妈便教育她，初初，漂亮女孩比平常女孩更难赢得尊敬。你取得一点成绩，人家便会说，你不过是靠那点姿色。要想赢得真正的尊重，只有付出加倍的努力。所以，念书以来，她风雨无改，六点起床练琴。

离文艺楼还有十几米，便听到琴音零零落落地响起。

熟悉得入髓入骨，正是她最常用的那架琴。

"不错不错！这段弹得不错！"温老师为薛阮阮打拍子，"好好练，不出三个星期，老师包你能代替林知初上场！！"取代初初坐在钢琴前的薛阮阮，正是校花排行榜上的第二名。

薛阮阮踟蹰地问："谢谢老师给机会……如果林知初康复了，我还能上场吗？"

"林知初脸上的伤，化妆根本遮不了，最麻烦的还是她的右耳，我去主治医生那里问了句大实话，医生说，她伤得很严重，就算将来做了修复，听力也会受影响，右耳基本上就聋了……唉，这孩子也是太不小心了，怎么到比赛的关键时刻，给我惹这种麻烦呢？！"温老师敛了敛眼底的惋惜，"薛阮阮，你不要想太多，好好练，比赛最重要！"

“谢谢老师！”阮阮掩不住眉间的喜色。一个忧心事关自己职务升迁的比赛，一个得意抓住了千载难逢的上位机会，她们谁也没有发现门边的林知初。

初初没有哭，更不会破门进去傻乎乎地追问。循着来路，她像平常那样，平静地去自行车棚拿了车，平静地推着车出校门，又慢慢地走到一条偏僻的巷子里。这条巷子里没有人，没有人会看见她。

她放开了自行车，车子哐当一声倒在巷子里，她也没管，闷声不响地走到墙边，一脚，两脚，狠命地踢着墙壁。砖石刮到脚趾，很快血珠就冒了出来，她一脚一脚地踢着，好像根本意识不到痛。在医院里的时候，温老师来看她，抚着她的脸颊说“老师喜欢听你弹琴，你放心，这个钢琴席位肯定为你留着”。

老师这么说，她就信了，可那原不过是一句安慰罢了。

“林知初……你哭了？”

这一句轻轻的试探，吓了她一跳，初初回头望去，身后五六米远处，有个男生背着书包静静望着她。初初抬了抬眼皮，没搭理他，扶起自行车想走，车子却推不动，链条卡住了。男生什么也没说，走过来蹲下，一沾就两手黑乎乎，耐心地将那坏掉的链条绕了几绕，竟然修好了。

初初不吃这一套：“谁让你动我的车了？”

男生害羞地捏了捏衣角：“是教导主任，他让我跟着你，照顾你。”

哦，是他，初初想起了他的样子。罗小衮。

“文理分科后，我们是一个班的。”罗小衮挠挠头，“你叫我‘滚滚’就好了，我姐说我长得像熊猫……”

初初没兴趣听他说这些，推着自行车走过去都好一段路了，一扭头，见这小子居然还跟在后头，默默地，也不算很讨厌。她停了步子，睨了他一眼：“那好，从今天开始，你就跟着我，我说什么你就做什么。听到了吗，熊熊。”

他点头，不说话的样子其实很俊秀。一前一后，两人走出一段路，她才听到身后传来小小的抗议：“哈，是滚滚，不是熊熊。”

不管是熊熊还是滚滚。

从那天起，校花林知初身后便多了个跟班，呆呆的罗小衮。

每天七点十五分，他一定准时等在她家楼下，一左一右递上两袋早点，有面包有牛奶，任她挑选。

她跑步累了要喝水，他几个大步就跑去小卖部。她作业本交迟了，他就算被课代表骂死也求着人家帮忙补交上去。

他生得高大，坐在她的前排，上课时会挡住她的视线。她拿圆规狠狠地戳他的后背：“喂！趴低点！老师的板书我一点都看不到了。”他就真的乖乖地趴在课桌上，再不敢挺直腰板听课。

有一次下课了很无聊，她让他坐在两排开外的桌子上，把嘴张得大大的，她隔着五米的距离往他嘴里扔粉笔头。一次不中，两次，还是不中。扔了五六次，终于有个粉笔头正中他的嘴巴。粉笔的味道真是……她眼见他皱了皱眉，想吐掉它，一声断喝“不许吐”，吓得他把粉笔头给吞了下去。

她得意地睨了他一眼，问：“好吃吗？”

他勉强挤出微笑，然后因为粉笔头里的化学制剂刺激到咽喉，咳嗽了一个星期。滚滚成了初初的仆人，把她宠得比公主更公主。只要她开心，让他现在跳楼，他也会毫不犹疑地飞身跳下去，咚地砸出一个大坑。

童话甜暖如糖，美丽的公主永远只会爱上英俊的王子，抑或被王子爱上。惊鸿一瞥后朝思暮想，历经水晶鞋舞会、玫瑰花求婚等狗血剧情后修得正果。再不济，公主的名字也要跟国王绑定在一起。从来没有这样的搭配：公主和跟班。

坏脾气的公主，和她的天然呆跟班。

最先觉得不对劲的是阿嗒，初初最好的朋友。

连日来，阿嗒听到大伙议论，说林知初和罗小衮走得特别近。她提醒初初：“才认识多久，你了解这个人吗？别轻易相信他。”初初没往心里去，正如罗小衮这个名字，也没往她心里去。但八卦却如长了翅膀似的飞走。连年级组长，也旁敲侧击地问班主任小赵老师：“小赵，你们班的林知初和罗小衮，成天在一块啊！”

小赵老师想了想，说：“不可能。”

“怎么不可能？我看很有可能！这俩孩子天天一起上学，你倒是说说看，他们为什么不可能？”

小赵老师淡定地答：“长相不搭。”

渐渐地，老师和同学都习惯了罗小衮跟着林知初。有时见滚滚一个人在小卖部买东西，旁边的人遇见了便会说："罗小衮，帮你家主子买零食啊？"

她一个人落单，好事者也会问："林知初，你那跟班呢？"

她随口就答："派去买水了。"

这天放学后，教导主任又把她叫去了办公室。

教导主任对她受伤的事情，十分伤脑筋。她家人没逼上来，程笃森和另外一个嫌疑人李理的家人却逼得很紧。程笃森是学生会主席，眼见着高考在即，他的保送资格本来已尘埃落定，因为她这一桩事，给卡住了。程父坚信伤害林知初的不是他儿子，屡屡逼问学校为什么还不查出真凶。而李理，他虽然只是个高二的学生，来头可不小，堂堂静海市副市长的公子，教导主任当然忌惮。

教导主任让初初再回忆回忆，最有可能踢伤她的人是谁。初初说："老师，我是真不知道。"教导主任又问："那你想想，最不可能踢到你的人是谁？三个人当中，我们先排除一个。"

这次，她没有迟疑，电光石火间脑海里就冒出那个名字——

"老师，我觉得有个人最不可能……"她说出了那个名字。

那个在这三人里，她最信赖的名字。

那天，她从教导主任办公室出来的时候，阿嗒跑来告诉她——罗小衮被人打了，动手的是一群富二代，有名的混混。阿嗒还说，他们把他拖到巷子里拳打脚踢，不许他再跟着初初。

起初罗小衮没还手，后来不知怎么了，罗小衮不但还了手，还把他们都打了一顿。

阿嗒夸张地说："初初，你是没看到，罗小衮打起架来真是不要命！完全不像平时那个唯唯诺诺跟在你后面的笨蛋，居然以一敌五！"

阿嗒平时很看不起滚滚，这种呆呆萌萌的男生，可今天的阿嗒是怎么了，她说起罗小衮以一敌五时，眼神里亮晶晶的竟然都是崇拜，节操碎了一地。

"后来我问其中一个人，罗小衮怎么那样打你们？"阿嗒激动地说，"你猜怎么着？！那人说，那姓罗的小子就是个疯子，他们就开了句玩笑，没想到罗小衮听到这句玩笑话就怒了，往死里打他们，直到他们发誓绝不去惹你才作罢。"

"动静太大，旁边十来米处有个居委会，居委会保安把他们拉开了。这件事情闹得有点大，也不知道会不会报到教务处去，学校知道了肯定要给他记一个处分。"阿嗒忧心忡忡地说完，再看一看初初，呃？这姑娘已经不见了。

回过神来的阿嗒心情复杂，叹气道："又是一对冤家……"

初初寻到校门外那条偏僻的小巷，那群人和保安都离开了，滚滚也受了伤，正坐在小区的石凳上休息，居委会大妈在喋喋不休地教育他，说："小伙子啊，你们这样打架是不对的，这一次我们就不告诉你们学校了，下一次……"

等大妈走了，初初才仔细打量滚滚，他额头上被划了一道口子，虽然贴了纱布，但还是有一大片殷红的血迹渗透出纱布。

她感同身受地心疼，却说不出什么关心的话来，只粗声粗气地说了句："走吧，还坐在这里干什么？"

打完架的滚滚有点心虚，闷声不响地跟在她身后，到了巷口，才发现她把两人的书包都拿下来了，自行车就停在墙角。

初初霸气地拍拍车后座："上车！我搭你！"

"呃？"他是不是听错了？

"上车啊！白痴！"初初不耐烦了，"就你那小瘸腿，被打成这样还怎么骑车？"

滚滚乖乖地坐在后座。他个子高，她的自行车很矮，他的两脚挨地，遇到上坡的地段没少挨骂："笨人果然比较重，快点，帮我多划几下！"可他们还是摔了，连人带车，摔了个嘴啃泥。

滚滚手忙脚乱地扶起她，连声问："没摔疼吧？"

她看着他满脸的焦急和慌张，还有他额角上尚未凝固的血迹，心底生出细细密密的感动："罗小衮，踢伤我的人其实不是你，对不对？"

他没有吭声，眸子里一点杂质也没有。他的眼珠极黑，极亮，五官精致，尤其是挺直的鼻子。初初喜欢鼻梁高的男生，她曾偷偷地想过，她将来的男朋友啊，一定要有挺直俊逸的鼻梁，气质卓然。原来天天跟在她身边的滚滚，就是这样一个好看的男生。难怪高一的学妹见了他，会动心。

她忽然不想帮那学妹问了，肯定地说："如果真是你踢伤了我，早就抵不住承认了。"

这些日子，她渐渐看清了这个男生的单纯善良。有一次他们上学路上遇到流浪狗被车撞了，她不耐地嚷嚷："快点走，我们要迟到了。”滚滚却不肯走，硬是把那条奄奄一息的狗狗送去了宠物医院，才急急地骑车赶回学校。他当然迟到了，被班主任罚站了整整一节课。初初说：“你傻。”他笑着说：“我是傻，可我救了一条命。”

他答应教导主任要照顾她，就真的事无巨细，面面俱到地照顾了她这么久。滚滚这个笨蛋，他明明知道，有时她故意拿他撒气，有时她摆明了是在捉弄他，可他却从来不生气。好像只要她开心，做出什么牺牲都值得——她就算是一颗铁石心肠也给化了，更何况，他这么老实。她不爱欺负老实人。

到了他家小区门口，她让他下车，她摸摸右耳：“你看，我已经有助听器了。往后不用你这样跟着接送了。”

滚滚脸上的幸福顷刻凝固，他怎么都没想到今天是最后一次陪她。他傻站了一会儿，艰难地挤出一句：“你的意思是？”

“今天教导主任问我，最不可能踢伤我的人是谁。我当时就想到你了。”她笑，是这样真诚，“既然不是你的责任，你也没义务老照顾我。快考试了，往后就各忙各的吧！这些日子，多谢啦。”

她洒脱地说走就走。

很久以后她才知道，当时，她的自行车离去很远了，只有一个细细的黑点缩小在他的视野里，他还站在原地，满脸绝望。对世界上最忠诚的跟班来说，最恐惧的不是被主人骂得狗血淋头，更不是被打得头破血流，而是他满心以为这一辈子都不会分开了的“主人”，在某天，轻描淡写地通知他——这里已经不需要你了，你走吧。

不久，一条匪夷所思的传闻，传遍了静海一中。传闻说，当初踢伤初初的人就是罗小衮。阿嗒提醒初初，空穴不来风，传闻会不会是真的？初初正在喝奶茶，噗的一口喷得满书都是。

“怎么可能？我敢肯定不是他！”她大大咧咧地去拍阿嗒的肩膀，“你不也说罗小衮是个老实人吗？要真是他，他早就承认了。”

这回连阿嗒都糊涂了，这些日子以来，她也相信滚滚是真的对初初好，听说他家境很好，也没必要为逃医药费撒谎，但传闻说得就跟真的似的。

阿嗒皱了皱眉：“真是搞不懂你们，还是别太相信他吧，在事情弄清楚以前。”

初初觉得阿嗒是杞人忧天，这天放学的时候，教务主任却找来他们班，叮嘱她明天跟妈妈一起来学校，她受伤的事情有了重大进展。第二天，她和妈妈准点踏进主任办公室，满屋的人已经到齐了。

屋里有程笃森、另一位嫌疑男生李理、罗小衮，还有面色凝重的滚滚爸。

办公室里的气氛紧张诡异。她见滚滚额角的伤口结痂了，关切地问：“还疼吗？”滚滚憨憨地笑了笑，不敢吱声。

教导主任请两位家长坐下，慢条斯理地说：“有同学举报，踢伤林知初的是罗小衮同学。他也已经承认了，我们今天把大家召集来，商量一下赔偿事宜，同时也通知程笃森和李理两位同学，你们的嫌疑已经解除。”

初初连忙为滚滚辩解，希望老师调查清楚。

主任脸色一沉：“那你是说我黑白不分，冤枉好人？”

初初妈拉住女儿：“要不是您办事负责，我们做家长的真不知道将来找谁赔偿。孩子的理想，就这么毁了……”

滚滚站在爸爸身边，没精打采地耷拉着脑袋。主任笑说：“这小子闯了这么大的祸，都不敢看我们了。”

初初觉得蹊跷，程笃森只是沉默，倒是他身旁的李理一声冷哼：“原来就是罗小衮干的好事……难怪他那么好心，天天接送，根本就是为了赎罪，就是他害你成了半个聋子。”

半个聋子。

这字眼刺痛了初初的心。尽管医术高明，她的听力却不可能恢复到从前，眼看着比赛一天天逼近，考音乐学院成了泡影。一直耷拉着脑袋的滚滚，听到“赎罪”两个字，忽然抬头，用他最招牌的，又呆又认真的表情，对初初妈说：“阿姨你放心！我不会丢下她的！”

他说了这句话，满屋子人都用“你看，承认了吧”的表情，齐齐地望向他。初初仍是不信，又问滚滚：“不是你，对不对？”

她望着他的眼睛，在巷子里，他们第一次相遇时，她懊恼愤怒地踢墙，他就是用这一双澄澈如湖的眸子，静静地望着她。

默默望着。

俊秀清瘦的少年，和艳丽倔强的女生。在巷子里初次相遇时，在他们还只是每天在同一屋檐下上课的陌生人时，她一定想不到，自己直到这一刻，还在维护他，还怕他受委屈。

“对不起。”他望着她的眼，“真的是我。”

教务处办公室外。

阿嗒一直搓着手焦急地等着他们出来。终于，大门嘎吱被人推开，初初像一阵风似的跑出来，步子飞快。阿嗒追了上去：“怎么了？到底是谁？”

“初初，老师查出来是谁没？”

“初初？”

一路追到楼下，初初没说是，也没说不是，一路快步走，快得连阿嗒都快跟不上了。担心的阿嗒冲到她面前，拦住她大声问：“喂，你倒是说句话啊！”

阿嗒的不耐烦和火气，瞬间就被浇熄了。

初初居然哭了。

比男生还能忍的林知初居然哭了，在好友阿嗒面前，哭得像个孩子。不，她本来就还是个孩子，她相信自己的眼光，一旦把他当朋友，就交付了满腔的信任，一点点怀疑都不曾有。

她护着他，直到他亲口承认的前一刻，她还在护着他。只要他说一句“不是我”，她就会相信。她以为老实人不会骗人，原来真正能刺伤人心的，正是那些看上去老实的人。

还有什么不明白的？

“乖。”阿嗒揽过好友的肩膀，长长地叹了口气，“我说了，不要那么相信他吧。”

从陌生到默契，从信任到怨恨，只间隔一层真相被撕破的时间。

晚上，爸爸回来了。

他要签两个字，一是与罗家的赔偿协议书，二是离婚协议。双方家长碰面之前，教导主任还担心出纠纷，哪个父亲见到害自家女儿失聪的男孩子，不想狠狠揍他一顿？

主任特意安排了年轻的女老师在一旁端茶递水，防着一会儿气氛闹僵了。但没想到爸爸痛快得很，利利落落地签了字。教导主任放下心头大石，赞道：“我一直觉得林知初这孩子气质好，有家教。先前以为是学钢琴陶冶出来的，今天同时见了两位家长，才知道，原来是言传身教！”

对人情世故懵懵懂懂的她，也能听出这“言传身教”是句恭维话。对，她父母立于人群里，男的斯文儒雅，女的温柔端婉，就是天造地设的一对璧人。多年以前，五岁的初初还住在福利院里，也不姓林。那一天是领养日，无父无母的初初踮起脚，混在一群拼命往前挤的孩子中，想要看清楚今天来认养孤儿的家庭到底是什么样的。

她一眼就看到了他们，她现在的父母，男的长身玉立，女的浅笑端庄。那时的妈妈算是美人，她着一件窄身裸色小礼服，面色如月。对，就像月光，悠然的一点微凉。

签赔偿协议时，他们俨然是幸福的一家。回到家里，大门一落锁，又是另外一番光景。在玄关里，爸爸脱了皮鞋后，发现自己的拖鞋不见了，问老婆：“我的鞋呢？”

“反正你心里也没这个家，我扔了。”

两人你一言我一语地吵了起来，句句戳心窝。

她怪他不着家。

他说家里有什么好，天天看着她这张幽怨的脸，好像全世界都欠了她的钱。他怪她没有带好孩子，现在孩子耳朵都聋了。他们这些年为培养初初，花了多少心思？十年学钢琴的钱全打了水漂！

初初被妈妈遣到房里去，她戴好助听器，整个人贴在房门上，小心翼翼地听。只听见妈妈冷笑：“我不会带孩子？对，我是没管好她！现在她耳朵聋了，治也治不好，考音乐院校也是没指望了！你就没半点责任？你半年不着家，说什么工作忙，你以为我傻？你那小三的肚子也大了吧？说到底，你就是嫌我生不了孩子，想要个亲生的！”

她是压低了嗓音说的，这句话却生生地传入了初初的耳朵里，一字不差，像刀子一样扎进她心里。初初背靠着门滑了下去，蹲坐在地上，她强忍着，不敢发出声音。在教务处时，主任夸他们家爽快，利利落落地就签了字。老师哪里知道，十六岁的初初站在一旁，见自己父亲根本没看条文就签字时，心里是怎样的五味杂陈。

所谓痛快，不过是因为没那么在乎。

她只是他收养的女儿，从五岁带到十六岁，相处的时间不算太长也不短。爸爸关心她，但没到“像亲生女儿一样疼爱”的程度。哪怕是一条宠物狗，养了十年，也多多少少有类似家人的感情吧？但你会像疼亲生孩子一样疼宠物吗？许多父母宁愿卖肾也要救孩子，如果你家宠物受伤了，你会变卖家产，甚至割肝卖肾去救它吗？

亲生骨肉和收养的孩子，说到底还是隔了一层。更何况爸爸外遇的那个女孩，有了他的亲生骨肉。初初真是绝望了，比听说她聋了的时候，更加绝望。

父母还在吵。父亲说话的声音越来越大："算了，我跟你没什么好说的！见律师的时候再说吧！初初这孩子，我也有感情，本来我就想，无论如何，就算我们这个家散了，她去维也纳比赛的话，我也一定要买张机票，我们全家一起去帮她庆祝，圆了她这个梦。但现在……"争吵声戛然而止，大门砰的一声重重地关上，几乎把所有人的耳朵震聋。

初初追了出去，下楼拦住了爸爸的车。车前座上，她为爸爸绣的"出入平安、阖家幸福"的十字绣坠在半空中，摇摇晃晃。她存了点微弱的奢望："爸，如果我可以去维也纳比赛了，你还能来看吗？跟妈妈一起！"

"初初……"

"爸，我就这一个要求，爸爸！"她似乎看到了爸爸眼底微细的泪光。她甚至天真地想，或许再求一求爸爸，他就不会走了。

爸爸艰难地说："初初，你让爸爸考虑一下。"

可他还是开车走了，她眼睁睁望着父亲的车远去，汇入了滚滚车流中，如所有陌生人那样遥不可及，隔着万水千山。她像是又回到了许多年前，她还在福利院的日子。

那时，她孤孤单单的，没有爸爸，没有妈妈。天地间只有她一个人。

人人都说，林知初眉宇间有一丝挥之不去的傲气。

其实这根植于心的傲气，也是因着内心那一点最不让人知晓的自卑。她一出生就被生母抛弃，这离弃是她心底最深的痛，伴随终生。

林知初一直不明白，人人都说十月怀胎最是辛苦，生孩子更是从身上割下的一块肉。人人都把亲生孩子视若珍宝，那为什么亲生母亲一生下她，就狠心地不要她了？

那样决绝，连一点日后相认的信物，都没有留在襁褓里。

就那样把孤零零的她丢在马路边的长椅上，连去一趟福利院也舍不得。福利院的阿姨说，她是在公园长椅上被人发现的，当时她大约两三个月大，饿了一天，在襁褓里哇哇大哭，环卫工人觉得她可怜就把她送到了福利院。福利院也不想收，院里的名额早满了，抚养费也不够。见她哭得实在可怜，有好心人便说："这孩子生得好，说不定过个两三年，就给领养走了，花不了院里多少钱，就当积德吧。"

就这样，福利院将她留了下来。

每每有夫妻来认养孩子，福利院都当成是一件大事。孩子们清早就起床，认认真真洗脸，换上最整洁的衣衫，女孩子们扎上最心爱的蝴蝶结。孩子们乖乖地站成两排，眼巴巴地等着领养家庭来。

最亲近孩子们的管理员叫兰姨。她待他们很好，有时，有孩子撒娇说："兰姨，我们不要被领养，我们一辈子都留在这里陪着你。"

兰姨就笑，说："傻孩子哟，我过两年就退休了，等不到你们长大了。如果你们能被领养，那就是真真正正有个家了，有属于自己的爸爸妈妈了。爸爸妈妈会带你们去公园玩，吃最好吃的冰激凌，爸爸妈妈还会给你们过生日，点亮电视里那样的生日蛋糕。爸爸妈妈还会送你们去念书，让你们成才。"

大抵是没有人可以依赖，初初懂事得特别早，她做梦都想有个家，有自己的爸爸妈妈。

她是福利院里长得最可爱的孩子，大眼睛，长长的睫毛，但一直长到五岁，还是没被人领走。来领养孩子的家庭，多半还是喜欢男孩，希望领一个男孩传宗接代。

终于等到有一天，阿姨告诉孩子们，明天有个家庭来认养女孩。五岁的初初激动得一晚上都没睡着，眼巴巴地，望着天亮了，自己起床洗脸，把小辫子梳得整整齐齐，又绑上了志愿者捐的黄色蝴蝶结。这是她最拿得出手的发饰。

一大早，她就搬了张小板凳在大门口等，望着那条大马路，眼巴巴地等。

初夏了，太阳很大，晒得她浑身冒汗，小脸通红。等啊等，等到下午两点还不见人影。瞌睡扰得人昏昏沉沉时，她就唱歌，唱那首在福利院里学会的歌："小小蜜蜂，嗡呀嗡嗡，飞到西呀飞到东；小小蜜蜂，嗡呀嗡嗡，采不完蜜坠入了风……"

唱着，唱着，小孩子靠墙睡着了，一觉醒来已是下午四点多。

她心知坏了，跑回楼里问兰姨。兰姨说，刚才那户人家来过了，他们开车，从后门进来的，选走了另外一个三岁的孩子。

兰姨还问她："初初你跑哪儿去了？阿姨找了你好久都找不到。"

兰姨的话还没说完，初初就哭了，哇哇大哭，她眼巴巴地等了一天啊！她换上了最漂亮的衣服，梳了最可爱的辫子。为什么她就是没有等到"爸爸妈妈"？

那次，她哭得止也止不住，她一度以为，自己永远都不会有爸爸妈妈了。

所以，当后来她的养母，在一群拼命往前挤的孩子中，优雅地指了指她，说"我喜欢那个小姑娘，她的手指适合弹琴"时；当她在小伙伴羡慕的目光里，牵着"妈妈"的手，离开福利院时——初初感激地想，这个自己往后就要叫"妈妈"的女人，她一定是天使，她是世界上最好的妈妈。

被亲生母亲抛弃过一次的初初，不会轻易相信人，可一旦相信，就会交出全部的真心，一门心思为对方着想。初初知道，妈妈虽然嘴硬，心里却还是爱着爸爸的。爸爸对妈妈应该也还有感情，如果能去维也纳比赛，让一家人借着这个契机去国外待一阵子，远离那个小三，说不定还能保全这个家。

初初硬着头皮去求了温老师。

恰好节目里有一段女声独唱，只有钢琴伴奏。这段表演将会吸引所有评审的注意力。独唱者苏小小跟初初合作过很多次，她也给初初帮腔，说大赛前忽然换伴奏，唯恐发挥失常。

权衡之下，温老师决定让两任钢琴手“决战”，谁与苏小小配合得默契，就选谁参赛。

初初把自己关了一个周末，疯狂地练习。

她翻出苏小小从前的视频，记住歌声里的每一个吐字和停顿。整整两天。练到连一丝抬起手指的力气也没了，才筋疲力尽地趴在钢琴上，昏昏沉沉睡了过去。这一次她几乎把命都融入了钢琴，为了这最后的机会。

她的音乐梦想，她好不容易得来的“家”，她所有的希望，都寄托在这唯一的机会里了，她不能输。

终于等到周一，等到放学铃声响起。

她如约来到琴房，琴房里空无一人，阮阮和温老师都没到。她心想，也好，趁这点时间再熟悉一下曲子。她摁亮了灯，擦去琴键上的灰。

叮。琴键在指下绽放一个奶白色的短音。

温柔而紧促。

她的额头亦笼上一层薄汗，心跳随秒针同频率。五点半、六点、六点半，等到七点半。温老师没来，薛阮阮和苏小小也不见踪影。初初坐不住了，打电话给问老师，温老师惊讶地反问:“你还在那儿等？！”

“没人通知你？我们找了个场地，已经在彩排了！”

“算了，林知初，这次就让薛阮阮弹吧。你是班干部，要为学校着想。”那边人声鼎沸，歌声与伴奏好不热闹，“老师现在在排练！就这样，你先回去吧！”

老师挂断了她的电话。

她贴在屏幕上的脸颊，蓦地发冷。那冷意自脸颊蔓延到全身，琴房里冷得像千年寒窟。她又打过去，温老师这次明显不耐烦了：“怎么又打？我不是说过在排练吗？”温老师推说排练场地太吵，让她过五分钟再打过来。这五分钟，是初初最忐忑、不安、痛苦纠结的五分钟。

偌大的校园，经历了放学时的喧闹后，陷入庞大而恐怖的寂静里。

她守在视若生命的钢琴边，百般焦虑。待会儿老师打来，她该怎么说？该怎么说才能让老师回心转意？只要给她一次对练的机会，就有一线希望。

电话铃一响，她立刻接起。从来没求过任何人的林知初，苦苦哀求老师，哀求她能有一次去排练的机会。可在比赛面前，在“至高无上”的学校利益面前，她这点关乎梦想的小执着，更像是高中生的任性。

温老师说：“林知初同学，如果你是我，你会怎么做呢？这次比赛太关键了，不能有半点差错，就算老师有多么看重你，你有多么努力，可摆在眼前的事实就是——你的耳朵不行了！你脸上的伤没有好！在需要高度配合的交响乐比赛里，你不能保证助听器万无一失！老师也为你感到惋惜。从前的你比薛阮阮优秀，更适合这个位置，可是——如果没有发生那场事故就好了……”

偌大的校园，宛若空城。

放学时的人声鼎沸如南柯一梦，所有人都回家吃着热气腾腾的饭菜了。肚子咕噜咕噜响，初初揌灭琴房的灯，推着自行车，独自从校门口出来。外面云朵低垂，湿漉漉的空气像随时会落泪。一群晚归的小学生，大呼小叫地从她背后跑过，被搅动的气流凝成微弱的风，轻撩起耳旁的发丝。他们呼啦啦跑出老远，最小的女孩背着一把小提琴，艰难地在后面追。

可伙伴们早已跑出老远，淡出她的视线。

小女孩气馁了，把脚下的石子儿踢出老远，委屈地嘟囔。不用听，初初也能猜到孩子在抱怨什么。这孩子的童年，与她的曾经是那么相似。她自小便极少有朋友，周末，小朋友们来她家，问“初初在不在，想叫她一起去玩”。妈妈总不许她出声，把她关在琴房里，然后自己去客厅开门，说：“初初不在家呀，呵呵，你们自己去玩吧。”

她的手指比同龄人更修长，更有力，这是妈妈当年选了她的原因。初初也曾想，如果不是她生了一双适合弹琴的手，是不是妈妈当年就不会选她？她来到这个家的意义，是不是就是为了替望女成凤的妈妈完成钢琴梦？

如果……她再也不能上台弹琴了呢？

雨滴落下，吧嗒落在初初的鼻尖。

这一刻她好想回家，可她其实从来就没拥有过一个家，一切都是她的一厢情愿，她的努力也都落了空。雨越下越大，她蹬了几次才勉强骑上车，轻轻地哼起了那首歌：“小小蜜蜂，嗡呀嗡嗡，飞到西呀飞到东；小小蜜蜂，嗡呀嗡嗡，采不完蜜坠入了风……花开呀开呀，从春到夏；蜜蜂蜜蜂，回不了家……”

初初骑出不远，就被从巷子里窜出的小丑吓了一大跳。

“生！日！快！乐！”

滚滚戴着金黄色的假发，黏红色的小丑鼻子，身上穿着特意租来的马戏团小丑戏服，满身金光闪闪的大星星，手里还捧个大蛋糕。她摔下自行车，车子哐当倒在地上。

“是我，初初，生……生日快乐。”他有些紧张，说话结结巴巴，小丑面具后，他的耳根通红通红的。她竭力压住愤怒，脑海里一直盘旋着老师的那句——从前的你比薛阮阮优秀，更适合这个位置，可是……如果没有发生那场事故就好了。

对啊，如果没有发生那场事故就好了；如果耳朵没有聋，如果脸上没有疤，就好了；如果时间能倒退回那个下大雨的下午，如果她没有摔倒在泥地里，如果滚滚的一记铲球没有落在她脸上，那就好了。

那蛋糕精致得很。滚滚眼巴巴地递了半天，只见她眼神冰冷，丝毫没有要接的意思，他轻声说：“你的生日愿望是什么？只要你能开心，我都帮你实现……”没等他说完，初初接过蛋糕，抬手砸到他脸上。

蛋糕被砸了个粉碎，雪白的奶油糊了他一脸，一地。

她也不知道自己当时是冷笑，还是泪凝于睫，心极冷极冷，她问：“好！这可是你说的，真的只要我开心，你做什么事情都愿意？！”

“嗯。”

“那好，如果你去死，我一定最开心。”

他的眸子黯了黯：“你说真的？”

“当然是真的，”她冷笑，“我巴不得再也不要看见你！还有，我警告你罗小衮，你别动不动就装可怜，装得好像是你在帮我、照顾我似的，其实这一切都是你害的！！如果不是你，我会变成这样？！罗小衮，我真是再也不想看见你了！！你就算死不了，也给我滚得远远的！这辈子认识你我真是倒了大霉！我恨不得你去死，你现在就去死！”

初初这辈子都没这么骂过人。

果然，他没有再吭声，呆呆的小丑失落地伫立在大雨里。蛋糕晕开了，湿漉漉的地上渐渐汇出一条奶油溪流，像一道白色的鸿沟。

这是地震前，他们最后一次说话。

他再没有像从前那样，笑眯眯地回头，趴在她的课桌上与她聊天。他们没有说过半句话，像是从来不曾相识。这是她要的结果。那样的好时节终是逝去了，随着信任的破灭而消失，在冗长绵软的时光里，不堪一击。

灾难突如其来。

犹如一朵被子弹击断了茎叶的蔷薇，花瓣纷纷扬扬，被抛向空中，每一片花瓣上，都写着难以置信。

那场九级地震到来时，他们学校还在补课，上课的铃声刚刚响过。

老师走进教室。值日生大喊“起立”。沉闷得像是永远不会停下的历史课，昏昏欲睡的下午，同桌的男生在偷偷看漫画书，粉笔头在黑板上拖出刺耳的长音。

地面便是在这时，忽然剧烈震动了一下。

像是桌椅猛地下沉，心脏咚地落下去，恐怖的坠落感。紧接着，震动越来越剧烈，所有人慌了片刻，满教室的人瞠目结舌，像一群被按了暂停键的人偶。很快，有人醒悟了，大喊：“快跑，是地震！”

恐惧像瘟疫砰地炸开，大家都站起来往外跑，可哪里跑得动，连站都站不稳。更剧烈的横波震动来了，桌椅像多米诺骨牌，哐当哐当全都倒下了。书散了一地。头顶的灯管来来回回荡得老高，忽然飞出去砸在墙上，砸得粉碎，同时碎了满地的还有黑板，窗户玻璃。尖叫声此起彼伏，初初的同桌呜咽了一声“妈妈”，就钻到了桌子底下。

那一刻，世界像掉入了无底洞，所有人的灵魂与肉身都往下坠，触不到底。上帝不想给任何人活路。初初眼见着教室水泥横梁落下，正砸在副班长的头上。副班长是多义气的一个男孩，每次都护着同学，把大家当兄弟。横梁把他的头砸得凹了下去，血喷了出来，他哼都没哼一声，就像一截没有生命力的木头，咚地栽倒下去。

血溅到了她脸上。

初初愣在原地，那血顺着她的脸淌下去，依稀有热度。她想喊，嗓子里却像灌满了沙砾，粗糙得说不出半个字来。

等震动缓和，她躲着头上簌簌而落的沙砾，随人潮踉踉跄跄地跑出教室。外面是更恐怖的地狱，所有教室里跑出来的学生都挤在走廊上。这里是二楼，往下的楼梯都塌陷了，电路出现故障，昏暗的走廊里满是烟尘，他们上不去楼上，也下不到一楼。

孩子们像无头苍蝇，有人四处摸索生路，有人从二楼的窗户跳了下去，有人呜咽有人大哭，有人受伤了，有人被水泥砸中昏死在地。初初在尖叫和血腥气里摸索着走，整颗心浸在极度的恐惧里。她一度以为自己坚强，原来在这个时候，也只是害怕得想哭。

脚下的晃动停止，正当大家庆幸地震停了，不知谁先醒悟过来，大喊“快往高处跑，可能会有海啸”，当年日本九级地震后，海浪卷走数万人的情形还历历在目。人群炸开了锅，所有女生都是边哭边跑，有人哭着喊妈妈，有人喊老师。可这时，哪里还见得到老师们的影子，各人逃各人的命去了。

混乱中，她记着楼梯间的方向，跑到那儿，果然，楼梯塌陷了一个五六米的大洞，露出狰狞的钢筋。距离太远，一时谁也跳不过去，都被困在这儿。初初也被困在人群，这一次，她真有点绝望了，呆呆地打量着那个巨大的洞。这时，她的左手忽然被人紧紧地攥住。

她一扭头，是滚滚。初初挣脱他的手：“你干吗？”

他不知从哪里弄到了救生衣，三两下就给她穿好，扶着她的肩膀，说：“别怕，跟我走。”

她从没见过他这么冷静的表情，也没打算原谅他。可这一刻由不得她，小小少年带着她，往相反的方向跑。那是他们第一次牵手，他的手很凉。后来获救的她，在一本书上看到一句话，忽然就想起了那天牵手的感觉。那一刻他的手明明很凉，她的心却暖了一下，像是安定了。

那书上写的是：执此冰冷之手，让我们一起孤立无援。

他们逃到最偏僻的楼梯口，楼梯也豁了一个大洞，从二楼到三楼的楼梯，完全是架空的，只留了个架子。

三楼是实验室，一般没人，四楼是教学楼的最高层，全是高三生。滚滚大喊“有人吗”，很快，四楼的楼梯边冒出几个脑袋，是高三年级的学长。学长们从顶楼垂下救生绳索，一次只能上去一个人。滚滚正帮她扣绳索，就听整栋楼的同学们开始惊叫：“海啸！海啸！”

天边涌现高如城墙的巨浪，带着席卷一切的气势奔腾而来，所有人都慌了，哭叫声，脚步声此起彼伏。一时间，走廊里挤成一团，滚滚怕人多了抢绳子，赶紧把初初往上推，催她快走。

巨浪逼近的速度极快，她见滚滚连救生衣都没穿，一把攥住滚滚的手：“我们一起吧！”

她紧盯他的眼睛。

这是她最后一次这样近距离地看他的眼睛。从前那个“懦弱的可怜虫”滚滚，他的眼睛干净得没有任何杂质。

“你先上去。”他把她往上推，生死之刻安慰她，“海啸算什么？我会游泳！”

海浪越逼越近。

学长们催：“快，快点。”

再不上来就来不及了。

初初哭着喊：“蠢货！你哪里会游泳？！”

“我真的会！我会狗刨，狗刨最管用了。”他故意挤出轻松的微笑，还学狗狗那样刨了几下。后来他这句话和表情，一直烙印在初初的记忆里。她无须去记，像父母的名字一样毕生都不可能忘记。

上了四楼后，学长们垂下绳子再来救滚滚，巨浪已经近在咫尺。

海浪逼近时，足足有十米，高过三层楼。她趴在楼上拼命对滚滚大喊：“笨蛋，跑啊，快跑。”可她知道，根本无处可跑。

怎么办？怎么办？

海啸雄浑恐怖的怒吼，让他们都听不到彼此的声音。为了安慰在楼上的她，他又学了几下狗狗刨水的模样，故意学得又滑稽又搞笑，像当初那个从巷子里蹿出来的小丑。大浪在即，生死之刻，他慌张地回头看了一眼快要卷到头顶的浪尖，对着四楼的她，忽然哼起了一首歌。他唱得很大声，她听不清，只认出那唇形，居然是那首歌——

小小蜜蜂，嗡呀嗡嗡，飞到西呀飞到东；

小小蜜蜂，嗡呀嗡嗡，采不完蜜，坠入了风；

花开呀开呀，从春到夏；蜜蜂蜜蜂，回不了家……

这是福利院的小阿姨给孩子们编的歌，独一无二，只有那家福利院的孩子才会唱。他怎么也会？初初呆住了，她忽然想到了……难道，难道……

海啸袭来的巨大气浪，让所有人都扑倒在地。连哭声和尖叫声都没了，世界只有震耳欲聋的海潮声。滚滚瞬间就消失了，海潮过境之处，一切被夷为平地。

她望着眼前这片波涛滚滚的汪洋发呆，脑子陷入恐怖的麻木。她没有办法思考，她宁愿再也不要恢复意识——意识到已经失去了他。从前有个叫滚滚的男孩子，一直被她嫌弃、鄙视、可怜、瞧不起，她只当他是个小跟班。

她也曾负气地说着伤害他的话，她说“你怎么不去死，你死了，我就可以再也不用看到你了”。她说这句话时，只为了出出气，十几岁的孩子都以为人生还很漫长，往后还有几十年的时光，哪会那么快就要面临死亡。

那原不过是一句气话。

全市数万人丧生于这场海啸。

昨天还跑过的街道，面目全非。家用车和屋顶被冲得到处都是，气温骤降，天空落下悲伤的大雪，湿漉漉的地面倒映出救护车灯的红光。她裹紧毛毯，在废墟里翻找搜寻。她哑着嗓子，一遍一遍地呼喊：“喂，你在哪儿？罗小衮，你回话啊！”

始终没有声息。

伤者的消息从四面八方而来，没有滚滚的消息。校外的海面上，曾漂浮起数千具遇难者遗体，都是被海浪卷走的市民。他们伴海而生，又随海而去。

全校多名学生，在九级地震和海啸中遇难。一个月后，在临时教学区复课，滚滚的名字还是位列“失踪者”的名单。但所有人都明白，他几乎没有活下来的可能。学校为失踪遇难学生设了专用纪念堂。她去献花时，意外地遇见了兰姨。兰姨的孙女也在静海一中，这次没能逃过一劫。

问到初初来祭拜谁，兰姨提起了一件往事，让初初像被人兜头敲了一棍子，失魂落魄地回到家。爸妈不闹离婚了，那小三的肚子是假的，她拿走了爸爸用她的名字开户的存折，取了钱，走得无影无踪。爸爸对妻女存了一份内疚，震后一直在家里，对她们母女俩很好。

初初从学校回来时，妈妈正在厨房里炒菜，爸爸在摆筷子。她径直进了房间，关上门，在书桌抽屉里翻了一会儿，就是找不到当年的那件东西。

收哪儿去了呢？

她翻出床下的铁皮盒，果然，它在这儿。志愿者捐给福利院的这个黄色蝴蝶结，是五岁那年的她，最拿得出手的发饰。

初初走到镜子前，把那朵蝴蝶结往头上比了比，真是好土的一个蝴蝶结，颜色艳丽得俗气，现在戴到学校里去，一定会被大家笑掉大牙的。

她望着镜子里戴着蝴蝶结，傻里傻气的自己，笑着笑着，鼻子一酸。十一年前，五岁的她正是戴着这个蝴蝶结，搬了张小板凳，眼巴巴地在福利院门口等“爸爸妈妈”。

她的小算盘打得啪啪响，心想，如果她第一个在这里等到

“爸爸妈妈”，装得好乖好乖，“爸爸妈妈”就一定会最喜欢她，把她挑走。她不知道的是，兰姨说，那户人家其实早就来过福利院。六一儿童节联欢时，他们全家都来了，混在志愿者当中，暗暗观察这些孩子。

那天的儿童节表演会，初初独唱了一首《小蜜蜂》，甜甜的笑容让人心生怜爱。尤其是那户人家的小儿子。那小男孩，也只有六岁，他说：“妈妈，妈妈，我喜欢听这个妹妹唱歌！我们收养她吧？”

他爸妈也觉着，这唱歌的小丫头很可爱，但领养孩子事关重大，他们想再考虑两周，两周后再来看看孩子们。

两周后，到了约定的日子，不知情的初初一大早就跑到门口等。结果那户人家的女主人却改主意了，说，还是想收养个男孩，给她亲生儿子当兄弟。

兰姨明明知道初初还在门口傻等，不忍心告诉孩子真相，于是就没有叫她回来。倒是这户人家的儿子很生气，怪妈妈临时变卦，没有认养妹妹，妈妈不信守承诺。

领养手续很快办妥，领养人一家都上了车，准备走了。那小儿子忽然喊停车。小男孩跳下车，轻轻地，走到守在门口的初初身边。初初一晚没睡，一旦睡着，便睡得那样沉，歪着头几乎要坐到地上，眼角隐隐闪着失望的泪光。

当时的他，也不过六岁的孩子，却忽然觉得这个妹妹好可怜，她没有爸爸，也没有妈妈。他走过去，细细打量她的脸，记住了她五官的模样，还有她左眼下那颗小小的泪痣。

他歉疚地轻声说："对不起，我妈不肯收养你……不过，等我长大了，我会回来找你的。我会像对亲妹妹一样对你好，给你买最漂亮的生日蛋糕，别人欺负你，我就帮你打他，你欺负别人，我也帮你打他……对了，我还会演小丑，老师说我演小丑的样子，最能逗人开心了！"

"滚滚，你还在干什么？我们要回家了！"

汽车在远处鸣笛，爸妈催他快走。

她歪着头睡着了，什么也不知道。浓密的睫毛垂在眼底，像个可爱的洋娃娃。他呆呆地看，终于恋恋不舍地起身，拍拍裤子上的灰，郑重地，像个小男子汉那样承诺："我叫罗小衮。等我学会了《小蜜蜂》，将来也唱给你听，好不好？"

十年后，在静海一中的新生入学典礼上，滚滚一眼认出了她。

她改姓林，名字里仍然是"知初"。在他眼里，她还是当年那个扎着小辫咿咿呀呀唱歌的初初。他接送她放学，给她买最好吃的蛋糕，别人欺负她，他帮她打别人，她欺负别人，他也帮她打别人……他吞粉笔头、扮小丑，只要她开心一笑，让他怎么耍宝都无所谓。他终于唱了那首《小蜜蜂》给她听，在生命的最后一刻。

十年前小小的男子汉，兑现了他的承诺。

【第三章】

难过时我会记得笑

那杯咖啡该凉了吧？

在林知初的手里，悬而未决的半空，以哀艳寂寞的姿势。

面对凝神倾听的一屋人，十几岁的林知初眼里含着两汪盈盈的泪光，还在死鸭子嘴硬：“我也不是真挂念他，只是失踪名单上一直写着他的名字，也不知是死是活……这样一直放心不下。那家伙笨，也不知道那几下子狗刨，对海啸管不管用。”

那天入了夜，一轮银月缀在深蓝色的天幕上。趁节目组的人去送林知初，安森提醒清酒，明天还有很重要的电影试镜。这时，颜泽走进来递给他们师徒俩一人一份行程表。

“明天开工。人员分两组，第一组拍摄委托人的故事短片，找两个中学生出演林知初和罗小衮；清酒担任外景主持，安排到第二组，由我带。我们这组拍摄真实的寻访经过，完成委托人的心愿。”

“这么快？我们明天还要试镜！”安森抗议。

颜泽看也不看他，用眼神问清酒：“OK？”

“我都听师父，不，经纪人的。”她的话音犹在舌尖，那问话人的目光已骤然冷了下去。

颜泽根本就没有商量的意思：“就这样，明天早上七点集合。”

安森不爽了：“我们怎么去得了？明天的通告，是一个月前就跟对方谈好了的！如果违约了怎么办？违约金由你们片方来付？！真是笑话！”

“可我们也谈好了明天开始拍。”

“拍摄时间没那么紧张，稍微缓半天没关系的嘛。”

“我记得是五百万。”颜泽忽然来了这么一句。

“你怎么知道我跟对方的合同？”安森戒备地问，明天通告的违约金并没有五百万，他只是讨厌被人揭老底。

颜泽扬了扬眉。

“我是说，我们合约里也写了违约金，五百万。”

安森几乎是用颤抖的声音说：“不，我们又没有违约。”

“可如果你们拒绝参加拍摄，那就……”

丁柔适时地拿来了合约，上面白纸黑字地写着：“甲方需配合片方的拍摄需求，按照乙方规定的流程执行。如因甲方个人原因造成乙方的进度延误，则视为违约……”

这一条？这一条他怎么忘了呢？安森的身子晃了一晃，几乎要倒了，啊！他想起来了！签约那天清酒还在病床上，他一个人来台里，一来就被一大群美女工作人员给围住了，纷纷打听——“安森哥你这条项链哪里买的，好美哦”、“安森哥，你的皮肤好好呀”，左一个安森哥，又一个“你好帅”，飘飘然的他也没细看，料想大电视台这么给面子，也不会在细节上刻薄他，只扫了几眼便签了。

“你？！我最讨厌别人用钱来威胁我。”

“安先生，专业一点。”颜泽的嘴角掠过一丝若有似无的笑，“只要你们配合录制，不给我的节目捣乱，我就不会为难你们。”

当晚，师父在灯光下细看合同，第二页左下角真有这么一条，两份合同一字不差。他连夜咨询律师，律师说如果真翻脸的话，节目组的胜算更大，对清酒的声誉也会有影响，毕竟对方掌握舆论平台，又是一档公益节目。

“最关键的是，安先生，电视台里有监控，他们一定有证据，证明是你自己签的字，没人强迫你。”律师说。

“谢谢，我明白了。”师父放下电话，心里有了主意。颜泽一定是不信任他们的专业素养，故意在合同里加把锁，让他们无法分身接别的通告，只能安安心心待在这儿录节目。

既然不信任，那么他们就要做得更好。

第二天早上六点五十分，丁柔和化妆师小昭就来台里了。小昭打着呵欠，说没睡饱。丁柔安慰她，主持人一定没这么早来，待会儿她可以先趴在桌上补个觉。

“嗯，也是。”小昭点了点头，外聘的嘉宾没几个会准点到的。可当她们走到化妆室前，丁柔还在翻包找钥匙，大门嘎吱一声开了，只见安森绅士地站在门口。

“早啊，两位美女，帮你们买了早点。”

清酒的长相很适合上妆，小昭夸了几句，安森就来劲了，连声说“美女你真是有眼光，我们家清酒底子最好了”——完全就是个当妈的样子。

他还不忘叮嘱:“清酒的右脸比左脸要好看,小昭你费点心,把她的左脸多修饰修饰。”

“好嘞。”

小昭应着，清酒配合地转过左脸。刹那间，对上颜泽坐在不远处凝望她的眼神。

他什么时候来的?

艺人早已习惯了被人看，清酒却兀自心跳加快了一拍，倒是颜泽,状似无意地收回目光,习惯性地皱紧眉头,认真道:“其实左脸也行，眼影再加深一个色度就好了。”

原来他只是在端详一个要出现在他制作的节目里的脸，就像端详一件节目道具做得完美不完美，哪里还要修改一样。她竟以为他是在看她，真是自作多情了。

这天的行程是先去罗小衮家。

他家住在背山面海的别墅区。独门独院，日光静谧无声。偶尔有业主的跑车经过，惊起一地落樱如雪。一切都很美好，就是家里没有人。

保安显然经过授意，誓死不说这户人家去了哪儿，后来节目组用“与颜清酒小姐合影，还有签名照片”为诱惑，他才承认这里住的就是罗小衮一家，全家人都去了香港，已多日不见了。

于是回去的路上，安森又威风了一把，喋喋不休地说:“哎呀还好你们请了我们家清酒，啧啧啧，多有号召力的一个姑娘啊！观众认的不是‘东星卫视’这招牌，认的是我们家清酒这张脸。”

吹得久了，连清酒也不好意思起来。同事们也附和着说：“是啊是啊！”又把她浑身上下给夸了个遍，让清酒不禁想起某年路过郊区农场时，见到的一句标语——家猪哪有野猪香，野猪浑身都是宝。

只有颜泽倚在椅背上闲闲地说：“你也不会后悔加盟我们节目组的，往后别人看到你，首先想起的绝对是你主持过的这档节目。”

“哦？是吗？”安森轻哼了一声，偏过头去。

去静海一中的路上，颜泽心事重重。

他怎么能放下心头大石呢？按节目规定，委托人既然来了，说出了自己的故事，节目组在得到这个故事的同时，也要帮委托人实现一个心愿。那天在会议室里，颜清酒问林知初她的心愿到底是什么，林知初想也没想便说，她只是想再见一次罗小衮，那个傻傻呆呆的小跟班。

海啸后，他的名字就永远在失踪者一栏上。既然一直是“失踪”，就意味着还没有找到尸体，没有宣告死亡。

安森也感动于他们的故事，但感动归感动，现实又是另外一回事。回到车上，安森问小昭：“怎么没看到今天的剧本？”

小昭愕然：“什么剧本？”

安森简直无语：“难道就这么一户一户、一个一个部门地瞎找？”

"也不算啦，我们不是有策划和思路吗？"

"那不够！"他提议，"我们先确定一个'寻找过程'的剧本，按剧本来拍。比如，去学校是为了找罗小衮，意外地遇到了谁，又发生了什么惊讶的事，然后爆出另外一条线索！这些意外，都是需要来安排的，找适当的人出现在适当的地方就好了。寻找片不都是这样拍出来的吗？寻找过程跌宕起伏多好看啊？！最后就算没找到人，观众看得过瘾，够痛快，也会觉得节目组已经尽力了，收视率一定能上升！"

丁柔见颜泽不发话，也没有表态。小昭耿直，脱口就问："你的意思是不真的去找罗小衮，只要我们敲定一个剧本，然后让主持人演一遍？"

这时，车已拐上了主干道，大约二十分钟就能到达静海一中。

安森点头："大家不都这样吗？如果我们就这样走到罗小衮家，然后是学校，同学走访……这样一个一个拍下去，不乏味吗？想累死清酒吗？五天都拍不完。"

"可如果我们不真的去找，又怎么知道能不能找到？"小昭不解，"我们这档节目强调的不就是'真实'和'动人'吗？"

安森最恨这种不接地气的小天真，说："我的小姑娘，当然不用真的去找啊！罗小衮是被海啸卷走的！海啸！十米海啸你懂不懂？现在海啸都过去大半年了！他要是活着的话，早就该回来了！你没听那委托人讲故事，罗小衮是林知初的跟班，只要他还在这个世界上，还有一口气，爬也会爬回来找他的公主的！可现在呢？半年都没有音信。所以，罗小衮只能是因为尸体被冲入了大海，找不着了，才没宣告死亡。他是真的死了，回不来了。”

这句“他是真的死了，回不来了”，让一旁闭目养神的颜泽眼皮轻轻地颤了一颤。他睁开眼，瞳孔里隐约有一丝细细密密的疼，生生地扎进清酒的眼里。清酒素来不敏感，这一瞬间却感应到，颜泽一定也被这句“他真的死了”刺痛了心。

安森还在说：“这样找是在浪费时间，拟个剧本拍，两天就搞定了，现在五天都拍不完，最后还不是一样的结果？”

“结果当然不一样，一种是尽力，一种是敷衍。委托人还是个小女孩，我们不能骗她。”颜泽说。

安森冷笑：“现在的孩子都精得很，说不定人家就是为了炒作。”

颜泽忍了许久：“安先生，你带的颜清酒为什么会红？她红是因为人们对这个女孩倾注了最大的善意。难道当初颜清酒受伤时，你也希望别人说，她是为了炒作？”

“颜导，清酒还是个孩子，对事不对人，不要扯到她身上……”安森的手机恰在这时响了，他瞥了一眼屏幕上的名字，连忙接起，恭恭敬敬地说：“喂？”

“什么……不不不，导演，你听我说！事情没有你想的那样糟……我现在就过去，马上到！”安森适才涨红的脸颊一片惨白，说了几句就匆匆挂断电话，稳了稳清酒的手：“你乖啊，一会儿你自己去录，我去办件要紧事。”

她本想多问一句，但安森已经起身要司机停车。小昭问：“咦，你不跟清酒去了，你放心吗？”

安森客客气气地笑："这是什么话？呵呵，我当然放心啊！既然合作，就是一条船上的人。清酒就拜托你们了哟。"说完就下了车。车疾驰而去，清酒孩子气地眼巴巴地张望了好几次，直到师父的背影消失在越来越远的街景里。

清酒颓然地转过身来，这次来录节目，师父口口声声答应，说："清酒你放心，有我全程陪着你，什么样的活儿我们搞不定啊？"

本来答应得好好的，忽然就丢下她走了，想必是有了大麻烦。

果然。

没过几分钟，她就收到师父的短信——

"今天的试镜，我本来和导演说得好好的。另外找个晚上去拍。这部戏是公司今年的重头戏，你的角色是'被抢走男友的乐观少女'，对爱情执着，善良大方，很讨观众喜欢。为了这个角色，我不知跑了多少趟，费了多少口舌，才把投资人和导演都打点好。今天的试镜本来就是个过场……"

哪知半路杀出个程咬金。他们公司是工作室制度，每个经纪人带不同的明星。清酒明天还有一个重要的通告，也去不了了。公司为了救场，让另外一位新人去参加明天的通告，作为交换条件，这位新人的经纪人提出，希望今天能去参加试镜。

公司本来很肯定要给清酒这个角色，现在出现放鸽子的事情，片方担心清酒做这档节目会影响拍摄。导演打电话来告诉安森，新人的试镜很成功，片酬也比清酒低。让投资方觉得，女主角起用新人也很有看点，国内某名导不就经常用新人吗？

导演说，清酒如果不能确定档期，片酬还维持原来的价位，她就很可能会失去这个角色。

导演这么一说，安森就急了，先下车去找导演、投资方和公司斡旋。他叮嘱清酒：“我会尽全力帮你拿到这个角色，清酒，接下来的拍摄，就看你自己的了。”

静海一中，教导主任打着哈哈不愿透露学生的信息，索性找了个“有急事得去办”的借口，一溜烟走了。颜泽本来都告辞了，下了一楼后又折了回去，自己打开档案柜找资料。

2009 年入学学生资料。

2010 年入学学生资料。

2011 年入学……哦，有了，就是这个：罗小衮，性别，男，出生年月，199× 年，目前就读于高一 K277 班。班主任老师：赵新屿……

看似平常的信息，却少了他与旁人最不同最重要的信息，颜泽眉心一动……或许事情比当初设想的要复杂，他又翻出那些确定遇难了的学生资料，一页一页，越是翻下去，心里越是浮现出隐隐的笃定。

“咦？罗小衮的名字没有盖章？”清酒捧着他放下的那本册子，“这是不是说明他还没死？”

看来她也不是太笨，但她怎么是从他的胳膊下钻出来的？这丫头坐轮椅，本身个子又矮，要凑过来看只能从他的胳膊下钻出来，像只毛茸茸的小动物。

颜泽毫不留情地把她从怀里推了出去，说：“没盖章的也可能是失踪，你看看这几本……”适才他翻阅的那些册子里，确认死亡的孩子的名字都有盖学籍取消章，失踪的孩子没有盖。大抵也是为了从人道主义出发，人没寻到没个准确的下落，就盖棺定论，太没有人情味了。

原来如此。清酒的两肩松弛下来，无精打采地倒回轮椅靠背……下课铃响，不过两秒钟，走廊上响起了学生们争先恐后去上厕所的嬉笑声。有学生在办公室门口探了探身，见主任不在，识趣地闪身便走。分秒之间，颜泽叫住他："程笃森？"

那清瘦的背影定住了，回头奇怪地打量颜泽："你是……"

他正是程笃森。

程笃森瞧见清酒，眼神惊艳地一亮，旋即老成地点头打招呼。颜泽问起雨中误伤了林知初的那桩旧事，程笃森满脸歉意地说："对于林知初，我一直怀有一份内疚，有什么能帮忙的我一定尽力帮。"他还说，自己一时之间也想不出关于林知初和罗小衮的线索，如果他想起什么重要的细节，一定会打电话给节目组。

下课就这么几分钟的时间，他推说要上课，刚走回门边，颜泽又叫住了他："等等，程笃森，你的保送资格呢，批下来了吗？"程笃森几乎是一愣，仅仅一秒的瞬间，紧张、愧疚、惊恐渐次划过他的眼底，他很快镇定下来，释然地回头微笑道："是的。"

"那恭喜你。"

"谢谢关心。"

程笃森举手投足间彬彬有礼，一看便知是好人家出身，他太客气了，客气得不像个十七岁的少年。

望着他离去的背影，颜泽思忖片刻，对一行人说先去别的地方。他心情好了不少，顺口还问了身边的清酒一句："颜小姐，你的直觉灵吗？"

"还行。"

"有一个女孩，你认识，我也认识，她的直觉也很灵……"说完颜泽已经转身走了，一副迫不及待要查清楚真相的急切劲头。

"哎，等等！"

她追上去，这段下坡很陡，颜泽人高腿长，不多时已走出老远。人到急时方恨腿短，师父为了图漂亮，给她买了张好看是好看，但划起来特别吃力的轮椅。清酒转了好几圈轮椅，只听得吧嗒一声，不知触动了什么机关，轮椅就失控了，以快十倍的速度飞转起来，往陡坡下冲去。

坡下有一个养荷的池塘，碧水盈盈，约莫一两米深，清酒慌了，一个"啊"字还卡在喉咙里，人已撞到十几米开外的颜泽身上，咚的一声，轮椅往侧一偏，又撞上了花坛，晃悠了好几下才勉强停稳。她抚了抚受惊的小心脏，还好啊还好，有颜泽给挡了一下，不然她连人带车都得栽进池子里去。

清酒一脸庆幸地回头瞧，只见某人正坐在荷塘里，半片蔫了边的荷叶搭在肩头。好几尾胖乎乎的锦鲤，欢快地从他身边游过去，还不忘搅起一池水花。

清酒稳定好情绪："颜 Sir，你，你怎么掉下去了……"

“你觉得呢？”

颜泽好像真的生气了，晚上全组去吃麻辣小火锅，独独他不肯去，一个人回台里加班。在路口告别时，一帮人都往火锅店的方向走，颜 Sir 却往另外一个方向走。清酒回头张望，只见他孤孤单单地伫立在路旁，背心湿漉漉的，一个干净落寞的背影。

虽然师父说对颜泽这个人要提防一点，可清酒看到他孤孤单单的样子，心里还是有点不忍。清酒拉了拉身边的同事，说：“不如我们让颜 Sir 别加班了，回来和我们一块儿吃火锅吧。”

一群人里竟没一个应声的，个个都支支吾吾。一个老资历的同事说：“算了吧。好不容易大魔王走了，他要一回来，大家可都吃不好饭了。”

这是句实话，颜泽爱聊工作，吃饭时也不例外，边吃边聊，聊出无数火花。等吃完了，与他同桌的下属也就多了许多新工作，所以同事们都不爱和他同桌。当面尊称颜 Sir，一转身都叫他大、魔、王！

“大魔王”走之前，曾把小昭叫到一旁交代几句，她嗯嗯点头说好，随后便不见了——直到大家在火锅店里吃了两大盘涮羊肉，她才回来，坐到清酒身边，用一种吃惊又好奇的眼神，上上下下打量着清酒。

清酒被她看得发毛：“呃，怎么了？”

小昭凑到她耳边悄悄地问：“清酒，你以前就认识颜 Sir 吗？”

“昨天认识的，算不算‘以前’？”

“少来！”小昭狡黠地眨了眨眼，“把你手心给我。”

清酒乖乖地伸出手去。

“喏！这就是万恶的颜老怪要我先别吃饭，也要给你准备好的东西。”

清酒低头望手心，手心里摊着一沓创可贴，还有几页 A4 打印纸。

“创可贴买不到他说的最大号的，这种小的，你先贴在轮椅扶手上，增加摩擦力，下次就不容易脱手了。这几页打印纸上是你这款轮椅的说明书，是美国的新款呢，有自动加速功能，有内部驱动力，不用手动也能前进的。”小昭笑说，“颜泽说，你这种笨脑袋一定没认真看过说明书，他特别要我上网找中文版说明书，打印出来给你，要你今晚一定细看。”

颜泽这番费心思，也是不想被撞第二次。清酒折起那几页纸，认认真真收到包里，心底生出一丝内疚，她问小昭：“颜泽是不是生气了？”

“这哪看得出来啊？”小昭支着下巴想了想，“颜 Sir 啊，训人的时候是死鱼脸！欢喜的时候也是死鱼脸！一年到头都是一副工作狂的死鱼脸！我要能看出来他的喜怒哀乐，早就升职当特助了……不过仔细想想，他跟平时是有点不一样。平时他哪会管这些细节？从前他哪会准我们吃火锅？更别说请了！他宁愿发伙食补贴，也不想我们把时间浪费在吃火锅上，恨不得我们吃完快餐马上就可以回台里加班，真没有人性……”

浓郁的汤汁在锅里沸腾，清酒低头夹了片碗底的冬瓜，默默嚼了几口，脸颊每一处细微的毛孔都敏感地暖热，连同心，一寸一寸被暖热至滚烫。

那一天在广电大厦楼下，瞧见颜泽在喂猫，清酒问他：“你的猫叫什么名字？”

“豆豆。”

她笑着说：“啊，我也叫豆豆啊，不过我可不像这只胖猫爱吃猫粮，我爱吃的是麻辣小火锅。”那天的颜泽很冷漠，总是一副不太爱理人的样子。她本也只是随口说说，以为他根本就没听到，更不曾在意。现在想来，她说过的一字一句……他都是听进心里去了的。

当晚回去，街边已是灯光一盏连着一盏，她在房间里等了许久，也没有师父回来的消息，打过去还总是占线。清酒真有点急了，师父把她扔在这里不闻不问，这么晚不回，电话也不接，这得是遇到了多大的麻烦啊！

十点了。

她睡不着，坐上轮椅出门，这间酒店就在广电大厦旁边，她往广电楼上望了望，整栋大楼的窗口都熄了灯，只有一间办公室的灯还亮着。

鬼使神差就进了电梯，来到这层楼，来到这间办公室。年纪也不小了的男人，从来不约会，每天伏案工作至深夜，难怪找不到女朋友。

“颜 Sir？”

他闻声抬头，台灯的光线勾勒出一个分明清朗的轮廓。见到是她，他神色里生出稍纵即逝的惊讶，合上正在看的文件："来请假的？"

"请假？"

颜泽低头轻笑："也是，你应该还不知道，你师父没回来吧？"

她老老实实答："没回来，出什么事了？"

"还是你师父告诉你比较好。"他起身去饮水机边泡茶，壶里空荡荡的，半杯水也没了，他自言自语，"怎么就没了？"

"你办公室没有储存一点水和零食的吗？"清酒说，"常常加班的话，还是备点要好，人渴久了，饿久了，都容易生病。"

颜泽打电话叫管理处送水过来，一轮电话打过去，都说送水的师傅早下班了。他放下听筒，带着淡淡疲惫地打量她，说："我到这一刻，才觉得你也不算小孩子了。十八岁了？"

"下个月就满十九了。"

"哦？"他似笑非笑，"那也是小孩子。"

"从前我很小孩子气？"

"是你说自己叫豆豆的，跟我们家猫一个名字。在我眼里，豆豆就是小孩子。"他叹气，"十八九岁的年纪离我已经很远很远了。"

"你多大了？"清酒好奇地问。

"你猜。"

"不说算了。"清酒恼恨自己怎么忽然问他的年纪，多么唐突。颜泽没说话，放松地坐回椅子上揉了揉太阳穴："没什么不好说的，二十九了。你看，跟我这样的老人家一比，你就是个孩子，是不是？你老是跟在安森背后，不怎么说话，不表达意见。安森的意见就是你的意见。一个不习惯独立思考的女孩子，自然给人感觉还是个孩子。”

这话可算不上赞誉，可这才是他的实话吧。

清酒只觉得心里凉了一凉，本还想问问滚滚那件事的线索，又觉得说下去也没什么意思，索性扭过身子道别：“那我先走了，你忙吧。”

她转身的背影瘦小得像个孩子，纤细得稍一用力就会捏碎，这么晚了，他终是不放心：“我送你吧。”

说是送。

气氛却是极尴尬的，两人一前一后，沉默地进了电梯，好几次同时说话：“你……”又同时闭嘴，谦让对方，“你先说。”

另外一人尴尬得已然忘了刚刚想说什么。

其实是因为两人的心底都燃起了莫名的悸动。在乎，才会觉得不自然。气氛才会像水泥一般凝结，又像快到燃点的空气马上要着火。

还好就那么几楼，数字眼看着要跳到5、4、3……突然在4与3之间卡住了。

电梯，停住不动了。

颜泽几秒内摁下所有楼层的按钮，又按急救铃，回头看清酒坐在轮椅上，没有丝毫慌张的表情：“看不出你倒是淡定。”

清酒呆呆地回过神，咽下一口口水，紧张地问：“电，电梯坏了？”

“嗯。”

“啊啊啊——怎么办？”

“……”

原来某人只是反应慢了一拍而已。

急救人员说马上就过来修，大约要十五到二十分钟。这电梯三面透明，面朝对面的大海。今晚的月光悠白，无声地穿过厚实的玻璃，凉凉地打在手背上。一时四野无声，天地间仿佛只剩下他、她，还有深蓝色的天幕上灼灼的繁星，天幕下暗涌无声的海面。清酒来办公室找他，原是为了白天他的照顾说声谢谢，现在就他们两人，清酒绞着手指酝酿了一下措辞：“小昭把创可贴和说明书给我了，谢谢你对我的关心……”

“我可不想再被轮椅撞一次。”

“哦，也是。”她嘀咕，“其实你也算不上关心……”

嘀嘀咕咕倒被他听见了。余光里，颜泽的眉毛似是皱了皱：“哦？我哪里没对你关心了？”

听他这么一说，低头绞手指的清酒一抬头，恰好与他的视线撞上——他一张略显疲惫却精致非常的脸，挺直的鼻梁，利落的眉，还有能望穿她心思的眼。蓦地，她的小心脏漏跳了一拍，又剧烈地怦怦跳动起来，就像快要跳出胸口。一时之间，也不知该说什么好，抬眼只见天空一轮满若银盘的月，月下是深蓝的大海。

波光粼粼，温柔的大海。

她回头悄悄看他的下巴，果然是一加班就长出了一层粗粗的胡楂。

“看什么？”傲娇如颜 Sir，也被看得不好意思了。

“你每次加班就会拼命地长胡子，发现没有？”

“这都被你发现了？”颜 Sir 下意识地摸了摸下巴，“所以每天早上都得刮。”

“每天？”

“每天。”

清酒好奇地望着，忍不住伸手想摸一摸的样子，有些话压在她心里许久：“其实每次看见你的胡楂，虽然只有一点点，还是会让我觉得亲切。还有你说话的声音，每次听到都觉得想要一听再听。”

她难得一次说这么多话，又说得这么直白和肉麻，一时间颜泽的脑子里像有一根弦几乎要断掉。黑暗中他沉默着，半晌才说：“为什么？”

“因为你说话的声音很像我爸爸。”清酒说，“我爸和我妈都是在大地震里去世的。小时候我爸爸可疼我了，每次回家都给我买棒棒糖，还会用下巴的胡楂扎我的脸蛋。”

她伸手轻轻碰了碰他下巴上的胡楂，说：“对，就是这种感觉。”旋即又收回手抱歉地说，“我冒失了，对不起。”

他并不生气。

“你很想念他们？”

她轻轻嗯了一声：“如果可以，我愿意用十年的寿命，换他们再醒来一次。”她很久没跟别人说家里的事情，也没想到倾诉的对象会是一个最不可能的人，颜泽。

“我很啰唆吧？”

“没。”颜泽摸了摸她的头，“你很乖。”

清酒望着他。

他们好像在这一刻不是敌人，不是工作伙伴，也不像是朋友……到底像什么关系呢？清酒想着，眼前忽然陷入一片伸手不见五指的黑暗里。

停电了。

这电梯厢里唯一一盏昏黄的小灯熄灭，紧接着，电梯厢自由落体般地下沉，完全不受控制，屏幕上的数字剧烈地跳动，4、3、2……

清酒尚是经历过地震和海啸这样大场面的人，遇着电梯故障下坠，还是脑海里一片空白。没有主意，也不知该怎么办，反应过来后冒出来的第一个念头竟然是——这次恐怕要和他死在这里了。

短短几秒的时间，暗得不见一线光芒的电梯里，他几乎是条件反射地抱紧了她，像爱护当初那只小小的猫。这怀抱让她想起了小时候被爸爸保护在怀里的温情，尽管这只是转瞬即逝的温情。

好多年没人这样保护过她了。

哐。电梯箱沉闷地响，在二楼停了下来。依然没有灯，两扇门缓缓往两旁退去。两名维修工人举着钳子站在门外。他们见颜泽把清酒护在怀里，看上去很有剧情的样子。一名维修工抹了把汗，说：“打搅了两位，我们是来修电梯的。你看你们是继续，还是让我们先把电梯给修了……”

清酒和颜泽：“……”

“你和颜 Sir 昨晚被困在电梯里了？”一大早到会议室，小昭就追着清酒问。

“是啊，电梯故障来着。”清酒喝水掩饰尴尬。

“你们还在电梯里拥抱了？”

清酒差点被水呛到：“你听谁说的？”

小昭笑眯眯地说：“看来维修部的那帮人传的八卦，也有靠谱的时候嘛。不过……你和颜 Sir 走得近，有人得不高兴了……”

清酒低声问：“是谁？”

小昭也压低声音：“往后你就知道了。”

她不再问。一来因为问了小昭也不会说，还有一点则是，连她自己也不知道为什么要问——这只是围绕在“颜清酒”这个名字周围传过的八卦里极不起眼的一条。做艺人就得习惯被注视、被议论，与她传过绯闻的男生里，有新生代的艺人，也有世家子弟、公司小开……她从来都不理会，这次多问了小昭一句“是谁”，已是跟平时大大的不同了。

清酒可以骗过所有人，却骗不了师父，骗不了自己的心，昨晚颜泽送她回酒店，一路上她几乎没和他说话，比在电梯里的时候的表情还要呆。后来也不知道颜泽说了句什么，大概是“今天就送到这里了，明天见吧”之类的话，她拿卡开了门，又砰地关上门，然后贴在门背后，从猫眼里看着他离开。

他应该有一米八三以上吧，那么高，推着她的轮椅的时候，需要微微俯下身来。清酒从猫眼里安静地看着这个男人。看着他越走越远，看着他等电梯时略微凉薄和沧桑的侧脸。他年长她近十岁，不是男生，已是个真正有担当的男人了。

他跨入电梯门的一刹那，她恍然一阵失落，又跑去窗户边偷望。

一会儿，果然他从大厅里出来了，变成了马路上一个细微的点，越走越远。

屋里没有开灯，她默默守在窗户边，一直望着他走远，望着他走去两百米外的大楼，望着他上楼，想象着他回办公室工作去了。这里望不见他的办公室，他会忙到几点呢，回家的时候，电梯会不会又不给力呢？

清酒既矛盾又懊恼地瘫倒在大床上，这大半夜的，她一颗心乱糟糟的全是他，全是他的脸，或颦眉、或肃然、或冷峻、或温柔……每一种表情，都清清楚楚地烙印在她的脑海里。她望着天花板出神，脑袋有两个声音在争执，一个说："如果老想他，那就打电话去呗，手机就在手边，拨个号码就好了。"

另一个就说："真打了电话说什么呢？"

"笨蛋，就问问你到办公室了没啊，什么时候回去啊，不要加班太晚啊之类的呗。"

"啊啊，没话找话也太明显了吧？"

清酒恨死自己了，这时候一点主意也没有。她攥着手机下不了决心。这时，手机屏幕一亮，铃声响了，有人打电话过来，屏幕上显示着来电名字。

居、然、是、颜、泽。

“你到了吧？”他的声音听上去很温柔，原来颜 Sir 也有犯傻的时候，刚才送她到家门口的，不正是他自己吗？

清酒也傻傻地回答：“是啊，我到了。”又把躺床上时想的台词，原封不动地给搬了出来，“你到办公室了吗，别加班太晚，早点回去休息。”

“嗯。”

两人絮絮叨叨都是些“你几点睡”、“不要忙太晚”，或许他们并不在乎对方究竟说了什么，在乎的只是，此时此刻能听到对方的声音。

最后他说：“我也要回去了，我的门禁卡掉了，你找找看在不在你门口，没有就算了，晚安。”

“你等等，我现在就开门看看。”清酒开门到走廊上，咦，门外五六米的走廊处，地上真躺有一张白色的门禁卡，“在这里哎，我捡回来了，明天带过去给你吧？”

“好。”他似是松了一口气，“居然真的掉在你房间门口了，你先帮我收着吧，那么……明天见？”

她恋恋不舍地哦了一声：“明天见……”

春心萌动的人果然都是些呆货，昨晚最惨的是安森，他连打了几个电话给徒儿清酒，想要交代她几件事，可呆徒儿在打电话，师父的电话就一直打不进来。等她看到安森发来的短信，已是第二天一早。

师父说：“一切都有了眉目，你好好休息，明早碰头。”她去办公室找颜泽的时候，颜泽已与安森师父约好了，第二天早上七点在会议室里见。

于是，当小昭告诉她，师父一早带了市里最好的律师，在会议室里与颜泽、丁柔重新交涉时，清酒才会那么惊讶，嘴巴张成一个大大的“O”形。想来，昨晚见她到办公室，第一句话便是“来请假的”，原来是这个缘由。

他们交涉了许久。

颜泽的冷峻沉默，师父的咄咄逼人，丁柔的柔中带刚，都透过细细的百叶窗缝隙倒映在她眼里，奈何会议室的玻璃隔音效果太好，清酒的耳朵都快卡到玻璃缝里了，却还是听不清他们说的话。一群人在会议室里讨论她的事，她却在外面一个字也听不到，这真让人心急，跟古代那些听父母之命媒妁之言马上要嫁人了的姑娘一个心情。明明见到媒人上门了，明明父母在和媒人谈条件，可她自己就是不知道这媒人到底是受哪家公子的托付而来。

清酒怀着这种忐忑的心情在会议室外观察了许久，还被颜泽发现了两次，一次是她躲在窗帘后，还有一次她用墙脚的花盆掩护自己，头上顶着一盆巨大的虎尾兰。他无意中瞟到，一口茶差点喷到文件上，只能强装淡定地无视她。两小时后，有结果了，会议室里的四人站起来，皮笑肉不笑地握手。师父推门出来，一眼便瞧见了偷听的她。

“我的小可爱，早点吃完了吗？”师父摸摸她的头，“来，我们走。”

她待在原地没动：“师父，我们去哪儿？”

“回公司，我们退出节目组。”师父轻描淡写，推了她的轮椅便走，一时情形急转而下。清酒回头看，问师父到底出了什么事。来东星之前，是他口口声声说这档节目是个好机会，要她好好把握，还安慰她不要紧张害怕。言犹在耳……

“是的，不录了。”

师父当然不是在说笑，也不仅仅是生气了那么简单。

他们师徒俩走出去没多远，丁柔就追上来，连声挽留，好话说尽，师父也只是一句“谢谢，我们还是先回去”打发她了事。

丁柔不甘心：“安先生，制片人已经去打电话联系了，事情绝不是您想的那样，我们一定会查清楚，您……”

安森客客气气，语中带刺：“丁小姐，我们当然要走。掉进了人家的圈套还不走，那不是傻吗？”

安森不理丁柔，又见清酒左顾右盼，索性挑明了：“清酒，昨天跟你说的那角色的事情，你还记得吧？那新人的经纪人，原来就是颜泽的大学同窗。那新人抢走了属于你的重要角色。另外，如果我们今天又失约，另外一家电视台也很恼火，很可能一年不给你上镜的机会！清酒，这就是口口声声说为了节目好的制片人，装出一副正人君子救世主的臭屁样，背后尽搞小动作。”

说话间，颜泽打完电话过来了。师父的话毫无意外，他都能听到。清酒曾想，这两人或许前世是冤家，于是好好的一池水也能被他们给搅浑了。这圈子里最真心待她的是师父，师父说走，她也没什么理由留下。只是……

“颜 Sir。”她在口袋里掏了掏，找出昨晚那张门禁卡。

他来接时，她迟疑地不想松手。

两人各执着卡片的一端。

她望着那张卡片，轻轻地问：“师父和你之间是不是有什么误会？”

“误会？！”安森抢先回答，“清酒，你太天真了，哪里有什么误会？我们俩就是被人黑了一把！”

颜泽冷笑：“临时换主持人来不及，你们先录完这期。”

师父坚持现在要走，颜泽放宽了条件，说如果好好录完这期，算双方和平解约，违约金就不用了。态度强硬的师父这才笑逐颜开：“那好，我们一言为定。”

他掏出口袋里的手机，摁了暂停键。“颜 sir，您刚才说的话，我可都录下来了。那……我们彩排见。”

师父推清酒离开的时候，她还是忍不住回头张望，悄悄地，余光瞄见他还站在那儿，轮廓精致得令人惊讶，一件简单的白衬衣也能穿得很好看。昨晚他们还被困在电梯里，共患难的这短短的时间里，她甚至有一丝“与他不仅仅是做朋友”的念头。

可如今……

远处的海面一点一点升高，那远远瞧见的一星儿白帆，在他们回到一楼的瞬间，已然消失了。出电梯时，一阵浓郁的海风袭来，像骤然而来的潮水，呛得她哽住了。轮椅卡在门边的凹槽里。安森使了使力，把她推出去。一路上她没有说半个字，安森长长地叹气：“清酒，我们既然要往前走，你就不能心软。”

她轻轻嗯了一声，心里纵有万般不舍也只能跟着师父走。两人到了停车场，车门刚关上，她就看到迎面驶来一辆越野车，司机是个中年男人。副驾驶座上，少年摇下车窗，向外张望，瞧见眼前大楼上的“东星卫视”几个大字，欣喜地扭头对司机说:“爸，是这里呢！”

静海市的中学生说话，都有一点点港台音，清酒当年也是，安森找普通话老师教了她很久，才纠正过来。她抬头望了那男生一眼。

只一眼。

目光便像被磁铁吸住，再也挪不开了。那男生俊秀非常，一双眸子清透明亮。她一眼就认出了他的脸，像……像极了……

“罗小衮？！”她大声喊。

那车里的男生，眉目神色，像极了照片里的罗小衮。

这是清酒第一次录这档节目，也是最后一次。

化妆时她眼巴巴地盼颜泽出现。真见着的时候，颜泽定定地望着她，直让她耳根发热，心中如小鹿乱撞，然后他指着她对化妆师说：“她这妆真老气，重新化一个。”

清酒把想说的话生生地吞进了肚子里。

直播前一小时，丁柔又细说了一遍节目流程，与昨天的彩排没有什么区别。改的只是一两句台词。清酒昨晚便对着洗手间的镜了，把台本背了个透，她看着镜了里装成大气婉约型的自己，做作虽做作，但还有那么点主持人的风姿。

这档节目是东星卫视本年度的重头戏。

二十四小时广告滚动播出，各路当红明星的贺词源源不断，铺天盖地的纸媒和网络媒体报道让节目未播先红。入场券一票难求，坐在片场里的观众一个个喜形于色，叽叽喳喳讨论着主持人和节目内容。

有人喜笑颜开，说最喜欢颜清酒，等散了一定要堵到她拿签名；有人沉默不语，海啸亦是他们心底最深的痛，今天来不仅是看一场节目，更是缅怀那永不能再续的温情。各人自有心中憾，当舞台灯光骤然亮起，把喧闹的会场染成一片雪白的月光之地时，随即慢慢地安静下来。

所有人都凝神望着台上的清酒。

颜泽、丁柔、安森都在台下关注，现场与观众在电视机里看到的画面之间，有二十秒的时间差。他做好了一切准备，如果现场出状况，立刻切换成彩排时的画面，确保节目首播能万无一失。清酒出场，与观众打招呼的那段台词，说得极好，口齿清楚，又有点呆呆的萌劲儿。

“那么，我们这档节目呢，正是以‘海啸遗物’为突破口，去探寻那些生与死，爱与恨的要义。我一直想，平凡人的故事，才是最伟大，最能打动人的。今天我们请到的委托人，正是一位既普通，而又不普通的高二年级女生。说普通，是因为她跟所有高中生一样，每天都上学、放学，过着平平凡凡的生活；说不普通，不但因为她是静海一中的校花，曾经在东星卫视的校园女生大赛里，斩获大奖，更令人唏嘘的是，她也遇到了这场百年罕见的海啸，还失去了一位重要的人……让我们欢迎今天的委托人，林知初。”

掌声如潮，林知初在追光灯里，步入宛如白昼的舞台。

“知初你好。”

“主持人好。”

简单地打过招呼后，为了让观众更了解林知初和罗小衮的故事，介绍完嘉宾之后，大屏幕上就开始播放回忆短片。

短片的许多片段，完全按照初初的叙述，原汁原味拍摄——

清晨七点，晨雾朦胧。

翠绿的叶子在风中打着卷儿落下，街上，只有清洁工人扫地发出的沙沙声。几声自行车铃响，刺破晨曦的宁静。女生和男生，两个骑车的身影一前一后出现，那是当年的林知初和罗小衮。骄傲的公主身后，永远跟着唯唯诺诺的小跟班。

她倒在大雨滂沱的操场上；她拿圆规戳滚滚的后背；她往他嘴里扔粉笔头；她打翻他精心准备的生日蛋糕……流年徒给她留下这些片段，像一出老电影里最刺心的细节，一直留在回忆里。

短片效果极好，全场鸦雀无声，观众全部的注意力都在大屏幕上。时不时会有人低头抹泪。林知初看得更是认真，工作人员在拍短片的时候，采访了大量的同学、亲人，短片里不仅有初初叙述的内容，更有许许多多，她从不知晓的镜头——

她面如死灰，倒在泥泞里。雨落如沙，把天地围成一笼白惨惨的帘幕。滚滚也倒在了泥地里，他爬起来，见初初头上的血汩汩直流，一把背起她，往医务室赶。从前看电视剧里，悲情的画面一定有男主角背女主角冒雨狂奔的镜头。看画面时，觉得多么浪漫。真在紧要关头遇上大雨时，才知道别说浪漫，连命都可能没有。医务室没人，他心急如焚，又背着她往校外的医院跑。初初终于被推进了手术室，放心不下的他，在门口守了一整夜。其实他身上也有伤口，他也被大雨淋湿了一身，他也没吃过一丁点东西，甚至连水也没顾得上喝一口。第二天清晨，班主任老师前来探望，一眼望去，滚滚竟然还坐在门前的长椅上。老师推了推滚滚的肩膀，发起高烧的他径直从椅子上栽了下去，像一截没有生气的木头。

他攒了两个月的零花钱才买得起最贵的蛋糕，他四处求人才借到一套小丑服，他守在巷子口，从五点等到七点半，终于等到她经过，却被她骂了个狗血淋头……穿小丑服的滚滚愣愣地看着她远去……忽然，他想起了有条岔路可以拦下她。滚滚扔下蛋糕拼命跑，终于赶到那条岔路口等着。可就在初初的身影出现的那一秒，他又自卑地躲了回去，没有让她看见自己。滚滚像一只受了伤的大狗，哀哀地躲在巷子里。是啊，她那么优秀，他有什么资格向她表白呢？只要能这样默默地守护，只要能看到她的笑容就够了。

从地震的第一秒开始，滚滚就暗暗跟着初初，帮她挡住快砸下来的教室门。他其实也没有什么聪明的办法，甚至想，万一教学楼塌了，有他当盾牌顶一顶，用肩膀护住她，说不定她就可以在砖石缝隙里活下来。眼看她走投无路，滚滚走上前去，只说了句：“别怕，跟我走。”

这是腼腆的滚滚说过最 Man 的一句话。

她握紧了他的手。

……

短片接近尾声，罗小衮消失在茫茫一片汪洋之中。屏幕前所有人屏息静气，没有哭泣，亦没有一丝一毫的议论与杂音。只有那片涛声，轰然回响在每一个人的心里。

灯光亮起。

每一期委托人来到节目组，都可以许下一个心愿。清酒把林知初请到舞台中央，舞台顿时全黑了，换成一束雪白的光落满她的全身。

林知初独自站在台上，前方是满场观众，身后约十米远处，是一面巨大的屏幕墙。屏幕上正播放着滚滚的照片。一会儿后，当她在全场观众面前许下自己的心愿后，屏幕墙将会朝两边打开，揭晓墙后的结果。

观众都很好奇她到底许了什么愿，全场鸦雀无声。

而台上的林知初，因为灯光太亮，看不清台下的任何观众，甚至看不清清酒。有人说，独自站在舞台上时，看上去是最圆满的时刻，被那么多人关注，其实也是最孤独的时刻——没有人与你站在一起面对这种局面，一切失误都会被放大，一切都得靠你自己。林知初自小便习惯了一个人，她以为自己早已习惯了孤独，可原来不是，她最怕的便是孤独。

她所有的骄傲都是源于童年时曾被遗弃的自卑，她所有的拒绝也只是因为害怕再一次被欺骗，她也只是个普普通通的女孩子，在有人对自己好的时候，怕他不是真心对自己好，等对方真的消失了，又后悔莫及。海啸后，校方再三交代，所有同学都不许回学校废墟，怕发生余震。可她不听，偷偷跑回去好多次，一次次在教学楼和周边的废墟里，拼了命地翻找，每一根手指上都是被砖石刮的伤口。

她最娇气了，平时划破小小的一道口子也会觉得疼，可那时却一点也不觉得，因为没有什么伤口会比心上的伤更疼。

有一天晚上，她登录学校悼念贴吧。有人发起“如果时光倒转，你想对遇难的同学和老师说什么”的帖子。许多人留言给遇难的校友：“××，我们都很想念你。”、“到天堂就不用考数学了，哥们一路平安。”

父母都睡下了。她一个人守在桌前，桌上放着罗小衮的照片。

她在那帖子里敲下这样一段话——

“如果有一天，我终于不再任性了，我终于发现自己喜欢你了，你会不会忽然出现？你会不会像当初扮小丑那样，吓我一大跳？然后看着我感动得大哭，哭得好傻好傻，像个泪人儿……”

她终于发现自己喜欢他。

在心甘情愿吞粉笔头的小丑，终于消失在公主的生命里以后。

林知初说完后，舞台上的屏幕墙徐徐而开，一个穿小丑服的男生，捧着大大的生日蛋糕，从屏幕后一步、两步，走出来，走下台阶。他小心翼翼地捧着蛋糕，小丑面具把他的脸遮得严严实实的，谁也看不到他的长相。但他走路的姿势，与罗小衮那么像，那么像。

观众雀跃了。

“咦？这不就是刚才短片里那个小男生吗？叫罗小衮的。”

“对啊，他没死啊？”

“真是太好了！”

掌声如潮，将台上的初初吞没。

而她宛如在梦中，捧着蛋糕的小丑，在她面前站定，单膝跪下，郑重地将蛋糕递到她面前。半年前，他也是穿着这件小丑服，傻不拉叽地蹲守在巷子里，等她出现，给她一个大大的惊喜……这仿佛还是昨天的事。

她没有接蛋糕，她只是看着小丑，一句话也说不出来。两人僵持在台上，清酒算不上敏感的女孩，这一刻也明白了，林知初是在害怕。她害怕开口，她怕一开口，会听到对方面具下的声音，不是她熟悉的滚滚的声音。

小丑也很紧张，台下的观众数百，电视机前的观众更是不计其数。他咽了咽口水，轻声说："生日快乐。"

观众们清清楚楚地看见，从屏幕墙打开，到男生开口说话的这段时间里，始终含在林知初眼里的泪水，啪地落下，就像垂死之人一直拼命攒住的最后一口气，突然就断了。

那滴眼泪是她最后一丝希望。

他说话的声音，不是滚滚。

他摘下面具，正是那日清酒在车里见过的男孩，俊秀的侧脸，眼神明亮，比罗小衮多了份明媚，少了点天然呆。清酒向大家介绍他："这是罗小衮的表弟，也在静海市念书。"

观众怔了一怔。

林知初也怔了一怔。

表弟说："哥哥一直有一个秘密，他不知该怎么告诉你。"

屏幕上，悄悄地播放起第二段 VCR——

大雨滂沱，女孩倒在足球场上，雨水模糊了她的眼睛，三名当事男生都在周围，罗小衮反应最快，在她摔倒的瞬间，便稍稍收脚，只是球鞋稍微蹭到了她的后脑勺，并没有踢到她。

失去平衡的他也跟着摔倒了。另一个队友刹不住，一脚狠狠地踢在林知初的右耳上。她闷头倒下去，血汩汩地从伤口往外冒，被啪嗒啪嗒的雨滴打得四散。

闯祸了。

三名少年同时杵在了原地。

你看我，我看你。罗小衮望了一眼程笃森，雨水像溪流从他头上往下淌，程笃森怔在原地，脸色是前所未有的煞白。罗小衮从未见过程笃森这么慌张的神色。他不是一直淡定得像个成年人吗？他不是老师最器重的学生会主席吗？

血融入雨水里，流到程笃森的脚边。他的球鞋上也沾上了林知初的血。他飞快地在泥地里蹭了蹭脚尖，那血迹就被蹭掉了，消失了，像是从来没有人知道它存在过。摄影师和同学们围了过来，罗小衮爬起来，抱起林知初。

她此刻已昏迷不醒，身子软绵无力地耷拉在罗小衮背上，像死去了的天鹅。

摄影师以为是罗小衮踢伤了她，张口就骂："你这个浑小子！快背她去医务室！"

"哦，好！"

她苍白的脸色让他心头发慌，背起她往医务室跑。她的安危，是他担心的全部。他哪里还顾得上为自己解释：踢伤她的人，并不是他。

后来，在教务办公室，主任呵斥着要他承认，是他踢伤林知初的。他不想背黑锅，可听说林知初右耳的听力不可能恢复，考音乐学院的理想也泡汤了，那一刻，他动摇了。

志愿者曾在海啸废墟里找到罗小衮的书包。

书包里，有罗小衮写给林知初的表白信。信是用圆珠笔写的，折成小小的豆腐块大小，藏在文具盒的下层。信里说：“如果承认，就能名正言顺地每天跟你在一起，那被误解也是一种幸福。”

要有多喜欢一个人，才能在被误解时也心甘情愿？

第二段 VCR 放到这里，观众和舞台上的林知初都像被人兜头打了一记闷棍，静默在原地不能言语。清酒坐在轮椅上，也久久回不过神，彩排时她就看过这段录像。第一次去静海一中，颜泽就意味深长地问她：“清酒，你相信直觉吗？有的女孩子，直觉真的很灵。”

他所说的“直觉很灵”的女孩，正是指曾坚信“滚滚没有踢伤她”的林知初。

屏幕上的短片被切断，画面变成了大大的“对不起”三个字，真正的肇事者不敢露面，只用一段嗓音沙哑的录音，说出了事实的真相——

“林知初，原谅我一直没有站出来承认，现在也只敢用变声器来向你坦白。或许你已经猜到了我是谁。那天踢伤你的人，不是罗小衮。而我也不是故意踢到你的，当时雨太大了，球场上又那么滑，你忽然摔倒，我根本就收不住脚！我家里管得严，一直盼着我有出息，我不能在品行录上出任何岔子……林知初，人人都有自己的苦衷，不是每个人都像罗小衮那么勇敢……”

是啊，人人都有懦弱的一面，不可能要求人人都像罗小衮那么勇敢。清酒坐在沙发上不能动，从她的视线望过去，追光灯里的林知初甚为孤独，一个人落寞地站在白光里，不知是在等待谁的微笑，抑或是在等待命运给她怎样的轮回。

她曾以为自己有多聪明，现在就清楚地意识到自己有多傻。看似懦弱的滚滚，是世界上最勇敢的男生。他又笨又呆，却会在她落魄的时候，扛住所有误解照顾她；他会在生死一线时，付出生命护住她。

“林知初来到节目组，说希望能再见罗小衮一面，至少知道他是死是活时，我们几乎没抱什么希望。一个被海啸卷走的男生，几个月没半点消息，学校不知其下落，又寻不到他的家人，你还能期盼什么呢？”清酒对着观众说，“上帝保佑，最后我们找到了罗小衮的表弟，他告诉了我们关于罗小衮的消息。”

林知初的眼中闪过一星微光，观众们的视线齐刷刷地望向清酒。清酒顿了顿，她被林知初的视线震住了，那样炽热的渴望和卑微的无奈交织着，她不忍心说出任何不好的消息，可是——

“我相信，所有人都希望罗小衮还活着，好好地活在这个世界上。林知初，就像你说的那样，如果他能像从前那样，突然从巷子口跳出来，像从前那样穿小丑衣服，吓你一大跳，如果时光能倒流，那该多好呢。公主常常会忘记跟班的存在，可跟班的目光，却永远追随着公主。”

“初初，无论结果怎样，要记得，曾经有这样一个男孩子，他爱你如生命。”

清酒放缓了语气，在全场观众和电视机前的观众的见证下，温柔地、缓缓地告诉了她结果。

这个她等待了许久的结果。

是生。

还是死。

清酒说：“在我们的再三求证下，我们从罗小衮家人和医院得到证实，林知初，你的小跟班没死。罗小衮在海啸中受了重伤，一直在加护病房接受治疗……”

之前没有哪期节目，从演播厅里一路录到病房，从静海一路录到香港。罗小衮住的这家私立医院位于香港，环境一流，医术也和它的收费一样高。爱子如命的滚滚爸说，花多少钱都无所谓，只要儿子能醒过来。

可滚滚一直处于深度昏迷状态。医生说，他或许某天会清醒过来，恢复得像个没有受伤的孩子，也有可能一辈子人事不省，变成植物人。

摄制组不能进病房。

初初换好衣服，护士引着她进了病房，嘱咐道：“小声点，不要跟他说太久。”护士小姐温柔地叮嘱，回身带上了房门。四下极静，静到能清晰地听见药水一滴一滴滴落，流进他血管里的声音。他浑身插满各种管子躺在床上，床单苍白，一如他的脸色。

其实能说什么呢？不管说什么，他也听不到。

她满心柔软得能开出一朵花儿，又痛得宛如刺进一把尖刀，非但拔不出来，还用力绞碎了血肉。她挨着床边坐下，他在输液的左手就放在她身边，手背上的针眼密密麻麻，她顾不上别的，哀哀地侧脸躺在他身边。海啸后，她梦过一千回，一万回，多想能在他身边，待一会儿，哪怕就一小会儿。

“小小蜜蜂，嗡呀嗡嗡，飞到西呀飞到东……”她唱着，贴近他的脸颊，“滚滚，你知道那只小蜜蜂，最后回到家了吗？”眼底明明是笑，泪珠却如豆，啪嗒，啪嗒，接连坠落。但她仍自顾自地说下去：“那只小蜜蜂她飞呀飞呀，遇见了另外一只蜜蜂。她喜欢上了他。她不想再往前飞了，她不用到处找家了……”

因为，有你的地方就是家。

情不知所起，一往而深。恨不知所终，一笑而泯。

夕阳的暖光，把这条走廊染成浓浓的金色，连带颜泽的侧脸，也没有平素的冷峻，满满的，全是暖意温存。没有打扰病房里的小情侣，颜泽敛了敛笑容，说：“收工吧。”节目组悄悄离开了医院，一行人疲惫而欣慰的身影，被夕阳拉得老长，老长……

快到家时，清酒收到林知初的短信。

“谢谢上天，刚才滚滚醒过来了，人虽很迷糊，但还能认识我和他的家人。谢谢节目组，谢谢你，清酒，你们让我的愿望成了真。——林知初。”

清酒想告诉大家这个好消息，却见忙碌了几天的工作人员都靠在椅背上睡着了，师父又不在。车里一片疲惫的宁静。她压抑住狂喜，眺望窗外浩瀚的海面。明明想笑，可眼泪忽地就落了下来。她傻乎乎地看着海面，一个人边哭边笑。她抹了把泪，扭头对上了颜泽的目光。

恰好，分秒不迟，她连掩饰一下眼泪都来不及。想起在静海一中时，是他第一个想到程笃森这条线索，也是他一个人回台里为这件事情加班，他坚持不能拟个剧本把寻找过程演一遍……更是他，找到了罗小衮的表弟，得知罗小衮在香港接受治疗的真相。如果在任何一个环节里有退缩，都不可能得到一个这样好的结局。

如果说他是一个为了节目不择手段的制片人，至少，他也是一个善良的足够敬业的制片人。清酒迎上颜泽的目光，这个年长她十岁的男人眼里已经有了疏离和疲惫。疲惫一定是因为录制这档节目，连日辛劳，疏离大概是因为合约的事情吧。

因为合约闹翻后，她和师父就再没有参与后来的寻找，直至彩排的时候才来，属于坐享其成。清酒不是不忐忑，甚至笃定了——颜泽心里早就把她和她的师父彻底划出团队以外了。她想了想，索性问："颜 Sir 对这个节目这么执着，是不是就为了让他们相逢的这一刻，感觉自己像个救世主？"

"或许吧。"他似笑非笑。

这也印证了清酒对他这个人的判断，虽然她还没什么阅历，却也能看懂一个人是否是真心地笑，是否有心事。她眼里的颜泽，严厉中也有温柔。他脑子里好像一直有一根弦绷得紧紧的。他受制于这根弦，只能时时刻刻朝着目的地前进，充满了使命感。

他一定活得很累吧，清酒想。真正谁都无法依靠的人，其实是他。

颜泽低头继续看下一期的节目策划，下一期的委托人昨天已经跟他通过电话，约好时间来台里聊。因为安森撂过狠话，说不会再录了，所以丁柔也没有多复印两份策划书给她们。

下一位是怎样的委托人，他又有怎么样的人生，得到过或失去过一个怎样的人呢……清酒失落地望着他手里的那份策划书，短短的时间里脑海里闪过无数的念头与画面，最终只有一个念头，无论她如何说服自己，也无法打消。她最终做出一个决定。

“那……颜 Sir，我们下一期节目什么时候录？”

他盯住她的眼睛：“下周五。”

“那好，到时候见。”她笑着往后倒，倒在椅背上，虽然很疲惫，但笑得极美。他也笑，两人便这样静静地，微笑着对望。默契倏忽之间悄然达成。

入夜时，他们的车还颠簸在路上，除了司机只有颜泽还没睡——因为清酒这丫头睡着睡着头一歪，就靠到他肩膀上了。他想推开，偏头却见她抵在他的肩膀上，脸颊粉粉嫩嫩的，顺滑的发丝倾泻下来，盖住了小半张脸。

这时，清酒的手机响了。

屏幕上显示着安森的名字，在医院外拍时，他们都自觉地把手机调小了音量，这会儿睡得像头猪的清酒当然不会听见这么小的铃音。想起安森骂过他，颜泽自作主张，直接挂断了他的电话。

他最记仇了。

还有，如果她醒了，他就看不到她这么可爱的睡颜了。她刚才问他，做这档节目，是不是就为了最后重逢的一刻，感觉自己像个救世主？

其实，他不过是贪恋这冷漠人间里，偶尔流露的那片刻温暖罢了。

比如，此时此刻。

第二幕：大雪下埋藏的秘密

王子没有纯正的皇室血统，生母来自小镇，不过是寻常妇人。为了王位和自尊，他竭力掩藏着这个秘密，他的心里下起了一场一个人的大雪，无边无际。他以为将秘密埋于大雪之中，就能让它永不见天日。直到春天来了，温暖的春天将王子的秘密像雪花一样融化掉。

【第一章】难过时我会记得笑

小昭最近很为难，组里的气氛变得怪怪的。先是颜泽把她叫到办公室，旁敲侧击地问了半天，问她有没有男孩子来台里接过清酒，或是跟清酒走得比较近。小昭很不懂事地用“老大你问我我问谁去啊”的表情回答了他。

然后，清酒也在吃午饭的时候，状似无意地问她，颜 Sir 以前有没有交过女朋友，女朋友漂不漂亮。小昭随口答了句：“没见过他带女朋友啊，有女朋友也应该没你漂亮吧。”小昭发誓她真的只是随口说说，哪知正在喝水的清酒反应会那么大，喝口水都差点被呛死。

还有安森，清酒那个娘里娘气的师父也很怪，某天下班后特意送了她一份小礼物，希望往后她能多多关照他们家清酒。清酒与她很投缘，关照关照当然没问题。只是……安森又说，清酒事业根基还不稳，不适合恋爱，如果组里有什么人想追清酒，请她一定要记得跟他通个气。小昭当时想也没想，就说理解，并收下了安森的礼物。

回家一拆礼物，还是一瓶巴宝莉的香水呢。爱不释手之余，小昭忽然想，安森说的想追清酒的人难道就是……颜 Sir？

如果真是这样，那她才不会去给安森报信呢。“大魔王”

谈了恋爱心情好，就没空对他们这些属下凶巴巴的了。小昭喜滋滋地试了试香水。

清酒并不知道师父跑去打点小昭，这会儿，她正在颜泽的办公室里，等着颜 Sir 煮家传的美容水果茶给她喝。

这还是因为开早会的时候，化妆师说了一句，上次观众反映清酒外拍的时候脸色不太好。清酒说："那下次多补点腮红？"

又有一女同事插嘴说："补腮红治标不治本，关键还是你受过伤，因为气血不足脸色才不好。"她又说，"上次颜泽的妈妈来过台里，还给他们全组的女生煮了一种特别养颜的水果茶，喝完后脸蛋红扑扑的，要不让颜 Sir 打电话回去问问秘方，你多煮一点喝喝看？"

没想到颜泽居然真的打电话回家问水果茶的秘方。

家里老太太本来歪在沙发上看电视，病恹恹的没一点精神，一听他说要煮水果茶给女同事喝，尤其是"女同事"那三个关键字，立刻龙马精神。

"儿子啊，妈妈现在就来你台里，给你煮茶！叫你那位女同事一起喝好不好？"

"不用了。"

"那妈妈教你怎么煮水果茶吧，你现在就去超市买材料，中午就煮了给她喝。你们下周就要录节目了，脸色差又不是一天两天能补回来的，现在就得开始喝！！"老太太在电话那头瞬间来了精神，她料定儿子肯定不会亲手张罗这些事，这样她就能杀到电视台，仔仔细细侦察儿子的工作环境里是不是有合适当儿媳妇的女孩子了。见儿子果然没吭声，老太太得意了，“你啊，老是不让妈妈去台里找你，说妈妈干扰你的工作，这次还得靠妈妈吧？那妈妈买好了水果马上就过来啊！”

“别。我自己来。”

“什么？！”老太太惊呆了，儿子会亲自煮这些东西？他在家里可是连苹果都没时间洗来吃的。

“我自己来。”颜泽又说了一遍，“妈，你告诉我配方就好了。”

中午海边忽然阴了天。

不开灯的房间里，有恰到好处的昏暗，颜泽把买来的水果和药材细细涮过，放入玻璃壶里。不一会儿，茶水开了，咕咚咕咚的水声在这样有点凉意的阴天，叫人心头升起莫名的温暖。电视屏幕在墙上微微发光：“今天的开机仪式可谓盛况空前，大牌男主角、大牌导演、大牌编剧的组合，让人心生期待。导演说，这次剧组大胆启用了一位非常优秀的新人，她到底是谁呢，那就要等杀青时才能向大家揭晓了！以上，为‘娱乐八八八’记者小敏发自现场的报道。”

新闻里说的这部剧正是清酒原本要参演的片子，留下来录节目后，她的角色当然也没了，给了那位导演说的新人。安森后来去找导演，也证明了争角色的事情其实跟东星卫视没关系，跟他这个制片人更没关系，只是一场误会。清酒又很想继续录节目，安森也就不强求了。虽然颜泽不待见安森，但不得不说，安森这个跟奶妈似的经纪人，当得还是不错的，一心一意，任劳任怨。而且近来安森的态度好了不少，丢卒保车，一心一意辅佐他的徒儿把这档节目做红。

平心而论，颜泽觉得那新人姑娘比清酒更艳丽，五官精致得让人找不出破绽来，但就是没有清酒好看。清酒的一颦一笑，一低头一回眸，旁人做起来无关风月的小动作，在他眼里看来都像遇见了一道美得不可言说的彩虹。

“颜 Sir，还要煮多久？”清酒眼巴巴地趴在桌子边等。

颜泽抬手看了看表：“五分钟。”

趁这五分钟，他得去回个电话。给清酒煮茶的这会儿工夫，他好几个朋友打来的电话都没接。颜泽交代她乖乖在这里守着壶。清酒故伎重施地说“好”。等颜泽的脚步声一远去，她立刻拿起了勺子。

嘿嘿，捞一块水果先尝尝。

吃草莓还是黄桃呢？

满心期待地拿着小勺搅啊搅，门外传来说话声。是丁柔和一个陌生人一边往这边走，一边在说话。她们的声音越来越近。隐隐约约有几个词钻进了清酒的耳朵里：“颜泽……哦，是啊……我是……对，他的女朋友……”

清酒拿小勺的手悬在半空中。

一股像搅匀了西伯利亚冰碴儿的血液，无声无息地涌入心房。颜泽，女朋友？

她正在想自己是不是听错了，门却被人拧开看。一个陌生的漂亮姑娘站在门口，开门的手还没放下，朗如晨星的眼眸忽地一滞，一副失落的样子：“咦，他不在？”

丁柔也跟了进来：“清酒，颜 Sir 呢？”

“他……刚出去了。”清酒打量那姑娘，那姑娘有双格外修长的腿，亭亭玉立地站在那儿，好看得让清酒也呆了一呆。她再低头看看自己，自己腿上盖着一床厚厚的毛毯，没有轮椅她哪儿也不能去。等那姑娘掩门而去，清酒黯然地把勺子放到了一边，整个人放空地倒回椅背上，懒懒的，不想动。

颜泽回来了。

见玻璃壶盖得严严实实的，看样子是没动过。

“真没喝？”

“当然了，我答应过你的嘛。”清酒收拾了情绪，挤出来一个微笑，“颜 Sir，我刚想了想，组里那么多女同事，我也不好意思自己独吞，干脆这壶带到会议室，给大家分着一块喝吧。”

他煮得又不多，哪里够分的？颜泽不知道她怎么忽然变了脸，他也不爱多话，敛了敛笑容一副公事公办的样子：“那随你好了，第二期的委托人来了，我们现在去开会，水果茶这种小事回来再说吧。”

小事？

哼，是的，关于她的事情都是小事。清酒愤愤地在他身后画圈圈。私心里，她多么希望那壶茶是他送给她一个人的礼物。天地间，独独的一份。原来他也不能，他有女朋友。

他有女朋友。

再没有比这更令她黯然神伤的了。

那壶茶就那么晾在了办公室里，两人一前一后到达电梯门边。那陌生女孩和丁柔也在等电梯，见他们俩过来，女孩却不是先跟颜泽说话，反而大大方方地与清酒打招呼："嘿，清酒。"

"嘿！"清酒笑了笑。

"刚才真是不好意思，我急着找颜老师，还没来得及跟你打招呼。我叫花涧，花朵的花，山涧的涧。"她笑吟吟地说，"你的视频感动了很多人，我也是，我男朋友以前也很喜欢你。"

说起男朋友，花涧的神色里闪过些许悲伤，她说："他还说过，我笑起来很像你。"

这一边清酒却混乱了，颜泽恰到好处地为她介绍："这是我们第二期的代理委托人，花涧。"

"你，你是委托人？"清酒窘了，又确认一遍，"那你不是颜 Sir 的女朋友？"

颜泽皱了皱眉："我有女朋友？我怎么不知道？"

原来是自寻烦恼。电光石火间，吃货颜清酒想起了一件非常重要的事——她的水果茶！她支支吾吾说："原来是这样，那你们先去会议室，我回去拿个资料就回来。"说完，转起轮椅就跑了。

留下他们三人愣在原地。丁柔对颜泽说："我本是带花涧去办公室找你的，不知怎么的，清酒就误会了，以为花涧是你女朋友。"

"哦？"其实他早就猜到了，只是习惯性这么应了一句，可幸福又哪里掩饰得住呢？他没有笑，笑意却浓浓地藏在眼角、唇边，每一处角落。

小昭拿了资料也慌慌张张来开会，恰好赶上这一部电梯，她一见颜泽就问："咦，发生了什么天大的好事？"

颜泽冷了冷脸："开会算不算好事？"

小昭悻悻地吐舌头，小声嘀咕："那你还笑成那样？全世界的快乐都写在你脸上了。"

"小昭同学，你这个月的奖金还想不想要？"

"好吧。"小昭愤愤地忍住了。

清酒风驰电掣地赶回办公室，推门，师父正坐在桌前，拿着壶直接往嘴里倒最后一颗草莓。一见她来了，师父欣慰地说："哎？清酒，这茶是你留给我的吧？味道真不错。"

啊！师父，你怎么可以这样……清酒在心里悔恨地呐喊。

看她郁闷的样子，师父像变戏法似的又拿出一杯。

"当然有留给你啦，我的乖徒儿。"

"嘻嘻，师父你真好，你最疼小酒了。"清酒开开心心地捧起杯子，临到嘴边又舍不得一口喝完，仔仔细细闻了闻那茶水芬芳的气息，才小心翼翼地啜饮一小口。这一系列小动作都被安森看在眼里，他看着这个女孩，这个他亲手教会她跳舞唱歌，跟他亲妹妹一样亲的女孩——有些情愫，他这样的过来人，岂会看不出来？只是没有当面点破罢了。

他咳了咳："清酒……"

欢欢喜喜捧着杯子的清酒，应声抬头，见师父一副神色凝重的模样，小鹿似的眸子里光芒一滞，垂头黯然道："嗯，我知道。"

"你知道师父要跟你说什么？"

“嗯。”

她知道。她知道自己不该动心，哪怕是一点点情愫，当艺人便由不得自己随心所欲，要听话，要管住自己的心。所以喝这杯茶时她才尤为小心和珍惜，连一点点芬芳也舍不得浪费。因为她配得到的爱，她能够从颜泽那儿得到的温柔，或许只有这么多，只有这样一杯茶了。

第二期节目的委托人是一位十足的美少年。

宋启明，十七岁，高三学生。照片上的他脸庞清瘦，眼梢略为傲气地往上吊。校服穿得松松垮垮的，没忘拉开拉链，秀出里面的名牌衬衫。运动鞋一定要最新款，装备一定要够高端。帅气、热血、敏感、叛逆，他像一枚被使劲儿抛往天空的硬币，一面迎上热烈的阳光，一面心甘情愿浸没在黑暗里。

可惜他已经死了。

念同一所学校的花涧同学成了他的委托代理人。

“那天我们去海边，回来的时候遇上了海啸。我活了下来，他没有。我来这档节目，就是为了帮他完成最后的心愿。”花涧眸色深深。她是班长，老师器重的优秀学生，他是学校里有名的“明少”，嚣张叛逆，成绩垫底。花涧把她和启明的故事，还有宋启明和他的母亲的故事一一道来。说完时，已是两个小时以后。节目组细细地做了记录，送花涧出门。

清酒一路目送花涧远去，恍惚又看到了当初来节目组的林知初。

她们的际遇多么相似，在最好的年华里遇见了心爱的人，又同在一场海啸里遭遇波折。花涧清丽的背影，渐渐隐没于这一季的花期。

清酒叹息，这又是一对被拆散的小情侣。

颜泽说："这个花涧，有点奇怪。同样是高中生，同样是男朋友遭遇了海啸。罗小衮只是报失踪，尚有一线希望。宋启明已经死了，年纪轻轻失去了最爱的人，谈起他的时候，应该是想说，又不能说，像没有痊愈的伤口，碰一碰也会疼的那种。但我觉得……花涧说起宋启明时，并没有特别伤心。"

"喂，颜 Sir，你想太多了吧，难道一定要人家哭得鼻涕眼泪一块流，才算是真的伤心吗？有的女孩真正伤透了心的时候，反而是一滴眼泪也流不出的啊！"清酒说。

"那你呢？"他问，"你有没有过真正伤心，哭也哭不出来的时候？"

清酒愣了一愣，她自然有过这样的时刻，欲哭无泪，明白连泪水也救不了自己。她也想问他，如果有一天她落到那种境地，他能不能帮她一把。可她又问不出口，只吐了吐小舌头："哼，不告诉你。"

"不说就算了。如果哪天你遇上什么为难的事情，可以来找我，无论怎样，我都会帮你。"

"真的？"

"骗你的。"

被耍的清酒仍攒出一个俏皮的笑："其实我的伤心事是欠了人家五百万，还不起只好入演艺圈卖身啊，怎么样，颜 Sir，赞助一点吧？”

过了一会儿，他竟然回了个“好”，把清酒给吓了一跳。她连连解释：“不是真的，是开玩笑的。”

可颜 Sir 淡定地说：“不管是不是真的，我只是想，与其你卖身给别人，还不如我帮你还了钱，你卖身给我。”

也不管他这话是真是假，总之，成功地让小酒红了脸。

清酒本就皮肤白皙，脸红起来粉粉的，让人想起樱花的颜色。她的小脸只是红了红，颜泽恍然心情就很好，一路绿灯到晚上。晚上他有个饭局，当编剧的同学老王说他们这一届的同学老久没聚了，大家又都是传媒娱乐圈里的，今晚一定得喝个痛快。

颜泽刚把车停好，有个十几岁的小姑娘在路边招呼他：“先生，先生，买束花吧。”小姑娘不同于往常遇到的脸蛋脏兮兮、硬缠着人买花的那些小孩，笑容甜甜的，见他步子缓了缓，弯弯的眉眼越发笑得像只狡黠的小狐狸，殷勤地介绍——

“你看，这小蔷薇，小资一点的女孩最喜欢了。还有香水百合，三种颜色的玫瑰，睡莲……你女朋友喜欢什么颜色的花？你说，我帮你搭点满天星、兔绒草之类的，配成一束，绝对好看得不得了。没有哪个女孩不喜欢花的。”

她肯定的表情，直接给了颜泽买花的信心。但他嘴上还是说：“随便挑两支好看的就行了，我也不知道她喜欢什么颜色。”

“你女朋友多大年纪？大约是什么类型的？”

“谁说她是我女朋友了？”颜 Sir 板着个脸，想了想，又说，

“那就挑些粉色的吧。”

小姑娘会心地一笑，动作利索，不一会儿就配出一大束粉色小玫瑰，都是半开的，拿在手里倒真让人想起清酒脸颊上的那一抹淡淡的绯红。

颜泽白吃了这么多年饭，其实没给女孩子送过花，迎宾小姐多看了两眼他手里的花，他就觉得窘得难受。心想，这么一大束花要是被同学看到了，一定会被那帮浑蛋笑死。今天来同学会都是当年一个宿舍的铁杆兄弟，没一个是省油的灯。当年颜泽见他们在外面到处把妹，一直说与其谈没什么意义的恋爱不如好好把专业学好，遭到大家的一致鄙视。但因为他是年级里出了名的专业牛人，又是学生会主席，考试的时候大家都要挤破脑袋才能抢到坐在他四周的位置，调皮的在外面闯了祸也要托他去跟老师说情。所以，颜泽的人缘向来不错。维护人际关系的首要原则是自强，这一点，真是在他身上得到了完美的体现。

他曾以为自己没什么软肋，因为软肋即是你最珍视最不允许别人碰触的部分。而他，觉得没什么是不能失去的，一定要珍视的，所以到二十几岁旁人都忙于恋爱时，颜泽始终保持冷漠疏离的态度。十几岁时在加拿大留学，他也曾有过一个女朋友，喜欢的时候觉得整个灵魂都在她身上，那是他人生里最痛苦的一段经历。没有与人提过半个字，没有人知道她的存在，她却在他心底烙下深深的痕迹，一度让他觉得没有结果的感情，就不要去碰。

可遇见清酒后，这一切都改变了。

她让他觉得心底又开始有了那么一小块不能触碰的软肋，又有了希望。她不像当年那个女孩，每每想起都能忆起加拿大漫长寒冷的冬天，冷冽呛喉的空气，以及她最后死去时的样子——是的，他唯一交过的女朋友亦死于当年的一场灾难，而他眼睁睁目睹了她的离去，他们双手紧握忍受生离死别，最终在这人间失去了彼此的厮守。

也是那一次，让颜泽觉得如果不能白头到老在一起，就不要开始了，因为分离真的让他太痛苦。他只是表面冷漠的普通人而已，他受不了好不容易遇上一个心爱的人又拱手让她被他人或被老天夺走。他不能。

所以现如今，他想珍惜清酒，想与她在一起。

刚才小姑娘问他女朋友喜欢什么花的时候，他忽然肯定了这个念头。

原来，他喜欢她。

喜欢她粉粉嫩嫩能掐出水的脸蛋，喜欢她傻不拉叽老是闯祸的大条神经，她是明媚的，尽管身体上带着一道巨大的伤口，笑容却如此明媚。他屈服于这温暖的明媚，他想保护她。

他把那束花寄存在餐厅前台。可一进包间，老王还是一声怪叫："哇，颜 Sir，你女朋友开车送你来的？脸色这么好？"老王亲热地给他抽了张椅子，见他春风满面一点也不否认，老王惊讶了，"你不会真有女朋友了吧？"

没等颜泽回答，包间里另外一个同学林纾说："老王，你就别瞎起哄了，人家在电视台，工作环境里美女多得是，又是个年轻才俊，找个女朋友有什么难的？到时候请你吃喜糖就是了。”

老王也不多说，嘿嘿一笑，回到正事上。今晚聚会的人并不多，走掉一个要陪女朋友过生日的，还有一个老婆马上要生产的，菜上到一半，酒喝过两轮，包间里就只剩了他们三个人。林纾喝得有点多，话也越来越多，说来，他正是上次引起清酒师徒和颜泽误会的那个经纪人，是他手里的艺人抢了清酒的角色。

几个大男人私下里交情确实是极好。

林纾也懒得跟颜泽客气，说什么“上次让你被误会了”之类的客气话，他们兄弟之间是完全不需要的，林纾只问他：“安森那个八婆是不是讲了我很多坏话？”

坏话？

那是一定的，按安森那种“谁让我难受我就让他加倍难受”的性格，不闹得林纾带的人也丢了这个角色，已经是出乎意料的宽容了。正因为最难缠的安森竟然只追究了一半就打道回府了，这反而让林纾觉得很奇怪。

“在公司里我们之间的竞争就挺激烈，安森控制欲强，又好胜，以前好资源都给他手里的艺人了，尤其是颜清酒，好广告、好角色都是她的！没人敢跟她抢！这次真是奇怪。”林纾犯嘀咕，“我担心安森这个好事佬是不是有什么别的想法，要在背后捅我一刀子？”

“可能是清酒不想演了。”一直低头吃菜的颜泽答了一句。

“你跟颜清酒很熟？”

颜泽笑了笑，没说什么。他想送给她的花还寄存在柜台，他们有过几次聊天制作过一档节目，他记得她微笑时眼睛弯起来的弧度，也会为了她被阳光染成金色的发丝微微走神……他当然熟悉她，也有足够的自信追到她。不过，现在他想把她的事情当成一个温暖甜蜜的秘密先留在心底。等他们的关系更进一步，清酒真成了他生命里的一部分，再公开这个秘密也不迟。

老王说："那她的经纪人很厉害啊，难怪这小姑娘如今这么红。"

"也不一定。"林纾诡异地一笑，"小姑娘能红成这样，还得感谢另外一个贵人。"

"谁？"

"现在的明星都不像往常了，从前的明星都是生活在公众的想象里，特别理想化，老牌的大明星都千方百计隐瞒他们的恋爱和婚姻。可现在是网络时代，一个再火爆的网络事件在公众的视野里也只能存活七天……所以，现在的明星啊，尤其是年轻一代都是强强联合，俊男配美女！这种门当户对的恋爱不光吸引眼球，不花钱就能上头版头条，也深受粉丝欢迎，大家觉得他们的形象更亲民一些。"

老王明白了："她有圈内的男朋友？谁啊？"

"这你都不知道，又不是什么秘密了？她男朋友就是那个很红的钢琴家，叶弥生，国际级别的。背景不错，在圈里人缘又好，他去哪儿吃饭聚会都带着她。有一次录节目，我遇上他们俩，那时颜清酒才刚出道，腿也好好的，他在台上录节目，她就在台下用手机一直拍。小情侣的那股甜蜜劲儿，我算是见识到了。”林纾不无惋惜地说，“可惜啊，那会儿叶弥生和颜清酒在一起，是天造地设的一对，你不知道那俩人站一块有多好看，拍出来连光都不用调的天然偶像剧啊！可惜，颜清酒出事以后，听说叶弥生也去国外了，他们之间貌似出了点问题，很久没见在一起了。”

老王说：“那喜欢颜清酒的人有戏了，趁叶弥生不在，正好可以追她啊！”

林纾摇了摇头，说：“不可能的。”

“怎么？”

“没那么容易追。你没见过他们俩在一起的模样，哪是轻易就能拆散的感情。叶弥生是艺术家的性格，特别重情意，不会随随便便就甩了颜清酒的，一定是发生了什么事。”这也是林纾一直存在心底的一个顾虑，“我们当经纪人的，都不太喜欢手下的艺人谈恋爱，尤其是女艺人。女人一谈恋爱就很难控制好情绪，结婚生孩子又会影响通告什么的。很多清纯系的女艺人恋爱结婚后只能改走性感路线，可不少人都转型失败了……但我没想到，像安森这样的人，当初竟然会由着颜清酒那股任性的小孩子脾气，颜清酒要和叶弥生谈恋爱，他就让他们俩在一起了。在一起后，甜蜜新闻也隔三岔五地爆出来。如果让清酒和叶弥生在一起是为了帮清酒这个刚出道的新人博眼球，那为什么在叶弥生走了以后，安森这边却一点动静也没有？既不打造单身形象来吸引男粉丝，也不控诉叶弥生的薄情来吸引女粉丝的同情呢？”林纾一直很奇怪，安森那样有杆子必定顺着往上爬的人，竟然没有利用这段恋情的变化去做点什么。

“唯一，唯一的可能就是……”

老王听得入神，急问：“唯一的可能是什么？”

林纾满上了眼前的杯子，苦笑道：“唯一的可能就是，颜清酒对叶弥生的用情，不是一般的深，甚至超出了我们这些旁人所看到的，所以安森后来把他们小情侣的新闻都压了下去，只为了保护她。我们做这行的其实也不是那么现实，带久了的艺人，就像自己一手带大的娃，你都不忍心伤害她。”

两人聊得如火如荼，老王遗憾地一拍大腿，本来他还想借老颜这层关系亲近亲近小美女的，眼下看来没那么简单喽。

“喂，老颜，你说我写的那个剧本，如果把女主角改成一残疾人，就像颜清酒这样，你能不能帮我约她来演？喂？喂……哎老颜你怎么了？”老王只见半晌未吭声的颜泽脸色煞白，他们同学这么多年，从没见过他这般失神的模样。

林纾问：“是不是喝多了？别喝了，一会儿我开车送你回去，你的车就先停在这里。”老王也埋怨他，身体不舒服就别喝嘛，他和林纾光顾着八卦明星绯闻去了，没注意到他这么难受。

颜泽摆摆手：“没事。”

“真没事？”老王关切地问，“你可别硬撑，别是酒精中毒什么的，一会儿回去再出点什么事，你妈还不得掐死我们？至少掐死两遍！”

“真没事。”

老王还是不放心，林纾倒没再说什么，端了酒杯在一旁慢慢地喝了几口，意味深长地打量着他的老同学颜泽。

那晚安森和清酒在台里看回放对台词。

看到一半时安森出去接电话，留清酒一个人在办公室里。安森说了二十多分钟才回来，走到门口却是打住了。因为他瞧见，在昏暗的房间里，只有清酒一个人，这两天天气转凉，清酒怕冷，安森特意去买了床羊毛毯给她盖着腿。这会儿，羊毛毯整个滑落到地板上，她半点也没发觉，仍聚精会神地看着屏幕里的颜泽。

其实那不过是节目里的一个掠影，不到两秒钟。

她反反复复倒退快进，想把这个掠影里稍纵即逝的他印进脑海里。只有爱上一个不合适的人，又不能发声，不能在人群里相认，才会这样隐忍。像在大冬天里含入一块冰，又不能说，只能用体温一点点地去融化它。

下楼时，电梯里只有她和安森两个人，安森一边对着电梯里的镜子涂润唇膏，一边警告她："别又搅和到感情里，清酒，绯闻对现在的你，一点好处都没有。"

清酒怔了一怔，什么也没说。等师父去拿车时，她就在路边等，一眼就望见了街对面叶弥生的广告牌。

嗬，弥生。

好久不见啊，叶弥生。

她目不转睛地端详那广告牌上的他。他在弹琴，那架白色三脚架钢琴。光线甚好，自纱帘蕾丝的缝隙里，翩跹而出将他整个人包围。薄薄的逆光里，勾画出一个俊逸的侧脸。

有些人天生就是发光的生物，才艺卓绝，外形又出众，不管放在多么汹涌的人潮里也能一眼被认出来。别人弹了一辈子钢琴也没弹出什么名堂，他轻轻松松就赢了许多大奖回来。

现在，他无论在舞台上面对多少挑剔的观众也能气定神闲，可她知道，叶弥生有时也会是容易害羞的人，有人在他耳边偷偷说了句“弥生，我妹妹是真心喜欢你，你要好好保护她”，他就窘得面红耳赤，一连弹错了好几个音。时光磨去了青涩，让亲密蜕变成疏远，让纵情变成沉默。

曾经的叶弥生，疏远得成为眼前广告上的男人，完美得像个陌生人。她凝望得太专注，不知不觉眼底蒙上了薄薄的水汽。她在心里对着那海报上的男人，一遍又一遍地问：“弥生，叶弥生。她找到你了吗？你们在一起了吗？如果真的又幸福了，那为什么这么久也不给我一个回音？我一个人在这里等得好辛苦，你们知不知道？”

她凝望得太专注，全然没留意到，一辆白色轿车在路边停了许久。代驾司机困惑地从后视镜里望了一眼后座上满身酒气的客人。这客人说要先来电视台拿东西再回家，一到这儿还没下车就望着窗外，一言不发。

这男人正是颜泽。

他手里还握着那束花，想回家之前悄悄放在她的个人用品柜上，谁知在楼下就遇见了她。那么招摇的一幅广告，不仅是清酒，就连颜泽也摇下车窗仔仔细细打量了一会儿。他冷冷地打量着那广告画上的男人。

叶弥生。

当红钢琴演奏家，斯文，高雅，少年得志。更重要的是，他是清酒传闻中的男朋友。无论颜泽装得多么冷淡，多么不在意，也无法压抑心底最本真最直接的那股火焰——他在妒忌。

发疯般地妒忌。

第二天，在会议室里开第二期的碰头会上，清酒和颜泽这对冤家没再说话，各有各的心事。清酒眼底淡灰色的暗影，让颜泽偶尔投过来的目光里有一丝不甘。

她失眠了吗？是因为叶弥生而失眠吗？颜泽止不住心乱如麻，他烦躁地翻了翻手里的短片简介，不管他和她是不是分神，今天，他们都必须和其他同事一起，扎扎实实把第二期节目里的遇难者宋启明的故事给定下来。

难过时我会记得笑

【第二章】

宋启明的故事不同于林知初，时光回到一年半前。

那时候的宋启明还是个嚣张的高二年级学生。这天早上，在他又被 iPhone 的闹钟叫醒时，天都已经大亮了，离第一节课开始还有五分钟。客厅里有人在忙忙碌碌，都刻意放柔放轻了脚步。自从上周宋启明大骂过一次“一大早吵吵吵！还让不让人睡觉”后，徐梓贞就再也不敢迈大步子了，连走路都是轻轻缓缓的。

第一节是语文课，宋启明最烦的就是语文老师，索性不去上课了，慢吞吞地刷牙、洗脸，又花了二十分钟对着镜子抓头发，把头发抓得像韩星一样帅，瞬间“长高”五厘米。学校规定不穿校服就别想进校门，于是校服里面搭配的 T 恤和鞋子款式就变得很重要。他对着镜子换了好几身，终于选定一件，自拍帅照后，放上微博：少爷我起床了！又是一天的战斗！

临出门时，他发现昨晚留着下游戏客户端的笔记本电脑居然被关掉了，还是直接拔的插头，好心情立刻变坏，冒出无名火，劈头盖脸地对着徐梓贞一阵大骂：“神经病啊你？你不会用电脑就别碰我的机子行不行？！”

他把笔记本电脑锁进抽屉里，警告她，以后不许动他房间里的任何东西。徐梓贞怯怯地应了，手里还端着蒸好的馒头，小心翼翼地问：“儿子，吃不吃早点？桌上还有牛奶。”

“不吃！看到你就饱了！”宋启明赌气地背起书包，身后的徐梓贞还说了句什么，他听也没听，甩手砰地关上了大门。

世界安静了。

晨初的阳光透过灰尘沉积的窗户，一缕缕地洒在空寂的楼道里。

寂寞。

躁动。

苦闷。

空寂无依的心就像这沉寂的楼道，压抑迷惘得一塌糊涂。

宋启明还没适应与生母徐梓贞一起生活。

每天在这套老旧的单元楼里进进出出，都像在穿越时光隧道。两个月前的他，还是企业家的独子，学校里威风凛凛的明少。上学有司机接送，用最好的手机和电脑，衣服非名牌不穿。父母老来得这一独子，宠爱得无以复加，恨不能把命都给他。他在极端的宠爱里，度过了生命里的前十几年。他十七岁时，有一天放学后回家，客厅里坐满了警察，还有一个陌生的中年女人。

年过六旬的养母哭着告诉他：“启明啊，其实我和你爸……我们不是你的亲生父母。这才是你的亲妈。”宋启明在父母和警察的解释里，艰难地明白到——他竟然是爸妈抱来的孩子，从一个远方亲戚那儿。当年那亲戚对他们说：“这孩子父母都没了，家里很穷。你们给点钱抱过去养，养大了，也算是做了件好事。”

可其实这亲戚是个人贩子，宋启明是他偷来的孩子，如今亲生母亲找上门了。活了十几年，自诩“明少”的宋启明，终于明白自己跟“父母”没有一点血缘关系，眼前这个土爆了叫“徐梓贞”的中年妇女，才是他的生母。

那天，映入他眼帘的，是一个比实际年龄要老二十岁的女人，寒酸、紧张，眼角皱纹很深。她泛黄的瞳仁里浮起浓浓的水雾，哽咽了一句：“儿子……”

而她的儿子，多年不见的儿子宋启明，抬高了下巴，用一种鄙视的眼神打量她：“你是谁？滚开！”

宋启明很倔，这一点，倒是随了徐梓贞。徐梓贞说，她二十五岁结的婚，第二年就生下了儿子宋启明，谁知老公没多久就出了车祸，撒手而去。一岁半的儿子也在葬礼上被人贩子给拐走。这十几年来，她凭着一股“挖地三尺也要找回我儿子”的倔劲儿，一边打着零工，一座一座城市地找，终于找来了静海，找到了亲生儿子，宋启明。

就这样，警察把宋启明从感情深厚的养母身边带走，“押”回了徐梓贞身边。这个叛逆少年，根本无法接受眼前这个又老又穷、连 iPhone 都没听过的女人，是他的亲生母亲。

“一定是警察脑残弄错了”、“凭什么要认陌生人是妈妈”、“没有办法沟通的土包子”，这些念头一个接一个地闪过宋启明的脑海里。

虽然徐梓贞什么事都依着他，把他当小祖宗伺候，但这对毫无亲情基础的母子，还是成了生活在同一个屋檐下的陌生人。

儿子烦躁郁闷，天天找碴儿吵闹，他也不是故意要吵，实在是要跟一个根本不认识的人生活在一起，还要叫她妈妈，这让他一时间真是无法接受。宋启明想，说不定忍过这段日子，就会发现弄错了人，把他交还给原来的妈妈，也是他“真正的妈妈”。

到学校都九点了，美女大队辅导员站在门口查岗，见到他就说：“宋启明！这都几点了？你是不是等着被开除呢？”

老师哪舍得开除他啊，他爸每年都贡献校园建设费，去年给所有老师的办公室都换了新空调，校长笑得嘴都合不拢了。

“啊，我错了错了，美女老师。明天一定早点到。”嬉皮笑脸地登记了个名字，擦肩而过时故意弯腰鞠躬，一副毕恭毕敬的样子， 眼瞄到她的裙底，转背就发了条微博：粉色。一众狐朋狗友立刻回复：“明少威武”、“明少不怕嫂夫人吃醋吗”、“快来上课，老师要随堂测验了”。

嫂夫人没有，喜欢的对象倒是有一个。

校排球队队长花涧，喜欢她的男生能有名有姓地从一数到一百。不少人传说她“以年级第一名的成绩考进来”、“不需要死读书就门门优秀”、“人也很 Nice 啦”、“体育很棒呢”、“居然还是个美女”。

对十几岁的男生来说，最吸引人的莫过于，这是个美女。放学时，宋启明遇见了花涧。英语实验班的那个姓王的小子，又黏在她身边，说冷笑话，帮她买饮料，要尽了百宝就为博美人一笑。

“无聊……”宋启明敌视出现在女神身边的一切雄性生物，当王子冀推车从他身边经过时，他伸腿使了个绊儿，王子冀便连人带车摔了个狗吃屎。

王子冀爬起来就火了：“你故意的！”

“是啊！那又怎样？”宋启明笑得特别嘚瑟，摆明了“我就是故意欺负你怎么着吧你”。

宋启明身边围着好几个他的小弟，只要他轻轻打个响指，这些小弟们就呼啦围上来对着他讨厌的人一顿胖揍，王子冀清楚得很，这个宋启明不好惹，可他又不想在花涧面前丢脸，憋了半天恨恨地说：“总之，你……你撞人就是不对！”

“哦？那又怎样？”宋启明笑得更邪气了，“我就是看你不顺眼，我就是要撞你又怎么样？”

王子冀被气着了，两人动手打了起来。推搡之间，有人拉住王子冀，好心劝他，别惹他，他是明少，家里有来头的。

“我打的就是他！我管他什么来头！”

看着王子冀抓狂的样子，宋启明嘴边掠过一丝得意的笑。不出他所料，花涧一见王子冀这副样子就会觉得他很幼稚，这么大的人了还不会控制自己的情绪。花涧最讨厌的就是幼稚好斗、不懂控制情绪吵吵闹闹的男生，这一点，宋启明真是再了解不过了。他派出了好多个小弟撒了十几条线调查花涧的喜恶，把她的脾气性情摸得一清二楚。

果然，王子冀的好勇斗狠没赢得花涧的半点好感，她劝了好几次，见王子冀没听，也就懒得搭理他了，推着自行车走了。没走出多远，她回头深深地望了这边一眼，恰好与宋启明的眼神对上。

宋启明似笑非笑地望着她，那笑容里有着一般女生最怕的少年痞气。可多半女生都觉得宋启明虽然没个正形，总是邪邪地笑，又爱抬杠脾气又大，却让人讨厌不起来。去年女生们偷偷选拔的校草里居然还有他，晃晃悠悠地登上了第三名，前两名不是学生会主席就是年级第一名，只有他，是个实打实的差生，唯一的资本就是够帅，够义气，传说中是个富二代，有钱得很。宋启明知道自己受女生欢迎，看人的时候从来都很自信，眼神直接而凌厉地迎上，毫不避讳。

花涧是全年级里屈指可数的，可以正面迎上他的目光毫无闪避的女孩。这一度让宋启明有那么一点点小纠结，以为能够这样迎上他的目光而毫不闪避的女孩，多半是对他没感觉。

这天，宋启明只臭美了一分钟，目光就定住了。

视线越过人群和花涧的肩膀，他看见正往这边过来的徐梓贞，宋启明的心一下子冷了。这个徐梓贞，这时候跑来做什么？可要闪已经来不及了。第一回在这个时候来接儿子放学的徐梓贞，正愁怎么找他的班级，一眼望去儿子就在人群里，高兴得什么也没多想就喊了句：“启明啊，原来你在这里啊，妈妈来接你放学，到处都找不到你。”

她的声音并不大，但她喊的人是宋启明，又说是妈妈，一时间大家纷纷往人群里的徐梓贞望过去。比起家长会上那些非富即贵的家长，怕给儿子丢脸精心打扮过的梓贞，真是土了一大截。王子冀回头一看，不过是一个又老又土的钟点工模样的阿姨跑过来，却说自己是宋启明的妈妈，王子冀笑了："哟，宋启明，这就是你妈？"

宋启明的面子上挂不住了，一直跟另外一个女生说话的花涧，不知怎的也望向了这边，好奇地打量徐梓贞……

"这怎么可能是我妈？！这是我家请的阿姨，平时也习惯叫我儿子。"宋启明没好气地对徐梓贞说："徐姨，你来干什么？"

徐梓贞也不是个笨人，越走近儿子脸色就越差，她尴尬地笑了笑，算是默认了自己是"徐姨"，连声解释："路过。我也是刚好路过。"

王子冀不肯放过她："不是路过吧？阿姨，我刚刚有听到你说自己是他妈，难道是我听错了？我们都听错了？"

老实巴交的徐梓贞哪里会说谎，被一个十几岁的孩子也能问得哑口无言，杵在那儿不知如何回答。

"好了，磨蹭什么？徐姨你也该回去做饭了，一会儿我妈就该回来了。"宋启明推起自行车就走，自知气氛不对的徐梓贞，也老老实实跟着走了，好像真是做饭的阿姨跟着少爷一般。

其实哪里是刚好路过。

宋启明早上出门时没听到的那最后一句话，就是——儿子啊，妈下班想去接你放学，看看你念的学校。

回家的路上，宋启明骑车骑得特别快，少年倔强的背影如风，迅疾地穿梭过大街小巷。徐梓贞努力踩脚蹬，一次次被他甩得老远，好不容易等到前方有红灯，母子俩的自行车才能停在同一条水平线上。她知道自己今天跑去学校，一定惹儿子不高兴了，转脸望去，宋启明侧脸倔强，眼神定定地直视前方，好像她连一个在马路上偶遇的熟人都算不上。

母子俩的僵持，在回到家里楼下的时候被打破。

他们住的这一片在修路，他们家是租的九十年代的单位房，很破旧的一栋，立在路边上，墙面上用白漆写着大大的“拆”字。

快到家时，宋启明掉转车头，径直往原来家里的方向去了。

徐梓贞愣了片刻，冲那背影大喊：“你去哪儿？”

“我回我自己家。”

他甩下这么一句，就头也不回地骑出老远。徐梓贞在楼下望着儿子远去的背影，神色凄哀，一如她身后破败的老楼，在风中摇摇欲坠。

养母病了，一月之间老了十岁。当心肝宝贝疼了十几年的儿子，说不是她的，就不是了，换成哪个母亲都没法接受。要不是当初碍于警察的面子，怕影响一家人的前途，她怎么都不会肯把儿子还给徐梓贞的。如今宋启明自己回来了，她抱住儿子的肩膀怎么都不肯放，不停地说：“瘦了，明明你瘦了。妈妈好想你，做梦都梦见你，天天担心你在那边吃不好，睡不好。你的房间，我和你爸一直都没动，我们就你这么一个儿子……”

他踱步回去，果然，那房间仍是旧时的模样，他生活了十六年的家，满墙挂着他自小获得的奖状，他所有的回忆都在这里。满心的委屈、欣喜、快乐、悲伤，都在这一刻涌了上来。

他无法否认自己与徐梓贞的血浓于水，但简简单单的血缘，就能抹杀父母对他十几年的养育之恩吗？就能抹杀家庭曾经的温暖，和他所有的回忆吗？

他的家，在这里。

奖状、课本、篮球、球星海报、成长、叛逆、温暖的泪水和热血的汗水，都在这里。脚步再也挪不开，玩世不恭的宋启明忍住喉咙里的哽咽，声音颤颤地说："妈，我想……我想回家。"

当晚，宋启明睡在了他从小就睡习惯的房间里，一夜安眠，像走丢了的狗狗终于回到主人的身边。养父母迫不及待地找到徐梓贞，两家人围坐在一起吃了顿饭，协谈往后呢，儿子名义上还是徐梓贞的，但是跟养父母在一起生活。

养母说，儿子他们是要定了，如果徐梓贞不肯放弃，那就给她点钱补偿，十万，二十万，哪怕五十万、一百万都可以。养母一辈子就抚养了这么一个儿子，志在必得："只要她肯让你回来，我们老两口就算卖了所有的房子都成。"

那顿饭犹如鸿门宴。

鱼翅、鲍鱼，各色山珍海味。他敢打赌，徐梓贞这个土包子一辈子没吃过什么好东西，可她一筷子也没有夹。

"启明，你想回去吗？"她问他。

他当然点头。

"那好……我同意。"她出乎意料的爽快，只要儿子过得好，她什么都可以答应。在感激涕零，不停敬酒的养父母面前，徐梓贞只提了一个要求，她得谋生，盘算着在宋启明的校门口摆一个早点摊子，宋启明每天去她的摊位上吃早点，让她看一眼，哪怕不在身边，就让她看一眼儿子也好。

那晚，月色皎皎。

一点幽幽的微光笼住了岌岌可危的小楼，人有悲欢离合，月有阴晴圆缺，月亮见多了悲欢，或许也练就了铁石心肠。

宋启明回楼里收拾东西，衣服、鞋子、书、复习资料、电脑……十平方米的小屋立时空空如也，留下一张没叠被子的床，几张足球海报，乱了一地。徐梓贞就坐在客厅的布沙发上，没开灯，望着儿子忙碌的背影。望着，望着，好似目光稍稍一松开，这孩子就会消失了。就像当年那样，她不过是去大厅里跟来参加葬礼的亲戚道谢，就十来分钟的时间吧，放在休息室里的儿子就不见了。那时她才二十六岁，脸上没有一丝皱纹，就在找不到儿子的那一晚，她急得眼角生出细细的纹路。

“启明……留几件衣服在家里，免得哪次回来住，没衣服换。”

“不用了。”

他想也没想地拒绝。还留衣服做什么呢，绝对不会再回这个小破房间住了。家里的车在楼下摁喇叭催，宋启明匆匆拎上包，砰的一声摔上大门，踏着月光一路而去。他想，在这里住的日子简直是一个噩梦，梦醒了就好。

回到原来的家，他就又是从前的大少爷了。

徐梓贞这个土包子，真的在他们校门口摆了个早点摊子。

一辆三轮车，两垛蒸笼，装满零碎角币的铁盒，油渍渍的大手，狼狈地忙碌。每天早上，宋启明远远地就注意到了她的摊子，只有等没人了，他才骑过去顺手拿起她早就装好的两个肉包。徐梓贞眼巴巴地想跟儿子说句话，刚准备开口，只见儿子的车已骑出好几米远了。

就这样，他每天在她这儿拿早点，一两个月里，她竟然没找着一次机会跟他说两句话。校门口人多眼杂，他连看都不愿多看她一眼，生怕又遇到了花涧或是王子冀。好面子的宋启明，可不愿让人发现他不是拉风的富二代，而是个卖包子的阿姨的儿子。

养母说："徐梓贞就一个下岗女工，一没学过厨艺，二没办卫生许可证，纯属一路边摊。启明，你做做样子就好，接过包子，等她没看见的时候就扔掉。"

宋启明当然不会吃，一包包早点悉数扔进教学楼下的垃圾桶里。直到有一天路过她的摊位时，自行车链条卡住了，殷切的徐梓贞终于等到了跟儿子说句话的机会。他弯下腰修链条，她在一旁小心翼翼地问："儿子，那些包子还合胃口吗？"

他哪里尝过那些包子的味道。每天的早餐，他都是在家里吃过的，养母专门请了个懂营养学的管家，他吃得既丰盛又营养。而徐梓贞给的早点，他老觉得不干净，一进校门就随手丢进垃圾桶了。

但他从来没让徐梓贞知道这回事。

大概多多少少有血缘关系，宋启明虽然没把徐梓贞当妈，对她也没感情，潜意识里却不愿意看到她伤心。这天听她问起，宋启明就随口哄了哄她，说：“嗯，好吃。”

徐梓贞一听可高兴了：“真的好吃？你每天吃的那两个包子，是我特别做的，肉馅比别人多，我在你吃的包子上特意点了一个红点做标记……”

“好了好了，别这么啰唆行不行？”

宋启明不耐烦地转身就走了。进校门后，本来习惯性地手一扬，顺手要把她刚给的那袋早点给扔掉。可是今天，他忽然想起了什么，停下来解开那袋很用心准备的早点，果然，两个冒着热气的肉包上，每个都用食用色素点了个小小的红点做记号。

这样的早点他至少扔了几十袋，今天，是头一回，他发现自己这份，原来跟所有人都不同。这世上除了养父母，还有另外一个血浓于水的人，会这样细心温暖地爱着他。

她是他的亲生母亲。

说不感动是假的，不过当校门口出现了一群女生，女生里隐约有花涧的身影时，宋启明想也没想就把那袋早点给扔了。

正如宋启明以为，徐梓贞永远不会知道自己每天都把早点扔了；徐梓贞也以为，只要她不说，宋启明就不会知道她其实接下了校园清洁工的临时工工作。每天早上卖完早点后，她得趁学生们上第一节课的时间，把校园里所有垃圾桶里的垃圾都清理干净。

那个熟悉的早点袋子，那两个原封不动的点着红点的包子——每天都会映入她的眼帘。

她都知道，可她从来都不说。

母爱有时就能卑微到这种地步，别谈报答，甚至不用回应，只要让她有给予的权利，只要让她每天有这么一个时刻，能看见儿子好好地骑着车来上学，接过她亲手递过去的早点——只要能看见他，能像一个母亲那样去爱他，她就满足了。

宋启明也不知道，自己为什么会对花涧情有独钟。漂亮女孩子不少，花涧也算不上最漂亮的。他，却从茫茫人海里一眼就看到她，少男的自尊让他不愿意在喜欢的女孩子面前掉一点面子。或许也正是因为这一点他最在乎的面子吧，所以宋启明还没跟花涧表白。虽然明眼人都看得出来，甚至连花涧本人都应该知道。

他要她自己贴过来，乖乖地做他的女朋友。

十八岁生日的前一晚，养父母给了他一笔钱请同学吃饭。这是他的身世曝光后第一次过真实的生日，又是成年礼，所以办得格外隆重。在喧嚣的 KTV 里，他迷迷糊糊喝了许多酒，看着身边几个要好的同学都在玩手机、唱歌、喝酒、打牌，一片笙歌中，他忽然好想听听她的声音。

这样重要的成年的时刻，没有听她说一句生日快乐，他失落得紧，好像所有虚浮的快乐都是抓不住的沙子，空落落地流过手心，到最后原来什么也不曾拥有。那天晚上，宋启明连打了十几个电话，她都故意不接，后来干脆连手机都关了。

宋启明一贯霸道，想见的人就一定要见到，他索性结了账一路杀去花涧家楼下，在楼下喊她的名字，一直喊到她父母房间里的灯都亮了，一帮男生才嘻嘻哈哈哄笑而去，也不怕吵醒了整栋楼的人。

第二天在校门外遇到，花涧当然没给他好脸色，远远地见他来了，连忙猛踩几下自行车躲得远远的。宋启明不管，带着几个小弟就跟了上去。就这样，花涧黑着脸骑车去上学，后面跟着一群骑车的男生，嘴里还怪腔怪掉地唱着："前面的女孩看过来，看过来，看过来，后面的男生真心帅，请你不要假装不理不睬……"

一路这么唱着，引得路过的同学们看到了纷纷偷笑。即使花涧再大方，也不由得红了脸，回头狠狠地瞪了他们一眼。那帮男生一见花涧回头，唱得更起劲了，连宋启明也觉得有点不好意思了，余光瞥见花涧，耳朵根虽然通红的，嘴角却有一丝浅得几乎让人看不见的笑意。

气氛暧昧到最恰如其分的时候，或许，今晚回去只要再约她出来，再挑明一点点说"当我女朋友吧"，这件事就会半推半就地成了。毕竟，这么多大的暧昧，她早就知道了他的心意，她需要的只是一点点适应的时间。

眼睁睁快到校门口了。

到了校门口两人的车都停下来，他就能跟喜欢的女孩子肩并肩一块走进学校了，在他十八岁的第一天。

校门口出事了，里里外外都被学生给围了起来。宋启明从来不爱看热闹，这次心里却咯噔一下——因为他听到了徐梓贞的声音。

没错，这天早上被城管抓到的小贩就是徐梓贞。

又到了一年一度创建文明城市的时候，平日里对小贩们睁一只眼闭一只眼的城管，今天动了真格的。徐梓贞也不是说不清道理的人，可就今天怎么也劝不走。她四处叫人大哥，苦苦哀求人家让她多待一会儿。其实那几名年轻的城管里，没有一个年纪比她大的。她才四十多岁，却满头白发，十足像六十岁的老太太。

宋启明放缓了骑车的速度。今天是他十八岁的第一天，身边有他最在乎的女孩子，身后跟着一群仰慕他的小弟。校门口的人越围越多，那个讨厌的王子冀也在，一见到宋启明就特别热情，连声说："哎呀，宋启明！快来看，你家保姆被城管给抓了！"

一听说这卖早点的大婶是"明少"家的保姆，围观的同学就都沸腾了，目光齐刷刷地望向他。宋启明还没下自行车，一脚支着地，就有上百双眼睛审视着他。

他早已习惯被人注视，但这一刻，也觉得如芒刺在背。

今天是宋启明的生日，当娘的怎么会不记得？徐梓贞一早就摆好了摊子在这里等，等着看儿子一眼，等着跟儿子说句生日快乐。王子冀这一喊，就让宋启明想躲也躲不了了。徐梓贞很高兴，一手甩开拽住她的城管，就往这边跑。城管以为她想跑，顺手拖了她一把，可瘦瘦小小的徐梓贞不知打哪儿来的力气，一把就甩脱了三两个城管的手，往人群外挤。

那么多孩子里，她只瞧见了人群外站得远远的宋启明。

那么多陌生人愿意离她很近，喜欢吃她卖的早点，她的亲生儿子却离得她远远的，恨不得所有人都不知道她是自己的亲生母亲。

在这最敏感的时刻，瞧见徐梓贞抱着一个塑料袋朝自己挤过来的宋启明，轻轻蹙了蹙眉。

太急切的徐梓贞撞翻了蒸锅，一大锅滚烫的开水兜头浇下来，她躲闪不及，一双手被烫得通红的。

人群发出惊呼，宋启明亦定在了原地。这锅开水不光浇在了徐梓贞身上，也浇在了他的心上。母与子的心灵感应如此奇妙，她被烫到的时候，旁人只是惊呼，只是庆幸自己躲得快没被烫到，而他的心里，却是狠狠地疼了一下。

这样深深的，来自最深处，甚至连他自己也不知道从心里的哪个角落里冒出来的疼痛。

许久许久以后，宋启明独自坐在家里，回想起这一幕时，想起那滚烫的雾气里她通红的双手，忽然明白了当时那疼痛的来源——它来自血液里。

来自生来就不可抹灭的血缘里。

那天，她踉跄着跑到他面前，狼狈地说了一句："启明啊，生日快乐。"然后用那双烫得起了水泡的手将塑料袋递给他。

她一身都被开水浇湿了，手被烫得通红，嗓子也哑着，可那个装生日礼物的袋子却护得好好的，连一点水滴都没有："这是你的生日礼物，你拿着，快拿着！"

宋启明迟疑了一瞬。王子冀逞能，抢着想说什么，被花涧一把按了下去："你少说两句。"她也急切地望着宋启明，所有人都望着他，等着他的答案。

城管又问："同学，这是你妈妈吗？"

"是的话，叫你爸去我们大队交钱领人。"

那份礼物停留在半空中。

徐梓贞交出一片殷殷之心，他没有接，他听见自己的声音，这样冷漠生硬，像个没有感情的机器人。他曾在花涧面前说徐梓贞是保姆，现在怎么样都得把谎给圆下去。

他咽了咽倒流回心里的难过，艰难地撇清："不，叔叔，她只是我们家保姆。"

没有任何事，没有任何人能刺痛一个深爱儿子的母亲的心——除了她的儿子。徐梓贞的摊子全部被没收。三轮车、蒸笼，所有东西都被没收了，还倒欠三千块钱的罚款。

徐梓贞被城管送去医院包扎后，宋启明放心不下，偷偷去病房看她。医生说，那个徐梓贞啊，一听说医药费要好几百块，只住了一天就出院了，就开了点最便宜的烫伤药。

宋启明回家去找她。

两个月没回这栋拆迁楼，邻居都搬得差不多了，一户户残垣断壁，满目狼藉，徐梓贞家大门敞开。眼角贴着纱布的徐梓贞，此时正神色焦急地在家里翻箱倒柜。

"在找什么？"他问。

梓贞支支吾吾，拿出那天他没接的塑料袋："晚了点，生日快乐。”

宋启明接过，拆开来看。沾满灰尘的塑料袋里，装着一双阿迪达斯球鞋，正是他梦寐以求的最新款。一千块钱对他来说不算什么，但对徐梓贞来说，是要卖出几百份早点才能攒下的一笔钱。他沙哑着喉咙说：“谢谢。你刚才在找什么？我帮你找。”

原来只是在找一张照片。

那天她从医院回来后，一摸口袋，发现贴身收着的儿子的周岁照不见了。她内疚地说：“对不起，儿子，妈妈把你小时候的照片弄丢了。”

“没关系，我小时候的照片还有很多，我妈都帮我照了。”他哪知道，徐梓贞看重的不是照片，而是他两岁前，与她一起生活的那些日子。

那是除了现在生疏尴尬的相处，他们母子俩唯一相濡以沫的时光。那时，他还是她一个人的孩子，她教他叫妈妈、叫爸爸，抱他出去看满天的星光，拍手唱歌逗他乐得哧哧地笑。

“你小时候，这儿本来有个酒窝……”她指了指他的右脸颊，“后来怎么不见了？”

不见的还有许多，酒窝，稚儿的面容，曾奶声奶气唤的那句“妈妈”。

还有他们的母子情。

她说：“你被拐走的时候，没什么监控录像，警察也没办法。我就一条一条街地贴传单，班也不上了，全市找遍了也不见你的影子。每天都有人往我们家打电话，说“在哪里见到个娃，长得特别像你儿子”。也有骗子打电话来，说“你儿子在我们手里，想要孩子的命，就打多少钱过来”……

她叹气：“找你的十几年，真是什么样的人都见着了，好心人、警察、骗子。亲戚起初还会安慰我，到后来就也不登门了，怕我问他们借钱。”

“其实你可以再嫁，找个好男人，再生一个。”他说。

“说起来容易，等你自己也当了爹，为人父母了，你就知道这种滋味了。”徐梓贞说，“当时很多人见我一直找不着你，就劝我认命算了，说这孩子要么被卖得老远，要么就是没了，孩子有他自己的命。可我不甘心，不甘心我们母子间的缘分就这么没了。不知道你究竟怎么样了，吃得好不好，睡得安不安，我这一辈子就都不会安心。”

宋启明望着她手上的血泡，说：“那天，我……”

徐梓贞见他在看自己的手，不好意思地缩了缩：“没啥，就是烫破点皮。其实，你叫我什么都没关系，妈妈也好，保姆也好。我从前就担心你过得不好，现在你跟了个好人家，人家有钱，又是真心把你当儿子看……我也没什么可求的了，真的。只要你过得好，妈妈就算一辈子当你们家保姆，心里也是甜的。”

宋启明狼狈地下了楼。

一下楼，恰好遇见了花涧。

她就住隔壁小区，正穿着拖鞋去对面买冰激凌。两人面对面迎上，一时间避无可避，他眼底隐隐的泪光吓了她一大跳。

宋启明，怎么会从这栋楼上下来？她隐约记得，校门口那位卖早点的大婶就住这栋楼。有好几次，她还在上学路上遇见过呢。花涧何等聪明，电光石火间明白有些不对劲，头一低，愣是装没看到他，与他擦肩而过。

“喂。”

他居然叫住了她。

花涧停下脚步，极慢地回过头看他。路灯如豆，行人寥寥。这条街像是他们两人独舞的剧场。

“我挺喜欢你的。”他向她表白，“不过，我是个烂人，配不上你。往后我不会再缠着你了。”

她缓过神来，意识到他刚才说了什么时，宋启明已走出了好几步远。

冰激凌掉了，落在尘埃滚滚的柏油路上。路灯暗下去，抬头有星，漫天灼灼的繁星。少女倔强地咬紧嘴唇，眼睁睁地望着那人，那个第一次向自己告白的人说了句“我喜欢你”就转身走了。

这算什么？！

既然不想要结果，又何必告白？既然喜欢，又为什么半途而废？！

“喂！宋启明，你到底想怎样？”她冲着那背影恨铁不成钢地喊，“我最看不起你这种人了。半途而废，一事无成！浑蛋！”

走出几米远的宋启明，停下了脚步。

花涧看着那个背影，一时心里柔软地塌陷了一块。听到他说喜欢，说不开心是假的，少女的虚荣心饱满得飞上了天空……当启明返身跑回来，把她拥进怀里，当拥抱的感觉如此温柔而真切，满满地盈满心房——这时的她终于听到了，来自心底的声音：喜欢他，不愿他受伤害，不愿他尴尬，所以那天在校门口喝止了王子冀，今天相逢也装不识。她竟然一直在保护他，用自己都没发觉的方式，温柔地保护他。

“那天在校门口卖早点的大婶，就是我妈，我们十六年没见过，我一直……一直……花花，我是个烂人……嫌弃自己的妈妈，我不配喜欢你……”嚣张跋扈的宋启明，也能这么孩子气地抱紧她，把最说不出口的心里话，都告诉了她。

我们都需要依赖。我们都只是孩子。

暮色已深，繁星亮起。

她从他怀里抬起头，望见漫天的星辰，灼灼其华，她的眼睛里渐次起了薄薄的水雾，又涌上来更浓郁的笑意。僵直的，垂落于身侧的手，也轻轻地，放在他的肩膀上。

既然喜欢，就在一起吧。她想。

怕什么呢，前路遥远，我们的生命还那么长，青春却短短的，稍纵即逝。

初恋甜蜜如糖，可这家伙为什么叫她“花花”？

“花花，下课一起回家。我顺路去看看我妈。”

“花花，下次那个王子冀再缠着你，就让他去死。”

“花花，别离开我。”

这种土得掉渣的名字在他叫来，顺口得像是她的昵称。她没办法讨厌宋启明，他也无赖，也懒，也不讲理，可他有一颗真挚的心，对她好时赴汤蹈火也一门心思对她好。他在人前爱面子，很装，在她面前却没有任何秘密。她知道他的全部，丧父，被拐卖，养父母抚养他长大，不想承认生母。

她从来没被男生这样信赖过，他也惊讶，自己竟然不想对她撒任何谎。

隔日，校门口仍没有徐梓贞的早点摊。他骑车路过那条路，没有她，没有那袋系好的包子，早晨的拼图就像是掉了一块，不再是完整的了。他遗憾没吃过一次妈妈做的包子，扔了那么多次，连味道也没尝过。

“也不知道她的伤好了没。”他很担心。花涧说：“如果你觉得愧疚，那就赶紧弥补，对她好一点再好一点，让她为你感到骄傲。”

“可我成绩没你好，操行也不怎么样。”他认真地摸摸下巴，“不过还好我长得帅，给她找了个好儿媳妇。”

“儿媳妇”三个字让花涧脸红了。放学后，宋启明带花涧回家。短短几天，学校里就有了风言风语，说花涧居然和宋启明在一起了，还越传越烈。花涧不在乎，这是宋启明最脆弱最需要她的时候，她不能离开。

直到那栋拆迁楼楼下。

宋启明停好自行车，花涧也停好车。

“花花，你回家吧，不要跟着我了。”

“怎么了？”她问，是不是宋启明不愿意她看到他们家……据他说，徐梓贞家很破，很旧，很……他又一贯爱面子，或许是不想在女朋友面前丢脸？

“明天要考试了，你先回去复习吧，免得耽误了。”他轻轻勾了勾她的手，“我不希望你的学习受到影响，我们还要一直在一起的呢。我希望我们能有未来，你觉得呢？”

短暂的几天时间，宋启明好似脱胎换骨一般，花涧欣慰地点点头：“好，那我就先回去了。”

徐梓贞果然在家。

每次回来，都觉得客厅怎么能这样窄。几乎只能容两人转身。被出租车擦伤的徐梓贞正坐在家里涂药，右腿上打着石膏。原来昨晚她又沿着原路去找照片，因为街道太黑，不留神被路过的出租车擦到，摔断了腿。

“没事，过两周就好了。”四十多岁的徐梓贞，看上去比同龄人老十岁，她小心翼翼地拿出找回来的照片，尽管被沙砾刮花了，沾了水凹凸不平，但仍可以看出来是年轻时的徐梓贞和一岁的宋启明。

她年轻时面目姣好，眉眼清秀。宋启明五官中最吸引人的部分，都遗传自妈妈。十几年艰辛的生活没能摧毁她的意志，却足以摧毁她的容颜。年轻的母亲，抱着她视若珍宝的、唯一的儿子。母子俩脸颊贴着脸颊，宋启明的右脸颊上，果然有个小小的酒窝。

等他长大了，酒窝渐渐变浅不见了，就连妈妈也不见了。

宋启明仔细看照片，发现自己跟年轻时的徐梓贞很像。他压抑住喉咙里的哽咽，嘴硬地不承认，只说：“就为了张照片被车撞了？你这么蠢的人，是怎么生出我这种聪明儿子的？”

晚上，他一定要载她去看医生。

她坐在儿子的自行车后座上。月光把母子俩的身影拉得好长好长。他没怎么哭过，因为男生一哭就不帅了，但那晚却好想哭。或许是因为夜风吹疼了眼睛，或许是觉得好幸福。胸腔里满满的，全是幸福。

他开始觉得自己不再是个孩子，要成长为一个真正的男子汉，保护家人，保护花涧。

一路上，他有一句没一句地问她——

“我小时候哭得凶吗？”

“爸爸长什么样？我长得像你多一点，还是像他多一点？”

徐梓贞一句句认真地回答儿子。

月光轻柔，把母子俩的身影拉得好长好长。

世上最绝望最温暖最深沉的就是母爱。无论你多么烂多么无所成多么平庸，你要知道，在这世上的某个角落里，有个女人无条件地深爱你，胜过爱她自己的生命。

后来有一天，宋启明忽然说周末要带花涧去海边，帮他完成一个心愿。这是他为徐梓贞准备的一个惊喜。

出发去海边的前一晚，宋启明打电话给她，叮嘱她要带哪些东西，还有注意事项。两人甜甜蜜蜜说了一小会儿话，宋启明忽然说：“我真是个烂人，书念不好，还到处闯祸，不知哪儿来的好运气，让我这辈子遇到了世界上最好的四个人，两个是我的养父养母，一个是你，还有一个是我妈。”

她怔住了，片刻后，认真地告诉他：“不，你不是烂人。你很好。”

“我爱你。”

“我也是。”她心跳得很快，又补了句，“我也爱你。”

“什么？”他说，“电话里有杂音。”

“我说，我也……我也……喜欢你。”

“奇怪，真心听不清楚。”

“浑蛋！我说我喜欢你！”

“哎，花涧同学，你能不能含蓄一点，连本少爷都替你脸红。”宋启明坏笑。

花涧这才知道自己被捉弄了，两人又斗了几句嘴。挂断电话后，她整个人轻飘飘地扑到被子上，把头埋进空调被里，傻笑了一会儿，忽然又跳起来，冲到衣柜边，认认真真找起裙子来。

哪件好呢，哪件好呢？

明天可是他们第一次约会，还是去海边！

镜子里的她笑靥如花，面如粉桃，全然不知，幸福的轮船已在远方缓缓地下沉。明天是他们第一次约会，也是最后一次。

她爱的宋启明，死于这一场海啸。

【第三章】 难过时我会记得笑

这是看上去最好处理的一期节目。

代理人花涧备齐了所有资料。宋启明养父母签字的委托书，宋启明的遗物，脉络清晰的故事说明书。

这期直播时间，恰逢母亲节。

爱面子的宋启明曾经在同学面前说，徐梓贞只是他家的保姆。现在，他最后的心愿是借由这档节目，向所有人宣布徐梓贞是他的亲生母亲。

徐梓贞因为病重，一直在休养，节目组没去打扰她。只从花涧带来的资料里，找到了她当初摆摊的一段视频，远远的，看不清楚侧脸，但能判定是徐梓贞。宋启明的视频和照片就更好找了，电脑和手机里比比皆是。节目组用这些早期资料做成了一期感人的预告片，配合母亲节的宣传，在台里滚动播出。

微博上的宣传也紧跟其后——妈，我爱你，我怕来不及说这句。这句宋启明来不及说的话，一遍又一遍地在预告片里温柔糯软地道出，感动了许多网友。网络红人“坏小孩阿布”转发了这条预告片，动情地说：“徐妈妈，别难过，今天我们都是你的孩子，我们都叫宋启明。”

不到半天，这条微博就被转了四万多次，善意像雪球越滚越大，几位明星陆续转发。随后，某位刚刚当了母亲的天后，也看到了这段预告片，她迅速转发，并说："徐妈，别难过，今天，我的孩子也愿意认你当干妈。母亲节快乐。"

自此，预告片稳坐微博话题榜榜首。

"这次预热的效果太好了！"节目组的小兵们很兴奋，一个个都说，还好赶上了母亲节这个档期，内容呼应了大众话题。小昭她们甚至还想，等节目真的红了后，一定要大领导请吃大餐。

只有颜泽与周围的欢快格格不入。一个人目色深沉地凝望屏幕上的数字：十万多次转发，全网络的关注，多好的前期宣传效果……

"怎么了？"清酒推推他的手肘，"在想什么？"

"没什么。"他安慰她，心底却有隐忧。这期预热的效果太好……好得像是有人在炒作。但节目爆红，受益方是他们自己，他自己都没请人，又有谁会这样帮他呢？

没多久，事态急转直下。

宋启明是学校里鼎鼎大名的明少，树敌无数，很快，他的一切私人资料就被人肉出来。网友"热血阿冀"在海涯社区上爆料——

奇葩年年有，今年特别多。

各位，让我也来八一八这阵子很红的宋启明吧。

宋启明真有其人，正是我们学校的学生，自封"明少"，逃课，成绩极差。大家可以去看看他的私人微博，说的都是吃喝玩乐！

前阵子，他妈徐梓贞在校门口被城管抓了。当时，城管问他，徐梓贞是不是你妈？这忘恩负义的白眼狼，为了保全面子，竟然连亲妈也不认，一口咬定说不是！

那天，学校门口围了很多人，大家都看到了这一幕，都能作证。所以我就奇怪了，一个在现实生活里连亲妈也不认的假富二代，现在忽然良心发现了，说要认亲？

退一万步说，如果真心要认亲，一家人围坐着吃顿饭不就好了吗？何苦要闹上电视？这不是炒作，还能是什么？

可能有人要说，他都死了还炒什么炒，楼主你真是居心叵测。可是，宋启明真的死了吗？楼主在失踪和死亡名单上，都找不到他的名字……好了，我就只能说到这儿了，看帖的众位爱卿，你们懂的。

热血阿冀说得有凭有据，晒出了手机拍的“失踪与死亡人口名单”，无论是宋启明的户口所在地，还是学校，名单里都没有他。曾被这份母子情深感动的网友们热情渐退。这年头大家都被骗怕了，常有人在网络装悲情角色，装癌症晚期，装被拐卖，诈骗和炒作手段层出不穷，有网友开始存疑，说：“这不会是网络红人和电视台联合起来的炒作吧？”

“坏小孩阿布”也是性情中人，最恨别人说她炒作，当晚就有一大群水军跑去她的微博骂，一个比一个骂得难听。阿布郁闷了，索性在微博上公开说：“纵使被欺骗、被误解、被怀疑、被埋怨，纵使哭泣、难过、痛哭、迷惑——仍然深信美好与善良存在的可能，仍希望这是一场我们想太多的误会。”阿布说，自己当初只是被感动了，并不知道宋启明的生死。

阿布的撇清，让节目组的处境更加艰难。

节目直播的前一天，著名打假斗士袁洲转发了预告片，并撰文一则，提出三点质疑——

第一，宋启明确实不在失踪和死亡名单上，经查，学校也没取消他的学籍，在没有死亡证明的前提下，节目组怎么能证明当事人已死亡，并且用这个死亡作为卖点之一，制作这样一期节目呢？

第二，预告片宋启明的照片，与他本人 QQ 空间里的照片有区别，经过了 PS。

第三，就算宋启明真的去世了，故事也是真的，节目组拿别人的伤口做节目，博取观众的同情和收视率，这样的节目真像它宣传的那样有良知吗？不是在“用悲伤炒作”？

袁洲的质疑，掀起轩然大波，所有的怀疑和愤怒凝成最有力的一击。处于旋涡中心的节目组非常紧张，徐梓贞在病中不便打扰，他们专程拜访了宋启明的养父母，花涧也在场。两位悲伤的老人一再确认，他们的儿子宋启明在海啸中被重物砸中头部，抢救无效死亡了。死亡证明不在家里，但他们可以用人格担保不会撒谎。

“我们老两口大半辈子的感情、精力、财力都耗费在了这孩子身上，我们也就这么一个孩子，宝贝都来不及，我们怎么会咒他……死呢？”慈眉善目的养母一提起这个字，便泪眼婆娑。

白发人送黑发人，好不凄凉。

从宋启明家出来时，一行人上车默默不语，丁柔望着车窗外迷离的夜色叹息，这真是一个人与人之间极度缺乏信任的年代。如果传言说，那人做了坏事，无论贪污嫖娼杀人放火，多么夸张大家都愿意相信；如果传言说那人想做好事，质疑的人便多了——“他是不是炒作”、“世上有哪有这么闲的人”、“一定有利益相关”……多脏的水泼上去，也有人相信。

“做点好事就这么难？真是没意思。”连丁柔也觉得累了。车厢里一时寂静无声，清洒、安森、小昭都在，独缺颜泽一人。

台里要拍一档宣传片，得力干将与知名主持人都要出镜。据说，颜泽是台里最帅的导演，理所当然被节目中心推去了，和几个漂亮的女主持人一起拍宣传照。

“颜 Sir 有艳福哟。”组里几个小年轻羡慕死了，念叨了一整天，把清洒的心也牵走了。回到公寓时，答录机的灯光在闪烁。她一手勾着鞋子后跟，一手摁下收听键，“嘟——”一声长音之后，电话里传来低低的男声，极有磁性，一听便是不能忘却的美好。

“听说今年的巴黎不会下雪……清洒，我想你了。”

他说完这一句，她就怔住了。鞋脱到一半僵在那里，等回过神，热泪滚滚而下，过去拿起话筒，怆然地叫了声：“叶弥生？！”

嘟——嘟——嘟——

只有虚无的长音回答她。

那只是一句短短的留言，他早就挂了。

她没有叶弥生在国外的联系方式，他国内的号码也已经停机了。真是决绝，要走就走得一点音信也没有。

第二天。

著名论坛上，再次有人爆出猛料——宋启明还活着！他就在 ×× 医院的重症监护室里治疗，这档节目为了提高收视率，把活人说成死人，消费我们这些小老百姓的爱心，太坑爹了！你们这么做就不怕遭报应吗？

发帖十分钟，这帖子被评论五百多次，愤怒像雪球一样越滚越大，两小时后跟帖超过了三万条——而这时，距离节目开播仅半个小时，清酒对于网络上突然发酵的愤怒一无所知，她正在化妆。

灯光轻暖，丁柔抱着胳膊端详镜子里的清酒，由衷地赞道："不错，不错，这个扮相好。"倒是最关心清酒扮相的安森，这几天发高烧时断时续，恹恹的，提不起精神来。

清酒催他回去休息，他只说："等你录完这期节目吧。"

清酒知他放心不下，打起了十二分精神，小心翼翼地录节目。她想，观众互动环节或许会有人提刁难的问题，或许会有人闹场，各种意外状况她都细细琢磨过了……可真到了直播时，一点意外也没有发生，观众都乖乖的，情绪也掐得刚刚好。当花涧出场，代表宋启明认了这个亲娘时，好几个观众都哭得泪眼婆娑。

不仅是清酒，就连在现场的摄影师和几个工作人员都放下心来。

这次直播，总算是有惊无险地过去了。其实有些事就是在网上闹得凶，现实生活里一点也看不出来，平静得很。

节目一完，主持人在观众离席前先下了台。可奇怪的是，后台安森和颜泽都不在，只有丁柔在那儿等着她。

“清酒，你先别卸妆了，前门全是记者。”丁柔推了她一把，“你从后门走，安森去取车了，在小花园那边接你。记者那边由我和颜 Sir 来应付。”

说完，丁柔就把她推出了小门。

后门外是一片小花园，平素鲜有人至，路灯幽暗，清酒深一脚浅一脚地走。腿上的支架走路时很吃力，花园里又尽是石头小径，清酒跌跌撞撞走了一段路，只听到远远地传来争吵声。

“流氓节目！！你们没有良心！”

“主持人呢？让那个假得要死扮美少女的主持人出来，跟我们对质！”

喧闹声扎在她的心上，她有些害怕，慌乱间绕了小花园两圈，也没见到外面停着安森的车。他开的是一辆白色的 SUV，在夜晚，很远便能望见。没带手机，她又不敢喊，只能在黑暗里默默地等。

心急如焚地等了约莫十几分钟，听得有人走近，她心里一惊，退入灌木丛的阴影里。

只见小路那边走过来一个大学生模样的女生。年纪与她差不多，眉目和善。清酒想起来了，这女生是观众。主持节目的时候，她记得她坐在靠前面的位置，放短片和认亲的环节里，她都有落泪。

“你好。”

清酒试探着跟她打招呼，那女生没想到这小花园里有人，吓得跳脚，见是她后喜出望外：“啊，清酒？”

她把食指立在唇前，悄声说：“你能帮我个忙吗？我不方便出去，你帮我出去看看，这附近有没有一辆银白色的车。车牌号是 ×××××，找到了就回来告诉我，好不好？”

那女生很单纯，爽快地说找就找，一会儿工夫就跑回来告诉清酒，她找到了，真有一辆银白色的车停在花园的那一边，很近，就一两百米的距离。

一两百米对健康人来说极近，两三分钟不到便能走完，但对清酒来说可不是件容易的事。那女生见她腿脚不方便，又自告奋勇地说：“我扶着你走吧。”

记者和网络闲人们的闹声渐渐平息。

想必是颜泽和丁柔周旋得法，记者要的是猛料，闲人要的是泄愤，只要目的达到，也不会闹得太过分——清酒宽了宽心，由那女孩搀扶着，深一脚浅一脚地走。女孩与女孩，说话总是容易，很快她就知道，这女孩叫小飞。小飞笑起来甜甜的：“网上那些传闻我也看到了，放心吧，真相总会水落石出的。”她安慰清酒。

走了一小段，喧嚣已全然听不见，清酒心稍安，心想一会儿上了安森的车就好了。好不容易挪到小飞说的地方，正在大楼西门的位置，却不见安森的车。

小飞也奇怪了。

“咦？刚刚还在啊！”她孩子气地摸摸后脑勺，“你在这儿等一等，我去附近找找。”说完，就四下去找了。清酒乖乖地站在原地等，心想，安森一定是等了一会儿不见她来，心急地开车四处兜转，寻她去了。

他不会开太远的。

她甚至想，刚才该叫小飞先跟安森打个招呼的，或是让安森直接去小花园接她。路灯明亮如月，她庆幸，跟安森会合就好了，有安森在，凡事就都有人拿主意。

身后忽然响起一片嘈杂的脚步声。

是小飞回来了。只见她指着清酒，对身后的一群人大喊：“大家快过来！颜清酒就在这里！”

没有任何预兆。

全然没预料的清酒，就这样被一大群记者和网络暴民包围了。无数闪光灯闪烁，相机的咔嚓声一直没停，十几个话筒全递到她面前——

“颜小姐，网友质疑这档节目造假，请问你的看法是？”

“请问你们知道宋启明其实没死吗？”

“节目组这样冒险，是不是为了冲上半年的收视率？”

清酒完全蒙了，呆站在那儿，那个叫小飞的女孩早已不知去向。记者越挤越多，把她挤倒了两次，为了方便问问题，又把她给拎了起来。最后，一个膀粗腰圆，皮肤黝黑的汉子挤进来，喊了她一声：“颜清酒？”

她下意识地往他那边看。

一大瓶腥热的液体兜头朝她泼来，不偏不倚。

“臭娘们！看你是臭娘们才不打你，就给你泼点东西！”那汉子欺负了女人后，还很豪气地说，“老子从来不打女人！！但你这样没良心的名人，就是欠揍！”

鸡血泼了她满身满脸。

“扑通扑通——”心跳的搏动牵动了每一块皮肤与每一个毛孔。她什么也听不见，她眼前的世界是一片炽烈的白——

所有的闪光灯都对准了她，拍下了她最狼狈的一刻。

后来。

是颜泽拨开人群，打横抱起了她，远离风暴中心，抱上了安森的车。颜泽一路不曾松开她，只帮她擦去腥臭的血迹，安慰她：“没关系的，回去洗个澡就好了。”她也乖得很，他给她擦脸，她就乖乖地仰着头；他要她靠在他的肩膀上，休息休息，她也乖乖地靠了过去。

她很乖，乖得像个得了孤独症的孩子。

安森从后视镜里望了她一眼，什么也没说，踩了一脚油门，他们的车就一路远离这是非之地。

可节目组却没办法离开风暴中心。当晚，清酒被泼鸡血的照片就被搬上了各大网站的娱乐版头条，也有人说：“这节目再怎么炒作怎么无良，拿一个瘸腿的主持人出气，还是个小女孩，总有点不道义吧？”

可更多的人却是拍手称快。

“这种没良心的节目就该整整！比拜金的相亲节目还恶心！”

“颜清酒是主持人，主持人了解节目的所有情况，她会不知道内幕？明知道内幕还去主持这种恶心的节目……不泼她，泼谁？这次泼鸡血，下次就该泼尿了！”

“看上去不够绅士的举动背后，是更多人的良知与怒火。国民民智已开，不再像从前那般好糊弄了。”

几个公知慷慨激昂地陈情后，“被泼的是个残疾主持人，她很可能是无辜的”这个细节很快就被网友们忽略了。“泼出去的是良心，被泼的是丧失良心的一部分人”得到了百分之九十五的人认同。当初转发了宋启明预告片的网络红人、明星以及天后，都纷纷删除了转发帖。

打假斗士袁洲得意扬扬地又发了一个帖子，强调真理无敌。“良心印在心里尚不够，它应该发光，发热，勇敢地烧焦这社会里丑恶的那一部分，让我们所爱的人，我们的孩子，在未来的未来，永远永远，不要再生活在这样充满欺骗的世界里。”

舆论被煽动到了前所未有的高度，这不再是一个简单孤立的节目错误，它关乎民族道德底线。节目组光是星期四一天，就接到五百多个谩骂的电话。清酒在微博解释了一句：她不会为了区区一期节目，拿一个男孩的生死开玩笑。

这条微博一发，不少死忠的粉丝纷纷跟帖：“清酒，我们绝对相信你！”

可是，这寥寥的帖子很快被传说中的水军冲刷掉。

“少假惺惺了，颜清酒，你出场费拿得还少吗？”

“垃圾，贱女人。”

“节目上，你声情并茂地说宋启明死得多么可怜，玩弄大家的同情心,现在事情爆出来了,你又想装可怜,撇得干干净净？”

她的微博被水军淹没了，全都是谩骂跟帖。还有一拨人发起了一个活动，叫“给该死的节目组点根蜡烛吧”。很快，清酒和节目组的微博里，一页一页的回复里，就全是蜡烛了。是只有祭奠死去的人时，才会点蜡烛。

节目组似乎只有两条路可走，一条是承认造假，另一条就是拿出宋启明死亡的证据。

一连两天，清酒躲在房间里，不敢下楼，不看电视不看网络新闻。不知谁曝光了她的住宅地址，她家楼下一直有记者蹲守。从窗帘缝隙里可以清晰地看到楼下的采访车，始终停在那儿。她前两天的解释给节目组带来了更多的麻烦，现在无论他们说什么，网友都不相信了。

所谓“好事不出门，坏事传千里”，大抵始于人性里最阴暗最八卦的那一面。颜泽悄悄来过一次，那晚记者围了楼下大门，他是乔装一番后从车库小门上楼来的。

她心灰意冷了两天，见着他，心下生出一丝淡淡的温柔。他安慰她：“你什么也不要说了，安安静静地休息，都交给我来处理。”

“他们为什么都不相信我？”

“现在人们生活压力大，人人心底都压着一股火气……

再说确实炒作太多了，一般的老百姓和网友都被骗怕了，爱心也被消费得差不多了，他们需要发泄，发泄心底窝着的那股火……”他说，“我们只是撞上了这个枪口。”

末了，他说：“其实我很高兴。”

“呃？”

“公主不遇见危难，怎么能显出骑士的重要？”他勾起嘴角，笑。

清酒噤声了。那一日里被记者围住的万难时刻，她一见到颜泽，几乎像是抓住救命稻草似的看向他，希望他来救自己。那一刻，她到底是出于本能向熟人求助，还是潜意识里只信赖他？

颜泽走了以后，清酒想了一晚上也没想出个所以然来。

日沉入夜，星光亮了，星光又没入了晨曦。网络上的骂声愈演愈烈，清酒连看也不敢看了。傍晚时分，安森偷偷上来送食物，一进门就打开电视，说：“快看综合二台！”

她心想糟了，一定是最权威的综合二台把这事给曝光了。

“记者调查后，发现事实的真相，并不像一些网友想象的那么不堪，甚至，它还有许多不为人知的美好……”综合二台采访了宋启明一家，确定东星卫视节目组报道的事件属实，颜泽的团队并没有刻意隐瞒大众，故意隐瞒一部分事实的，其实是宋家。

安森激动极了，不住地说，二台这次出马，真是一场及时雨，这次一定能渡过难关了……清酒却不觉得，那晚被出卖，被围攻，留给她毕生难忘的阴影——

直到，宋启明出现在屏幕上。

记者真厉害，连一直在医院昏迷，刚刚苏醒的宋启明也顺利连线到了。

当宋启明清瘦的身影出现在电视屏幕上时，清酒便停下了筷子，眼睛眨也不眨地盯紧屏幕。他是那么瘦，脸颊深深地凹陷下去，仍不失俊逸的轮廓，清酒对他的故事再熟悉不过，从前翩翩的明少，如今变成这消瘦的模样，一看就是几近弥留。

宋启明在海啸里受了重伤，手术后一直躺在重症监护室里，说话也断断续续，十分吃力。他说，是他要花涧去找东星卫视，有心隐瞒了他没死的情况，制作的这一档节目。

“我妈为了我，吃了一辈子苦，我时间不多了……希望让所有人知道……她是我妈。”

清酒端详着屏幕上的宋启明，这几天，这个名字几乎成了她的梦魇。她甚至想过，如果宋启明是真的死了，也就不会生出这么多事来……可如今，如今看到他，就什么抱怨都没了。一条生命活生生地留在这个世上，所有的故事就还有续写的可能，爱他的人就还没有失去他。

他活着多好，多好。

宋启明没忘了清酒，亲人们告诉了他清酒受了委屈，他觉得很过意不去，他的家人也代他表明了歉意。明知道录播他听不到，但清酒还是对着电视里的宋启明，喃喃地说：“没关系。”

宋启明没有罗小衮幸运，节目播出后的第二天，他就因为术后并发症去世，带走了父母所有的念想。

听安森说，他本是去探望宋启明的，离病房三五米时就听到了深沉的呜咽声，极痛，极痛。养父母和徐梓贞都趴在宋启明的床边，白发人送黑发人，花涧小小年纪，身份尴尬，只远远站着，凝望病床上去世的恋人。

他走过去，轻声喊她的名字。她回头时，他瞧见了她眼睛里一点生气都没有。下楼时，安森安慰花涧："你也不要太难过，这也是宋启明的命。你年纪还小，往后会遇见更好的男孩的，还会有真正适合你的男孩再出现。"

"会吗？"她问。

"当然。"安森肯定地说。

花涧轻轻地否定，说："可我觉得不会了。"她沉默地下楼，始终没有哭，连一滴泪也没有掉。

哀莫大于心死，眼泪又算什么。

回来后，安森跟清酒说，他本来对花涧当初可怜兮兮地来求助，却对节目组隐瞒了实情的做法有些不满，心里存了点怨怼。但真见小姑娘这个模样，也不忍心生气了。

"他家人的眼泪倒是提醒了我一些东西。"安森从没这样感性过，"做这档节目的意义，或许就在这眼泪里。圆了他们的愿望的那种感觉，比我们接了一笔大单，赚了一大票还要有满足感。"

东星卫视因祸得福。在新媒体发达的今天，一档电视节目能够得到这么大的关注度，简直就是奇迹。连兄弟单位的伙伴，也打来节目组酸溜溜地道贺。网络上的水军消失了，像从没来过一样。大水迅疾地退去，显露出曾埋没于水底的钻石。一小部分始终理智的网友，说了句平实的话：“我们愤怒得太快，烧伤了无辜的人。”

那位转发过预告片，后来又删掉了的天后，倒是极通透的一个人，坦坦荡荡地发微博道歉：“无论被欺骗了多少次，无论被消费了多少次爱心，我们都相信美好的存在，信任的力量，相信有些姑娘从笑容到心灵的纯真。对不起，颜清酒。”

跟帖人纷纷默认队形，对她说，对不起。

对不起。颜清酒。

“做人就是这样，不可能让每个人都喜欢你，有那么一小众人曾站在你身边，就是莫大的福气了。”清酒安慰自己，被泼鸡血的当晚，她也是这么安慰自己的。要开心，要笑得灿烂，要学会自己哄自己……可午夜梦回，终究还是有那么一点心累。没有哪个姑娘，哪怕她就是圣母再世，也不可能一转身就忘记了“被万人唾骂，被人出卖欺骗，被人泼鸡血”的经历。

花涧却在这时候，找上门来。

“对不起，清酒。”一见面，爽快的花涧就直截了当地说，“启明和我，都欠你一句对不起。”那天清酒被记者和网友围攻的画面，她也看到了。以她和宋启明两个高中生的人生阅历，根本就没想到事情会发展到那一步。

宋启明的遗物是一瓶海水。

徐梓贞迫于生计，来静海市之前竟然没见过大海。住那栋老楼时，宋启明不止一次听徐梓贞念叨："这台风天哦，海上一定起大浪。"有时又念叨，"海水不知道是啥味道，听说有点咸。"从前他嫌她土，不会用智能手机，不懂上网，连大海都没见过，真是土毙了，像是从十几年前穿越到现在这个年代的人，与潮流格格不入。等长大了，懂事了，一点一点了解了徐梓贞的过去，他终于明白——不是妈妈不愿意享受生命，享受时代带来的便捷与快乐，是她，把生命里这宝贵的十几年，全部用来寻找他，给他幸福。

地震的前晚，宋启明与花涧煲了许久的电话粥，甜蜜和吐槽后，他的声音忽然轻缓下来，说："花涧，明天我们去海边好吗？我想帮徐梓贞完成一个心愿。"

对生母内疚的宋启明，逃课和花涧去了一趟海边。他在海边城市长大，见惯了海面的平静与浩瀚，也见识过大海的不羁和狂野。他却没见过那样深情的大海，犹如能包容一切的母爱。

有人说，你心里住着什么，透过你的眼睛便能看到什么。你心里装满了恨，看到的世界就充满了利益纷争，满是罪恶；你心里装满了爱，才能见到这世界美好的那一面，阳光，才能照进你心里。

那天的大海，是宋启明和花涧从未体会过的温存，初恋及初次约会、与生母的相认，两种迥然却同样的幸福，把宋启明紧紧包围。一对少年人坐在海边的礁石上，眺望远处的大海，辽阔的海面犹如他们前路未知的人生。

被爱的感觉如此真切。

想要去爱的感觉如此迫切。

宋启明说："不知道上辈子到底做了什么天大的好事，像我这么烂的人，脾气差，又爱出风头，死要面子，这辈子老天竟然让我遇到了世界上最好的几个人。你，我爸妈，还有徐梓贞，你们都是好人。"

他说："徐梓贞没看过海，她腿伤了也来不了。你帮我拍一段大海的视频吧，我去海边给她装一瓶海水带回去，让她也闻一闻海的气息。"

所以，宋启明真实的遗物，是一瓶海水。

那天在海边，宋启明在沙滩上对花涧说："你眼皮上有沙子，来，闭上眼，我帮你擦掉。"

她闭上眼，他的吻便落了下来。甜蜜、紧张、害怕、惊讶、欣喜、幸福，所有甜蜜的酸涩，羞涩的抗拒，紧张的快乐，都在这一瞬装满了她的心。那幸福太快意太真实太真挚，让比同龄人成熟的花涧没出息地想，就算她死在当下，也值了。

海啸袭来时，他们正在回程的大巴上。大巴没有被卷入大海，坐在靠窗位置上的宋启明，俯身将花涧牢牢抱紧，保护在怀里。花涧毫发无伤，而宋启明的后背、手臂上全是划伤，致命伤在后脑上，有两块铁片深深地插入他的颅内。

宋启明的血一直往下滴，一滴、两滴，滴在她的眼皮上，犹如那个温暖的吻。

他昏迷了，双手却始终箍紧她，用血肉之躯保护着她，直到救援人员将他们分开。

他们相爱，直到死亡将他们分开。

第二天，节目组驱车去医院，清酒和颜泽都去了，将病房里的徐梓贞带到了海边。徐梓贞站在儿子出事前曾停留的海滩，看似平静地凝视眼前的这片大海。

她从清酒手里接过那瓶海水，还有宋启明最后在海边录的视频。

视频里的宋启明腼腆地笑，一点也不像那个桀骜叛逆的少年。他指着远方无边的大海，说："妈，你听，这就是海。"

这是他懂事以来第一次叫她妈妈。

也是最后一次。

徐梓贞默默地望着那段视频和大海，她没哭。

她明天还会去校门口卖包子，她会一直等，或许有一天，会再有一个像风一样的少年骑车到她的摊子前，顺手接过她递过去的早点；她也可以像从前没找到他时那样，揣着一张他幼年的照片，安慰自己说"我儿子还活着，活在这世界上一个我不知道的地方"，就这样，自欺欺人地度过余年。

清酒却哭了，站在她身边的颜泽，轻轻把她揽入怀里，说："借个怀抱给你。"他的声音低低的，惯有的磁性沙哑，这一刻她却觉得，再没有比这更稳妥温暖的声音了。

第三幕：星光溺海了

两颗星星乘一艘小船去银河深处流浪，流浪是多么浪漫的事，她们以为。直到小船超重快沉没了，只有牺牲一颗星星才能让另一颗星星活下去，金色小星问蓝色小星：“姐，你愿意把活下去的机会留给我吗？”蓝色小星不想说愿意，也说不出不愿意。星星也会死，星星也怕死去，看似永恒的美好其实都活得那么短暂。

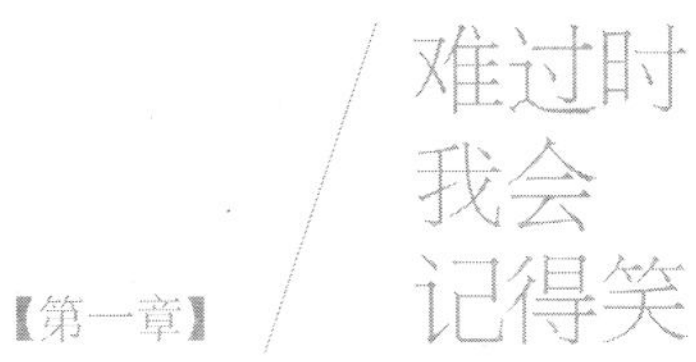

【第一章】难过时我会记得笑

宋启明之后，他们又一起做了几期节目，一晃两月有余。这天录完节目已是天黑，师父赶着去会个朋友，交代颜泽送清酒回去，车里霎时只剩下他和她两个人。颜泽探头望了望，街上热闹得很：“难怪人多，原来有灯会。”

清酒心血来潮：“那我们也去瞧瞧吧？”

车停到角落里，清酒从节目上下来还没卸妆，她照着车里的灯光卸掉脸上的腮红和粉，正擦得认真，余光瞄见颜泽托着腮帮子饶有兴致地看她。清酒给瞧得脸一红，嗔道：“看什么看，没见过美女啊？”

颜泽嘴角一勾笑笑，也不解释。

做艺人就是纠结，拍片接代言的时候怕不红，不红开不起身价；享受私人生活又怕太红，一点私人空间也没有。清酒披了块大羊毛毯子，又戴上黑框眼镜，把自己往平凡里装扮，坐在轮椅上由颜泽推着走。

入了仿古步行街，人潮越发汹涌，处处摩肩接踵。街两旁的大红灯笼制作精美，一盏盏荧荧的光衬得整条街犹在梦中。清酒心满意足地舔着棉花糖，这也瞧瞧那也望望。颜泽笑她还是个孩子，看个灯会也能看得这么高兴，跟瞧见了多大的稀奇事似的。

“你不懂。”清酒掩不住满面红光，“小时候我妈妈最爱带着我和妹妹来看灯会，我喜欢莲花灯，妹妹也吵着要莲花灯；我喜欢孙悟空面人，她也要师傅捏个孙悟空面人，为这我们俩一来灯会就吵架，妈妈看着我们也不说什么，她谁也不帮，只看着我们姐妹俩笑。”

“你有妹妹？”颜泽疑惑，先前他一直以为她是独生女。

“嗯……是……”她尴尬地耸耸肩，眼睛里是酸涩的痛，“不说这个了，妈妈都不在了。”

颜泽摸摸她的头。

“时间真是残酷，我好像也接受了‘爸妈不在人世’的这个事实。”她感慨地捂住脸，一遍一遍用搓热的掌心温暖着冰冷的脸，“之前只要一提到就会觉得难受，哪怕在大街上，在地铁里，在人最多的地方也会忽然就哭出来，会很想念她，愿意用五年、十年，甚至是二十年的寿命，换来她再醒一次……我真的这么想过。”她绝望地说。

“清酒。”

“嗯？”

“来，给我抱一下。”说完他就拦腰把她从轮椅上抱了起来，完完全全的公主抱，一路抱去了街那头的江边。

“喂喂喂！你干什么？太招摇了！被人认出来可怎么办？！”清酒捂住脸，一路上有不少人关注到他们，指指点点。人家未必认得出是她，光是颜泽这么高大的一个男人公主抱一个女生，就很惹眼了。

到了江滨。

“喂！来这儿干吗？江边黑乎乎的好吓人……”

砰！

一朵绚烂的烟花应声绽放，点亮了漆黑的夜空。

烟花一朵连一朵争先恐后地跃上天空，连星星都暗淡了，寂寞的夜空变得绚烂而热闹，一朵朵倒映在她的眼睛里。清酒忍了好久，眼泪还是不争气地往下淌，一直一直往下淌，她怎么会忘了呢？这江边上，每周六晚上八点都会放烟花，十年来从未间断过。好多年前妈妈就经常带她们姐妹俩来看，那些回忆，还真真切切地活在脑海里，都还在。

“清酒？”

她应声回头，一个温暖的吻落在她的额头上。

街尽头的天心寺，在这月圆的夜里香火尤为旺盛，等她和颜泽两个人随着人潮一步步挪到殿前时，几乎要被挤掉一层皮。清酒让颜泽去买了一把好香烛，点了，双手举到额前默默地念阿弥陀佛，虔诚地一拜再拜。颜泽被周围的香火呛了个半死，频频咳嗽，等挤出人群终于呼吸了一口新鲜空气：“我说，你这爱好还真不是一般小姑娘有的。你看看，周围不是求福求财，就是求健康求姻缘，你呢？那么虔诚，到底想求什么？”

清酒把香插在菩萨面前的香炉里，认认真真地又合掌默了一默，这才算完，释然地回头对颜泽说：“我求的也不多，有个人去了很远的地方，我想跟菩萨求个平安。”

颜泽悟到了是谁，吃醋道：“谁值得你这么费心？”

“一个重要的人。”

竟然还不说？颜泽更吃醋了：“菩萨怎么可能听到你许的愿？”

“嘀。”清酒笑说，“你少来。我外婆就信佛，她说只要心中有佛，佛就知道你心里所有的念头，会回应你的心愿。”

“真的？菩萨什么都知道？”颜泽不信。

他又煞有介事地问：“那她知道我喜欢你吗？”

好在人多。

好在有过节啊看烟花啊这些借口在，好在夜太黑，谁也见不到她烧得通红的脸。清酒支支吾吾装没听见，逛去别处看灯。回去的路上一路都遇上红灯，一等就是一两百秒，连老天都在不断制造机会让他们多相处一会儿，好几次等红灯的时候，她以为下一秒，他就会俯身在她的左脸上印上一个吻，可是他没有。

他还真是沉得住气。

这让清酒满心忐忑，不知道在江边他那句“那菩萨知道我喜欢你吗”到底是玩笑话呢，还是真心的？清酒一直纠结到自家门前。进电梯时，她去摁楼层键，他也去摁，两人的手指相叠，彼此的体温自那小小的一块皮肤迅疾地传递，顷刻就紊乱了心跳的节拍。她想缩手，右手却被颜泽攥住。

他若无其事地摁了十六楼的按键，若无其事地握着她的手。

她的手像孩子被爸爸保护着，小小的蜷成一团，包在他的手心里。电梯停停开开几次，有人上，也有人下，他们的手始终没有松开。这是他们第一次牵手，好似有什么一下子明朗了，所有的心事都在这一刻得到了笃定的承诺。

到了家门口，眼看要进屋了。

清酒在翻钥匙，只听见颜泽在身后说了句："见过反应慢的，没见过反应这么慢的。在江边上问你的话，你想了一路，到底想好了吗？"

"我……"清酒支支吾吾地低头找钥匙，在包里翻来翻去，连手都在颤抖。

颜泽长吁一声，把那串早就该找到的钥匙给拎了出来："是找这个吧？"

她伸手去够，颜泽故意往后一退："想要钥匙就先答复我。"

"答……答复什么？"

颜泽冷哼一声，耳根却也有难以掩饰的绯红："小朋友，你就装吧你，你……"他话还没说完，一直安静的走廊上响起了开锁的声音。

咔嗒。

门把手转动。

清酒家的门从里面打开了。

一个气质不凡的男生从里面打开了门，亦是微微有一丝惊讶地打量他们。他穿一身正装，衬衣松开一颗纽扣，有些慵懒地散着，显然是刚从某个正式场合回来，打算休息一下。

那熟稔的样子，一点也没把这里当别人家。男生的目光先是从清酒脸上移到颜泽身上，又不自然地移到他们握着的手上。

当目光终于落定在颜泽身上，男生极不高兴地皱眉，仍保持良好的教养问她：“清酒，这个男人是谁？”

先入为主。

俨然宣告了对清酒的主权。

而清酒仿佛没有听到他在问什么，从见到他的第一秒开始，她整个人就像是被人兜头一瓢冷水给泼醒了，愣了一愣，终于哽咽地喊出声来：“叶弥生？你终于肯回来了。”

那晚颜泽没回家。

他心烦地在楼下抽了整整一包烟，留下一地的烟头，又去酒吧泡了一晚，难得地碰到林纡。林纡从邻桌过来，调侃道：“你小子，念大学那会儿叫你出来玩，你说没时间！现在你天天忙得连轴转，反倒有时间来了？”

颜泽没答话，一杯接一杯地喝。

林纡试探着说：“我今天看到一个人，不知道是不是看错了……看着很像叶弥生。”

果然一提这个名字，颜泽的脸色越发难看了。

“原来我没猜错。”林纡劝道，“清酒这小姑娘确实讨人喜爱，但喜欢她的人太多了也很麻烦。我以为你早就知道了，她和叶弥生没分手。上个月我去法国谈一个项目，遇到了叶弥生公司的人，他手下的人说叶弥生不会走太久，马上会回来。”

见颜泽拿杯子的手颤了一颤，林纡更加肯定了。

“也好，他回来了，你和颜清酒的事情也就到这里吧。”林纡劝老友，“何必跟叶弥生过不去？人家有实力有来头……啊，我不是说你没实力没来头，只是你何苦折腾自己呢，不就是个女人吗？”

“她不同。”颜泽别扭地放下杯子。

“其实也没什么不同，小丫头片子一个，我真不懂你……”他把叶弥生的身世背景细细地说给老友听，富二代，有背景，又在国际上享有盛誉，人脉更是铺得开。得罪了他，就等于得罪了一个圈子的人。

林纡的目光从未离开眼前的老友，说实话，他多年没从他眼里看到这样充满欲望的眼神和对一份爱情的渴求了。从前的颜泽不喝酒，抽很少的烟，不泡吧，所有的业余时间都自动并入了事业。他不提爱情，从来不提。

“不过呢，老颜。”林纡抽了两口烟，“其实我心里有个疑问，一直都没说。如果你是真心喜欢颜清酒，说不定我讲的这件事可以帮到你……”

大半夜的，醉醺醺的颜泽发现车还停在清酒楼下，又原路走回去拿车。冷风一吹，酒醒了一半，离她家还剩十几米的地方，颜泽怔了一怔，在昏黄的路灯下认出了叶弥生和清酒的身影。他们在楼下拥抱告别，用力地。清酒在哭，哭得毫无顾忌，好像叶弥生是自己的亲人，可以完全不顾形象地大哭大笑。就连叶弥生也凄然地低头，似乎在沉吟着落泪——

这画面连同旁边打着旋儿掉下的树叶，也落入了颜泽的眼里。

他远远地望着那对璧人，失落地想，平日里清酒在他面前哪有这么放得开？她总是小心翼翼，怕说错话做错事，从第一次在走廊上遇到的时候起就是这样。

对颜泽这样大男子主义的男人来说，最失败的时刻就是，他发现自己喜欢的、想尽全力保护的女孩子原来根本就不依赖他。

叶弥生刚走。

清酒的电话就打了过来——

“你在哪儿？”她歉意地说，“我想跟你聊聊，我们之间有些误会。”

“是要我分清楚暧昧和真爱之间的区别？”颜泽说，“其实第一次在台里见到你的时候，我就喜欢上你了。我觉得你像只不开心的小猫，坐在阳光下的样子，让人好想保护你。”

清酒在电话那边早就哽咽得不成声，她本来有好多好多话都压在胸口想要告诉他，想要一吐为快，听他这么一说，清酒反而觉得自己不需要说太多了。就算被误会又怎样？听到喜欢的人说这么一句，死都值了。

“好，等你冷静一点，我们明天见面再聊。”她说完先挂断电话。

颜泽一晚上心如乱麻，第二天刚到台里，清酒已经在办公室里等他。

他推门进去，她披了条厚厚的羊毛毯子，背对着门坐在轮椅上，背影看上去十分寂寥。那一瞬间，颜泽觉得清酒仿佛变成另外一个人。

一个他爱着却又感到陌生的人。

逆光里她的轮廓十分清丽，眼底浓浓的黑眼圈，想必昨晚没怎么睡。他瞧得心疼，嘴上却不服输地说："看样子你昨晚没睡好啊！"

"嗯。失眠。"

"看到你睡得不好，我也就安心了。不然显得一切都是我自作多情。"颜泽走到桌边给自己倒了杯水，"说吧，这里没外人了。"

"颜 Sir……录完这两期节目，我就不录了。"

他一怔："你什么意思？"

"因为……因为一些变故，我录完下一期就走了。你也早点做准备，找个真正合适的主持人。"她下决心摊牌，"其实我一开始就不太适合这个节目。"

"不适合"真是刺到了他的痛处。

之前合作愉快都是演出来的吗？！看到林知初和罗小衮团聚时，她不也感动得一塌糊涂，说要好好为这档节目努力的吗？难道这些眼泪都是装出来的？那感情呢，感情也是装出来的？！

颜泽在电视行业打拼这么多年，本以为无坚不摧，见到不靠谱的合作者也多了去了，哪知这次，主持人辞了个职，他就气得连话也说不出来了。他强忍住愤怒、哀伤，和所有的不解，嗤笑道："之前一直都很合适，叶弥生一回来就不合适了？”

他其实很想留住她，可话到嘴边就变成了呛声。

清酒脸色白了一白，自嘲地笑：“也算是，他回来后，我就不适合待在这里了……你能不能给我一点时间，等我把所有的麻烦都处理好了，再给你一个交代？你信不信我？”

他望着她，连日来紧张的录制让她越发瘦了，脸蛋只有巴掌大，他瞧得心底生疼。她说什么他都是信的，她说讨厌叶弥生也好，那些都是绯闻也好，只要她说，他就信！可是颜泽那点大男子主义纠结在作祟，哪怕喜欢到在大难来临时为她心甘情愿地挡一刀子，哪怕做地下情人也愿意跟她在一起，嘴上却依然只是冷冰冰地问：“叶弥生真是你男朋友？”

清酒沉默了半晌，摇摇头，又点点头。

“一时半会儿说不清楚，你能不能再等等我？给我点时间？”她真挚地说，“等我录完这期节目，等过了这阵子，我还有许多事情想要告诉你。”

“等？！等你和他分手？还是等你和他解开误会，等你们重新和好？”他极力克制着，心里嫉妒得快要发狂，一步步逼近她，一句句问，“叶弥生也牵过你的手？早就吻过你，抱过你？你们亲密过？！他也带你去过许多浪漫的地方，你们也快乐过……”每一句最终问的都不仅仅是她，也是他自己。他明明知道既然曾经是恋人，那么这些都应该有过，可他还是压抑不住狂潮一般的嫉妒。

他昨天想了一晚上，几乎快要崩溃了。

“清酒，你喜欢过他？”

她从没见过他这样失态，被他逼到了窗边，瞪大了一双小鹿般的眼睛望着他，似乎有许多话想说，却又不知从何说起。在那双眼睛里，颜泽看到的不仅仅是困惑，甚至还有惊恐。颜泽从来没有这么难过过，他觉得自己逊毙了，他竟然让喜欢的女孩害怕他？

“我昨天看到你们拥抱了。你哭了，在他怀里，哭得很放肆。”他苦笑，“我原来以为你就是个做事很小心的姑娘，可原来你在叶弥生面前可以放得开，一点也不用顾忌什么。”

“不是你想的那样，现在很多事情我还不能告诉你。等做完这期节目，我们好好谈一谈。”清酒哀求，“你相信我，我一定给你一个答复，把事情的真相都告诉你。”

真相？

他凄然冷笑：“根本就不需要什么真相！我要了解你和他的故事干吗？！我只要你！”他扳住她的肩膀用力吻下去，这个吻来得太过炽烈，他滚烫的气息扑面而来迅疾地将她拖入深渊里。她被逼到窗边的角落里，退无可退，整个人都被他牢牢地扳住。

咔嗒。

门开了。

“颜 Sir！委托人来……啊！对不起对不起！”闯门的小昭仓皇地逃了出去，退到门边说，“是丁柔姐叫我来通知你，委托人来了，在会议室等着你呢！哎呀，怎么会这样……我……我……我先走了啊！”说完便溜之大吉。

颜泽松开了怀里的清酒，她的肩膀、锁骨和脖子上满是他吻过的红印，她一脸惊恐，眼角还有点点泪光。他抬起手，清酒下意识地往后一躲。

“你怕我？”

他抬手拭去她眼角的泪光。

“我只是希望你爱我，不用太多，只比爱叶弥生多一点点就好。”

这期的委托人叫季晚，又是一名花样年纪的少女，失去父亲，失去母亲，连唯一的妹妹也葬身大海，好不凄惨。可颜泽拿着这份资料一点也沉不下心，心烦意乱。丁柔推门进来，见到他的样子就是一声惊呼。

“你这是怎么了，眼圈怎么黑成这个样子？”说罢找来毛巾给他热敷，让颜泽一偏头躲开了。丁柔放下毛巾，“不热敷也行，你就是不会照顾自己，你应该要好好休息，不要以为自己是个大男人就不注意身体……你啊，身边还是缺个可心的，可以照顾你的人……”

“行了。”颜泽打断她。

她闻声抬头，一双描画精心的眼睛竟是闪闪发光，似有万般期许，但颜泽抚了抚昏沉的额头，只无奈地说了一句：“丁柔，我现在有点累，请你让我静一静。”

“那好，我去接委托人，她差不多快要到了。”关门而去的瞬间，她靠在冰冷的房门上，重重地叹了口气。颜泽的心思她不是不知，从前丁柔瞧出来了却不愿意承认，如今，颜泽眼看着是完全迷上了清酒，连他视为生命的工作也懈怠了。

委托人季晚已经到了会议室，等安森、清酒和颜泽，还有节目组的人都到齐了，季晚才开始跟大家说起她的故事来。

【第二章】

季晚有乌黑的长发和同样乌黑的眼眸。上帝待她不薄，赐予她足够的才华与美貌，她是校内数一数二的风云人物，名副其实的公主。上帝待她亦不完美，回到家的季晚，远不如在学校里那么快乐。因为家里有她——妹妹季晴。

季晚和季晴，一个出生在临近子夜的夜晚，眼眸漆黑；一个出生在正当正午的晴天，眼眸暖褐。一个沉静如深海，一个热情似晴天。

父母疼幺儿。他们直呼她的名字，季晚，叫妹妹却只叫昵称，“小晴天”、“我家的小公主”、“晴晴小可爱”……昵称一个比一个腻。两姐妹年龄只相差两岁，爸妈却永远要季晚让着季晴，说：“你得让着她，谁叫你是姐姐啊！”

于是，小学时抢玩具，爸妈总是把最好看的洋娃娃放到季晴怀里，然后对季晚说：“这些小孩子的玩具就让妹妹玩吧，季晚，你得让让她，你是姐姐啊！”

每年吃生日蛋糕，最大最美的那一块，总是分到了季晴的碟子里。有一天明明是季晚生日，她垂涎已久的点缀着巧克力花的那块蛋糕，又被妈妈分给了季晴。她火了，拍桌子问妈妈，为什么老是不把好蛋糕分给她，为什么姐姐就一定要让着妹妹？今天过生日的不是她吗？她哭着摔了碟子，又被妈妈罚洗碗一周。

别人家的姐妹，都是妹妹接姐姐的旧衣服穿。在她们家，爸妈根本舍不得让妹妹穿旧衣，季晴的衣服都是当季新款，芭比裙、白纱裙、美丽的鞋子与头饰，妹妹的衣橱是所有女孩的梦想。可季晚呢，长年就着两套校服轮换着穿。

她们一个像公主，一个像寄人篱下的灰姑娘。季晚很敏感，极小的时候就意识到了父母待她们的态度，截然不同。

我，或许是养女吧。

季晚这样猜测，在自己的生日却没吃到生日蛋糕的那天。这念头一旦植入，便如魔似魅不得脱身，她发现了更多的蛛丝马迹。每隔一段日子，妈妈都会带妹妹出门一趟，却从来不带上她——一定是有什么好事，或许是他们母女俩的单独相处时间，不想让我打扰罢了。

她默默忍耐，直到有一次，妹妹跟人打了架，把人家小女孩的脸给抓破了。妈妈怕妹妹被学校记过，硬逼季晚去校长家承认错误，承认是她抓伤了小女孩的脸。

她不肯，咬牙倔强地说："不，我不去！又不是我抓伤的。她自己抓伤的人，让她自己去承认！为什么要我背黑锅？"

"上次你妹妹跟别人闹了冲突，也是校长处理的，他当时就说，如果妹妹再被抓到一次，就要开除她。季晚，你是姐姐，你是她亲姐姐啊！你忍心看你妹妹被开除？"

"就是你们！是你们宠坏了她，她才老是闯祸，出了事就让我顶包！都是因为你们偏心！"她又气又伤心，跟妈妈大吵了一架，把压抑在心底许久的不满都发泄了出来。那一天，妈妈还是去了校长家，求情送礼赔医药费，终于保住了妹妹的学籍。妈妈也没再提过这件事，全家人都小心翼翼地避开这个话题。爸妈对她还是管教严格，对妹妹也还是极近溺爱。

季晚念高一时，她就发誓，将来填报高考志愿时，一定要填一所北方的学校，她要快快长硬翅膀，飞得越来越远。

她发誓，永远不会原谅父母的偏心。直到海啸来了，他们一家四口被困在危楼上，眼见远方一线巨浪越逼越近，爸妈找来一艘限载两人的救生艇，把她们两姐妹推了上去。爸爸准备了两包干粮给她们抱着，妈妈先是抱住妹妹，说："晴晴要勇敢，往后妈妈陪不了你了，你要听姐姐的话。"

妹妹哭成了泪人儿。

季晚到底镇定些，爸妈这是把生存的机会留给了姐妹俩啊！大浪将至，她哭着问妈妈："妈，爸，我们一起走吧。我们一起。"

妈妈抱紧了她。记忆中，很小很小的时候，妈妈才这样深情而用力地拥抱过她。妈妈在她耳边说："晚晚，妈妈爱你。妈妈爸爸都很爱很爱你，从前之所以偏袒季晴一点，是因为季晴患有先天性心脏病，医生说，她活不过二十岁。晚晚，你的人生路还很长很长，往后你长大了，要面对一个很复杂的社会，和很残酷的人生，所以我们对你的管教一直很严格。季晴跟你不一样，我和你爸从没想过让她成才，她的生命注定短暂，所以只要她过得开心就好，当个快快乐乐被宠爱着的小公主就好。”

“爸爸妈妈对你们的未来设定不同，所以给了你们两姐妹不同的教育方式。晚晚，妈妈爸爸都很爱你。”

大浪带走了父母。生命渺小如蜉蝣，两姐妹的救生艇随波逐流，被带离了陆地，渐渐漂往浩瀚的深海。起先周围尚有房屋残骸，浮木，随着没有舵的救生艇越漂越远，四野渐渐空旷无物，只有大片大片碧蓝的海。

这蓝色像死神嘴唇的颜色，甚是可怕。年久失修的救生艇，眼看着无法承受两个人的重量，救援队却迟迟不见踪影，食物也消耗得很快。她们所带的干粮，只能紧巴巴地维持两天。季晚一直记得爸妈的话，要活下去。但随着食物的消耗和救援的遥遥无期，最原始的求生欲望渐渐涌上心头。她想，如果救援的人再不来，只剩下最后一点点食物，如果她们俩，只有一个人可以活下来，那么她是自救，还是牺牲自己呢？

她无数次起了那黑暗的念头，却又被亲情有力地压下去。

只剩下最后一人份口粮的那天晚上，海面下着绵绵细雨，她们又饿又冷，各自蜷在救生艇的两头维持平衡，半睡半醒间，她听见季晴虚弱地唤了一声。

“姐……你睡了吗？”

没等她应声，那小雨中仅有的一小团温暖，就朝自己爬了过来，依偎在她的肩头。她们两姐妹共同生活了十几年，吵吵闹闹，不是我怪爸妈偏心，就是你怪我抢了你的好吃的。十几年来，她们从没说过什么体已话，一直以为自己是养女的季晚，竟是到了与父母诀别的那一刻，才明白父母的苦心。

“姐，我害怕。”季晴说话的声音小小的，极乖。

季晚不由得心疼，抚摸她的额头：“别怕，天亮了，救援的人就来了。”

“等天亮了，我们的干粮也吃完了……”雨停了，船顺着洋流往前漂，四野空寂，到哪了呢，又会漂到哪儿去呢。会不会有获救的那一天，还是说，她们最终都会睡在这片海里？天幕渐渐露出璀璨的繁星，灼灼其华，季晴许久没说什么话了，这晚，她挨在姐姐的肩头，眼眸比繁星更闪亮，她说：“姐……从小，你什么都让着我，对不对？”

季晚轻轻嗯了一声，她想起了诀别时妈妈说的话——晚晚……季晴有先天性心脏病，医生说，她活不过二十岁。

“对，我会让着你，谁让我是姐姐呢。”她心思复杂地说。

从不跟她交心的妹妹，第一次这样温和地聊天。季晴说，从小，她就特别得意，自己有个漂亮聪明的姐姐，无论她在外面闯了多大的祸，姐姐都会站出来帮她。有些小错，哪怕她自己能搞定，也会叫姐姐来收拾烂摊子。

“那种无论闯了什么祸也不怕，心想，反正我姐会帮我，会站在我这边的感觉，让人感觉好幸福。有你这样的姐姐，让我感觉好幸福。”妹妹动情地说着，季晚的心却那么复杂。在单纯的妹妹心里，姐姐是她的保护神，可她呢，她这个姐姐，其实老早就想甩掉这个累赘妹妹了。

妹妹说，她很小的时候，偷听到爸妈的谈话。

“那时我就知道，我有心脏病，活不过二十岁……可我很想活下去，像姐姐你一样长大，变成一个漂亮的女孩子……姐，我爱你。”她像只小小的兔子，钻进季晚的怀抱里，“姐，以前你是不是有点讨厌我？”

原来妹妹都能感觉到，季晚有点不好意思，从前的她并不知道妹妹有病。

“别乱想，全天下的姐姐都嫌弃跟屁虫一样的妹妹，其实姐姐们都爱她们的妹妹的。”

“真的？”

“真的。”她肯定。

季晴揽住她的胳膊，难得地露出开心的神色，她的下巴轻轻抵在姐姐的胳膊上：“可是姐，我们只剩下最后一点口粮，如果……我们当中只能活一个，姐，你会让我活下去，还是你自己呢？”原来她也想到了这个。

季晚讪笑：“怎么问这种没有意义的问题？”

“姐，我是认真的。”

有些爱看似日久弥坚，在生与死的压力前却不堪一击；有些爱看似漫不经心，只有面对最强大的压力时才能显现它最真挚的光芒。

两个人只能活一个，是自救，还是把机会让给有心脏病的妹妹？

这一刻，被妹妹的问题逼得避无可避的季晚，脑子里最强烈的欲望是“活下去”，她想要活下去，她还想多多见识这个美丽得残忍的世界，她还有许许多多的“放不下”……

“我不会让你死的。”季晚说。

如果真到了那一步，她会选择让妹妹活下去。不是因为她有多么高尚，不是因为她不想活，只是因为——她是她妹妹，亲妹妹。

“我是你姐，我不能眼睁睁地看着你死。”

原来，这才是她心底最本真的那个答案。无论，她有多么舍不得这世界，有些事情她始终做不出来，下不了手。

季晴眸子里的焦灼和不安消失了，她仰起脸，甜甜地笑：“姐，我就知道你会让着我，你什么时候都会让着我。”

“乖。”姐姐摸摸妹妹的头，“睡吧，睡吧。”

这一夜并不好眠，昏昏沉沉睡到半夜，季晚才朦朦胧胧睡去。第二天从晨曦里醒来，她脑子里还在想，天，这一夜又漂出了很远很远，离岸边越来越远。

伸手摸旁边，空落落的。

“季晴？”她心头一惊，撑着坐起来，救生艇上只剩下她一个人了。她身上披着妹妹的外套，右手边，放着妹妹积攒着舍不得吃的干粮，还有一条项链。

那条心形项链是妹妹最心爱的。

小时候，姑姑送给她们姐妹俩一人一条，季晚的早就掉了，只有妹妹小心地一直收着。季晚心疼地捡起那条项链，心形相片盒里，镶着一张小小的大头贴。那是前两年逛街时，在奶茶店里，妹妹一定要拍大头贴，季晚拗不过她，姐妹俩就照了一张。妹妹把这张相片整整齐齐地剪下来，放在项链上的相片盒里，贴身戴着。

照片上写着——我和姐姐。

小小的骄傲，浓浓的亲情都凝聚在四个字里。

昨晚，妹妹为了不拖累她，把外套盖在她身上，把所有的干粮都留给了她，安静地跳海自溺了。季晚靠着妹妹用生命省下来的这一点干粮，在救生艇上又熬过四天，奄奄一息中终于等来了救援队。

救援队的大叔说：“姑娘啊，你真是个奇迹，我们一路找来，找到的都是尸体，有的全家抱在一块死光了，惨哪，我们几个大老爷们都哭了，心想这一个人都救不着了……没想到你还活着。

季晚讷讷地听，她仰面躺在救援队的小艇上，天空这么碧蓝，云朵雪白雪白的，她想起小时候，每年暑假季晴都黏着她，磨着她，要姐姐带她去海边游泳。有一年她真的带她去了，被爸妈知道了，从海边抓了回来。她自然逃不了一顿好打，老妈拿衣架狠狠抽她：“我叫你不听话！不听话！当姐姐的没个姐姐样！我叫你不听话！”

她咬着牙不吭声、不认错、不讨饶。妹妹躲在门口怯怯的，远远望着，等妈妈一走，她就偷偷溜过来，举着稚嫩的胳膊帮姐姐擦眼泪：“姐，对不起。”

“姐，别哭，看我给留了什么？你最喜欢吃的巧克力！”

她摊开小手，快融化的巧克力躺在她的手心里。妹妹把巧克力放进她嘴里，奶声奶气地问：“姐，甜不甜？”

媒体报道她获救时这么说“二十一岁女大学生海上漂泊七天奇迹生还”，其实，哪有什么奇迹？灭顶之灾之际，不过是血浓于水的家人，用他们三条命换回了她这一条命。

【第三章】难过时我会记得笑

听完故事，一直傲娇不愿意表现出自己关注清酒的颜泽，也忍不住打量了清酒许多眼。清酒这次着实与平日很不一样，她是个心软的人，平日里听了这些生离死别的故事总是泣不成声，一门心思想着如何帮人家。

这次却不同。只见清酒面如白纸，一副被人说中了心事的模样，听完故事就跟着他师父走了。颜泽在会议室里眼睁睁地望着清酒离去，按捺不住还是追出门去。一瞧，走廊上已空无一人，电梯数字往下跳，颜泽回身去办公室拿车钥匙。

他从抽屉里翻出车钥匙刚要出去，就听见有人轻轻敲了敲门，柔声道："这么着急，去哪儿？"

丁柔迈着优雅的步子走进来。

"正想找你聊一聊这一期节目怎么做呢。"丁柔的目光落在他手里的车钥匙上，"人家都有人送了，你何必那么着急。"

颜泽低头看她："你有事？"

"还有一个小时，我们坐下聊一聊，把这一期的思路大概定一定。"她说，"委托人心急如焚，只巴望着我们。"

颜泽长吁一口气，不情愿地翻开卷宗。

"多少人都眼巴巴地指望着这档节目。"丁柔从未这么唠叨，“颜 Sir，你是大家的希望，这些日子以来你都魂不守舍，这要是让组里的人瞧出来了，可是会动摇士气的。”

“你觉得我不用心？”

“岂止是我觉得……你现在正处于事业的上升期，还是把心思全部放在节目上为好。”丁柔委婉地说，“免得下属看出来你的心思，对大家都不好。毕竟……懂你的会理解你，不懂你的还以为你利用职务之便……”

颜泽啪一声合上资料夹，利落地收进包里，背着包出了门。他回身看丁柔，她还坐在他办公室里，留给他一个倔强的背影。

他下逐客令：“我先走了，回头再跟你联络。”

“那节目？”

“我自有分寸。”

丁柔转过身来，却是满脸的失落：“你真的都有分寸？”

颜泽正色道：“那是自然。”说罢就走了，也不管丁柔。他急匆匆地赶到地下车库，可哪里还有清酒和他师父的影子？师徒俩早就走了。

小厨房里的煮锅里，银耳莲子正在锅里咕咚咕咚响，安森揭开盖子看了看：“清酒，你把冰糖给放哪儿了？”

“冰箱的第二个格子里。”

安森拿出冰糖往锅里扔了几颗，趁热乎连锅端到客厅的茶几上：“来来来，吃碗师父给你熬的银耳莲子羹，包你明天皮肤状态特好！”

清酒从洗手间里出来，惨白着一张脸。师父太疼她，一小碗里挤满了保养补品，又放了特别多的冰糖，她吃了两口，只觉得一股甜气腻在喉头，忍不住反胃想吐。安森看着她这副模样，担心地问："怎么会吐？不应该啊，难道你……难道！"

"不可能啦，师父你口味好重。"

师父冷了脸："我那天看见叶弥生了，从你公寓里出来。"

清酒擦脸的手停下。

是那时候。

她甜笑："还真巧，这样你也能撞上，他就来了那么一次。"她搓了一把毛巾，"后来他就走了。"

"没有过夜？"

"没有。"

师父把面膜撕下来，如释重负地苍白着一张脸："那天我看见你们俩在一起的时候，仿佛又回到了当初你们好的时候……清酒，你和叶弥生到底分开没有？还是你们根本就没分开过？"

"我……"

"我所认识的那个颜清酒，别说玩感情游戏了，就连多看别的男人一眼也不会，眼里只有叶弥生一个。你既然跟叶弥生算不上分手，那为什么又因为做一档节目认识了个制片人，就忽然暧昧起来了呢？别以为我看不出你和颜泽有戏。有时候我真觉得自己不像在带原来的那个徒弟，倒像是换成了另外一个人……"

她心里一惊。

还好师父换了话题："对了，你姐呢？颜清子，她还在静海吗？”

“你找她有事？”

“后天要签三份合约，你把你姐也叫来，一起看看合约。”

“师父，这些合约你帮我打理就可以了。”

“你真这么相信我？”师父的眼神深邃起来，“那你为什么有事瞒着我？你以为我看不出来？”

果然是瞒不住的。

她咬了咬嘴唇，下定决心道：“师父，确实有些事情，之前我没跟你说，等录完这期节目吧，录完我们好好聊一聊。”

徒弟的话都说到这个份儿上了，安森抬手看时间：“也好，都十点半了，你先休息。”他意味深长地摸了摸她的额头，“你要真有什么事，就跟我商量，瞒着我就等于少一个帮你的人。”到门口，他又伸手朝她敞开怀抱，“抱一下？”

她乖乖地凑过去，安森飞快地抱了她一下，力道极重，仿佛要将她拥进心里去。这热烈而又迅疾消失的拥抱，像极了某种告别。

录季晚这期节目时，她去得很早。一来因为失眠，醒得早；二来是她已经知道了这期节目季晚家人最终的下落——毫无意外是个悲伤的结局。她来早些，录得用心些，也算是给这同病相怜的季晚一些安慰吧。

她去的时候遇见了在整理现场的丁柔。清酒跟她打招呼，她没想到身边有人，惊得手里的文件都稍稍颤了颤，问她：“你在这儿多久了？”又笑，“瞧我忙的……吃早点没？”

片刻工夫端了两碟点心来，又热了牛奶。丁柔做事总是周到得滴水不漏。

季晚的这期节目，没宋启明那一期引发那么大的风波。有了几场主持经验后，清酒对场上的氛围控制有了心得，快慢缓急，一段一段都掐得不错。唯一觉得不同的是，这场节目的观众比之前都要多，连舞台下面的地上都坐满了大学生，后排还站了不少观众。事先节目组打过招呼，这期观众很多，有些是来台里实习的大学生，还有一些是今年台里评的忠实老观众，所以演播厅里挤得满满当当的。

放完季晚姐妹的短片后，清酒把坐在台下的季晚请上台来。本来季晚是独自一人上来的，可她起身的同时，旁边有个魁梧的中年男子也站起身来，跟着她往台上走。清酒心里想，这难道是季晚的亲戚？节目组没跟她提过啊！

那男人一脸和善，经过工作人员身边还微笑点头道谢。

后来工作人员告诉她，当时他们也以为他是季晚带来的亲戚，而季晚也以为他是台里的工作人员。不是特殊身份的话，他不可能坐在那么靠前排的位置上。更重要的是，他表现得那么从容、镇定、有礼貌——让一干人等在那关键的两分钟里，都丝毫没怀疑他。

最先觉得不对劲的是颜泽。

那人一上台，颜泽在播控室里一看到那人出现，立刻联系演播室里的丁柔，问："跟在委托人后面的人是谁？我记得台本里没这个人啊！"

"可能是亲戚？"丁柔那边有纸页翻动的声音，她也在找资料。

颜泽目不转睛地盯着台上："快截住他！"

可已经来不及了。

在清酒准备把话筒交给季晚时，那男人先一步抢过了话筒，大声问她："是颜清酒小姐吗？"

她下意识地答了声："嗯，我是。"

男子冷笑："看来你是真不记得我了。"他面向台下的观众和摄像机，大声说，"各位，这位我们喜爱的主持人颜清酒小姐，确实是位懂得隐藏自己的好主持人！！你们不用管我是谁,但你们一定想不到吧——她号称在海啸里落下残疾,装可怜，博取大家同情！其实她是个比谁都狠心的女人！在海啸里她为了让自己活下去，亲手把一个好端端的女孩推下了天台！她杀过人！"

他从口袋里拿出大沓宣传单，单子上密密麻麻都是控诉她的文字和图片……哗啦啦地往台下撒，观众一片哗然，不少人下意识地伸手去接那些印满了图的小字报。尽管颜泽从播控室飞奔下楼，可那些传单还是飞满了整个演播厅。

前场的两个工作人员是新招的女孩子，都被这一幕吓傻了。所有观众都是有票，经登记统一入场的，从来没有出现过这种状况。可苦了清酒，在台上没来得及避开，那男人一把抓住她的胳膊，抢过话筒说："你这个女人，真的好狠心！人人都被你虚情假意的外表给骗了，今天我就要站出来！揭穿你！让大家都看到你的真面目！"男人咬牙切齿地吼，抓紧她的胳膊不松，"怎么着？小贱人，还想跑？！"

她害怕极了，这人到底是谁？他说的什么推人下天台又是怎么一回事？！台上台下乱成一团，录制早就中断了，男人死抓着她不放，颜泽跑上台从背后抱住那个疯狂的男人，呵斥小昭快把清酒带走。

“快！快把她带到后台去！快报警！”

“哦哦哦，好！”也被吓到的小昭想把清酒和那人分开，那疯子死不肯松手，小昭便张口朝他手背上狠咬了一口。

那人吃痛，松开了抓清酒的手。可她一下子失衡了，连人带车倒在舞台上，那人又追上来一把掐住她的脖子:“还想跑？”她下意识地挣脱想跑，推搡之间，腿上的绑带掉落，聚光灯打在她光洁的小腿上，一点也看不出有伤的痕迹。

这意外的一幕让所有人都惊呆了。

那男人愣了一愣，忽然放声大笑:“原来你不是残疾人？！连这个都是骗人的！颜清酒，算你狠，这下大家都看清楚你这个贱人的真面目了！！”

第四幕：最甜美的毒药

在那个老套的故事里，天真的飞蛾爱上了燃烧的烛火，她一次次扑扇着翅膀与烛火擦肩而过，她不顾翅膀的灼痛，对烛火说："嘿，我喜欢你，我能拥抱你吗？"烛火提醒她："不要太靠近我，你会被灼伤的。"可飞蛾一厢情愿地以为不会，她以为喜欢就够了。

当飞蛾终于拥抱了心爱的烛火，她在火焰里燃成一团绚烂的灰烬。在咽下最后一口气之前，她听见火焰发出痛苦的噼啪声，他流着泪说："你死了，那我也一起熄灭好了。"

【第一章】难过时我会记得笑

当她摔倒在舞台上，她就知道，完了。

没有什么比在台上暴露这个秘密更可怕，还是在众目睽睽之下。趁凶手也怔住的一刹那，几个工作人员一拥而上，把他压倒在地，压得死死的，反扣住他的手臂给绑下了舞台。台上的灯光极有默契地熄灭。昏暗中，她只觉得有人往她身上扔了条毯子，拦腰打横把她抱起，迅速地抱下台去。那条毯子把她的身体和脑袋遮得严严实实的。她听到台下不断传来咔嚓咔嚓的拍照声，工作人员大声解释："抱歉各位，现场出了一点状况……"

后面的话，她也听不清了。

隔着毯子也看不见到了哪儿，她埋头在抱她的人怀里。臂弯里有熟悉的气息，是师父。对啊，这种时刻，恐怕只有师父才会想起在人群里扔给她一条毯子，抱起她远离那是非之地。除了师父，东星卫视的人她统共也就认识了几个月，出了这样的大事，应该不会再有人相信她了。

她闭上眼睛，脑子里乱成一片。

待四周稍稍安静，师父已经抱着她来到后台的休息室，将她放在沙发上。

她低头，缩着腿抱着膝盖坐着，一句话也不敢说，连毯子都不敢扯掉，还盖着整个头。只听到师父叹了口气，从饮水机里倒了杯水，咕咚咕咚喝了两口，又叹了口气，坐回到她对面的椅子上。

师徒俩相对无言。

房间里极静，极静，静得只能听见他们的呼吸，与房间外的喧嚣形成了鲜明的对比。所有工作人员迅速从“惊讶”切换到“战斗”状态，节目组当机立断停止录制，同时安抚好现场观众，走廊上的工作人员步履匆匆。外面越是忙碌，就越是显得他们之间沉默的可怕。

打火机响，很快，小小的空间里弥漫着呛人的烟草味，师父抽了几口烟：“你没话跟我说？”

她闷在毯子里，逼仄的空间让她无法好好呼吸，恐惧而又委屈。这一切都不是她应该承担的，可此时此刻，却只能由她承担。

那人是哪儿来的？他说的是不是真的？她都不知道。但有一种当姐姐的使命感一直在她的心里发酵，越来越清晰：那就是这时候，她不能跟任何人把话说得太明白，说多了可能会害到妹妹。

安森等了一会儿，仍不见她开口解释，满心失落地叹气。

“你还是不信任我。”他说，“合作了两三年，你一直叫我‘师父’，你或许只是随口叫叫，可我是往心里去了的，把你实实在在当成自己最用心的徒弟……有些事情我也早就看出来了，只是在等你自己说。”

她扯下头上的毛毯："师父，我现在还不……"

安森打断她："算了，我也不勉强你，你觉得可以跟我说的时候就说吧，你永远不说，我也不会怪你的。说到底这是我的报应，这些年，我没少干缺德事。公司里新进的艺人几乎都被我下过套，雇水军，背地里发帖子爆料，在老总面前说坏话，给人在试镜时添乱……无论多么下三烂的手段，只要能达到打压别人的目的，我都用过了。我也觉得很对不起那些初进演艺圈的小姑娘小伙子，人家不都是为了梦想在这圈里混吗？至于下那么重的手，把人家一下子就给扑灭了吗？！可我想保护我的艺人，为了保护自己人，我变成了一个没有原则的人。"他说着说着，眼里有一种说不出来的悲哀。这悲哀从他的眸子里一直浸到她的心里，扎破了她心里那层戒备的壳，一直浸了进去。

她头一低，泪珠坠落。

"对不起……师父。"

他说："其实你是颜清子吧？清酒的孪生姐姐？"

她大惊，既羞愧又黯然："难怪那天你特意问我'姐姐颜清子'在不在静海市，其实那天你就看出来了？"

"你们虽然是孪生姐妹，可性子多多少少会有不同，她活泼大胆做事不计后果，你细腻沉着也听话……细细关注一下就能瞧得出差异。你替你妹妹来录节目，就这么两三个月，混过去也就算了——你们又何苦瞒着我呢？"安森苦笑，"好了，清子，你在这儿待着，不要接除我以外任何人的电话，也不要接受访问。不是可以信任的人就不要开门，我现在出去收拾烂摊子。"

她应了，目送着师父关门而去。那一瞬，她多么想追上去拉住师父，把憋在心里的困惑和恐惧都告诉他。可刚一拉开门，咔嚓咔嚓，一连好几声清脆的快门声响，面孔年轻的记者从镜头后探出头来，惊喜地打量她的腿："哇，真不是瘸子！"

"浑蛋！谁叫你乱拍的？"安森和那个记者扭打起来，后台乱成一片。

"你进去！你能不能少惹点事？！"连丁柔也把她推回了房间，反锁上门，"你先在这里等着，哪里都不要去。颜小姐，这次你可真是把我们给害惨了。"

她一个人被关在房间里。"别怕，师父有办法，师父一定有办法。"她坐在沙发上慌张地一遍一遍安慰自己，"等演播厅里的状况安定下来，回去后再跟师父说也不迟。"她心如乱麻地坐了好一会儿，才觉得满手心都是冷汗。就这样坐到天黑，听见门锁一响，沙发上的她紧张地抬头望去，果然，是颜泽。

他回身关上了门。

他打量她，打量她好好的不用再掩饰的腿，眼神复杂极了。在这种情形之下，清子不知该如何面对他。如果不出这意外，节目结束后他们坐在这里时，将是另外一种最完美的情景，她可以把事情的原委原原本本告诉他。

倒在舞台上穿帮的一刹那，她第一个望过去的角落就是他所站的位置。她多么希望全世界都看到了他也不要看到。可是倒在舞台上时，她看见了他隐忍却惊讶的眼神。他立刻叫身边的工作人员切镜头，关灯……

如今在逼仄的房间里沉默相对，他在回忆的词库里捞了许久，终于喉咙沙哑地开口问：“叶弥生知道吗？”

“什么？”

“叶弥生知道你的脚是好的吗？”

她摇头：“他从头到尾，都不知道。”

颜泽灰沉的神色里显出一丝不动声色的期待：“你有什么想对我说的？”

她低下头，迟疑。

最终还是摇摇头。

“没有。”

小昭在外面敲门：“颜 Sir 你在里面吧？！快九点了我们要饿死了！先下班啦！”

小昭喊了一嗓子就想跑，被开门的颜泽给拉了回来。

“你等等，你先送她回去。”颜泽指了指房里。

小昭瞥了一眼坐在沙发上的清子，撇了撇嘴不情愿地嘀咕：“你自己送不就好了吗？”

此时的颜泽头也不回地去会议室找安森了。

车子平稳地行驶在公路上。

小昭神色疲惫，交代她，这阵子最好别出门，在家里待着。

“台里对你怨气挺大的。”小昭看她的神色也有了些许不同，“清酒，你要当心一点。虽然我们跟所有观众都沟通好了，但闹事的那个人说得实在太多了，很难保证观众不往心里去，还有那些散发的传单啊，说不定就被谁藏了一张。还有……”

小昭压低了声音，“我刚看到节目组的法律顾问来了，他们可能会报警。”

“报警？”

小昭无奈地摇头：“你跟台里签约时隐瞒了真实的身体状况，现在又很可能会毁掉这个节目好不容易积攒起来的声誉。你知道台里往这个节目投了多少钱吗？损失了这么多钱，你说，他们是不是很可能告你合同欺诈？”

她黯然了，连自己也找不到让节目组原谅自己的理由。

“那你为什么要告诉我这些？”

黑暗的车厢里，她看不清小昭脸上的表情，想必那一定是寂寥失落的神色。半晌后，她才听到小昭的答案。

“我……我也不知道。可能只是不愿意相信你是个坏人。”

车子静默地驰骋在公路上，一道道霓虹灯自车外一闪而过，偶尔有那么一两道落在她脸上，清晰地映出她湿漉漉的眼眶。路过江边时，她对小昭说：“就在这里停吧！我在这里下就好了！”

“可颜 Sir 要我送你到家啊！”

“没事。”她自己跳下车，砰地关上车门，“我又不是腿脚不方便。再说，我是真想一个人吹吹风。还有……谢谢你。”

小昭一怔，呆呆地挠了挠头，笑了：“这有什么好谢的？大家到底同事一场，送送也是应该的。”

“不，我谢的不是这个。”

深夜江边人少，烟花也不再有。

难得的静谧，对于被喧闹包围了一天的她来说。她沿着黑暗的江边的一盏一盏路灯，慢慢地走。偶然有车经过她身边，惊起一地旋转不息的花瓣。也不知道是谁设计的这江边栈道，樱花、三角梅、栀子……一年四季都有花儿在这里开到荼蘼。砰！一朵烟花忽然破空而上。在暗如永夜，深色的天空里怒放着破碎的绚烂。

“多美啊！”她驻足感叹。

最美丽的总是最灼眼的，一面飞蛾扑火般绚烂，一面迅疾如风般破碎。

烟花一朵追着一朵蹿上夜空，有情侣尖叫着在岸边一边点燃烟花，一边嬉闹。爱情像这样甜蜜的时候是有的，只可惜大多数时候都犹如牛毛细针一般，绵绵细细地扎满了心窝。你拔掉一根，还有更多，隐痛着难以平息。

“这位小姐？”年轻的警察扶一扶帽檐，“请出示一下你的身份证。”

她从包里摸出来给他。

“颜清子……”警察疑惑地抬头望她，又瞧了瞧身份证上的名字，露出羞涩的表情，“大半夜的你站在这里很久了，单身女性还是不要一个人出门为好。颜小姐，有没有人说你长得像一个明星？就是又演戏又主持最近还挺红的那个颜……颜……”他一拍脑袋，“颜清酒！有没有？”

清子点点头：“是有人说过。”

“嗯，快十点了，请不要在江边逗留太久。”警察把身份证还给她。

看来有了这张脸哪怕月黑风高也有被认出来的可能，清子一个人慢慢地往回走，走了一段觉得眼前恍然一亮。明亮的烛火，静心的檀香，原是到了那天曾与颜泽来过的庙宇。

灯会那天，解签的居士问她："求什么？"

清子撇开了颜泽，悄悄告诉居士："求姻缘。"

"有没有意中人？"居士说罢拿出一张裁好的红纸，"在这里写上你和他的名字，我帮你们测个字。"红红的灯笼下，她仔仔细细地在那红纸上写下名字——颜清子。

这才是她的本名。她从小就不孤单，不仅因为出生于美满的家庭，也因着有个双胞胎妹妹。她叫颜清子，妹妹叫颜清酒——她们同年同月同日生。

季晚的这期故事，清子曾经听得十分有共鸣——因为她太了解亲生姐妹之间既相爱又相互比较的滋味：小时候，但凡有什么好吃的，妈妈总给她们姐妹俩一人一份。她从小就没有安全感，连一块普通的草莓蛋糕都舍不得一口气吃完，要从牙缝里省下一半留在冰箱里。而妹妹清酒就完全不同了，她会一口气吃完自己那份，然后打开冰箱把姐姐的半份也吃掉。

妹妹还会撒娇。每次当妹妹撒着娇朝她身上蹭来，每次当她拉长着嗓音嗲嗲地哀求："姐……"她真是一点办法也没有，不由得就依了妹妹。

她只比妹妹先出生几分钟，爸妈却觉得妹妹年纪小很多似的，都宠着她。清子也像季晚那样偷偷怨怼过，心想，明明是同一天生的，为什么她就要永远让着妹妹？为什么妹妹永远像被幸运之神护在翅膀下，成绩好又有表演才能，运气好得令人艳羡？

妹妹的好运气，在遇见叶弥生之后花得一干二净。

海啸后，清子眼睁睁地看着妹妹的小腿落下残疾。妹妹也真是乖，没当着她的面掉过半滴眼泪。这样坚强的妹妹，心底的软肋只有叶弥生一个人。叶弥生一个慰问的电话，就让清酒眼巴巴地期盼了好几天，等着他结束巡演来医院看她。那天，恰逢媒体前来采访，在对叶弥生期盼的支撑下，刚刚得知自己永远残疾了的清酒，露出一副开朗有斗志的笑容，录下了那段让她大红的微笑视频。

爱是毒药。

叶弥生是最甜美的毒药。妹妹清酒在这剂毒药的迷醉里，连残疾之痛都可以忽略不计，都可以一笑而过。

本来，小两口一直和和美美，可后来不知发生了什么事，叶弥生突然不告而别，很久都没回来。她问清酒，清酒也不说。

在安森帮清酒接下东星卫视的这份主持工作后，有一天晚上，清酒把她叫到病房里，关上门，郑重地问她：“姐，从小你都帮着我，什么麻烦你都帮我扛着。你是最疼我的，是吧？”

她听出一丝端倪：“出什么事了？”

“弥生去欧洲很久了，一直没回来，我想去找他。”

“你刚动完手术，能去哪儿？还有你接的节目怎么办？”

任她怎么劝说，清酒都拿定了主意："姐，节目你代替我去录吧。"

"我？！"

"对，姐，这次我是真没办法了，师父帮我接工作不容易，但这一录就是许多期。弥生故意躲着我，我不可能继续再留在这里傻等。"

清子看着妹妹，这个习惯依赖她的妹妹，不知不觉成长为一个为了爱情可以付出一切的少女。她想说"不，我不能代替你去"，可拒绝的话语在喉咙里兜兜转转一番，吐出来却是一个"好"字。

清子瞒着所有人，把妹妹清酒送上了飞机，连经纪人安森也不知道。妹妹交代过她："不要告诉安森，先做几期节目，如果做了两个月节目我还没回来，姐姐，你就跟安森说身体不舒服，要退出这档节目。"

从来到东星卫视的第一天开始，她就提心吊胆地怕暴露身份，给妹妹和安森带来麻烦。当然，她也时刻想着，这只是一场戏，是她以妹妹颜清酒的身份演的一场戏，只要妹妹回来了，她就回到原先的生活里，结束这一段错位的表演。

可她没想到的是，会遇见颜泽，她会爱上他。

那天闹事者虽然被带走，播出中断，但现场观众里有人发了微博，很快，“颜清酒这个贱人装残疾”、“听说还牵扯到人命案子”的消息就传开了。安森打电话去网站叫他们删掉，编辑为难地说：“这帖子一爆出来就删过，可越删越多。”

编辑也不同意加班删，给钱也不行。

“不是钱的问题，”编辑还说，“网友在帖子里爆的算不上偏激，纯属贴贴视频，删多了显得我们有立场。您说是不是？”

网友发动人肉搜索，把闹事者提到的“端棉棉”的底细也给揭了。

清子跟着搜索了一下，原来“端棉棉”正是闹事疯子嘴里的叶弥生的助理。清子从没见过这个人，也没听清酒提起过。转念间，当初扒过宋启明的论坛又盖起了高楼，有人煞有介事地扒起颜清酒和端棉棉的关系来。

颜清酒与叶弥生交往的时候，小助理端棉棉曾插足进来，引发了颜清酒的不满。后来这个端棉棉在海啸里丧生，细致的死因也没查明。

如果说看到八卦帖时，清子担心的还只是暴露了扮残疾人的事，当她看到网友贴在帖子里的视频链接时，才算彻底明白问题到底有多严重。

那段视频录于海啸发生时，灰白的天台上，远远可见一个一条腿受伤的姑娘和另外一个黄衣女子上了天台，躲避即将到来的巨浪。因为画面太远，听不清后来两人到底是因为什么而争执起来，黄衣女子想抢腿受伤的姑娘手里的救生衣，可那姑娘不给，推搡中，黄衣女子掉下了天台……巨浪恰好在这时到来，坠落天台的黄衣女子自然不可能生还。

最终的画面上，只剩下腿受伤的姑娘一人，失魂落魄地望着经过的海啸。

清子死死地盯着那个画面，画面上幸存的姑娘正是妹妹清酒。

她恍然间明白了叶弥生为什么不辞而别，是不是就因为这件事？那躲在网络后面爆料的人，和闯入录播间的人又是谁呢？

清子一时间心乱如麻，这会儿妹妹和叶弥生都不见踪影，连个了解事情原委的渠道都没有。她想了想，能依赖的人还是只有师父。

她打电话给安森："师父，你上网了没有？"

"你看到了？"

"我们该怎么办？"她撑着额头真是脆弱极了。

安森在电话那边安慰她："没事，放心，凡事有师父呢，鬼知道那个视频是怎么出来的。"

接下来的两天里，安森为这件事东奔西走，一下子透支了十年的人脉。各家报社的记者、门户网站、知名论坛的管理员，一个个地打招呼，帖子果然删了又有人发。传统媒体当然不会有人出来帮他说话了，安森把多年累积的人脉在脑子里全梳理了一遍，终于想到了一个人。

这人是他多年前的校友，读本科时，安森算是校园风云人物，不太看得起循规蹈矩的校友。哪知这人毕业几年后混得顺风顺水，很快就成了综合二台节目中心的负责人，上次宋启明的事闹得不可收拾的时候，就是他们台做了一档采访，平息了风波。

安森为了见他四处托人，好不容易见着了，只听助理客气地说："安先生，我们主任在开会，你先到会议室那边等等吧。"

一等就是两个小时，说是主任在接待一名重要的合作伙伴。

安森哪受过这档子气，等了好一会儿就有点坐不住了，硬是耐着性子躲到楼梯间去抽烟，抽了一根接一根，想起清子那无助的脸，又狠下心继续等。终于等到那小助理抱着个文件夹出来，甜笑着说："安先生，我们主任说他有空了。不过就二十分钟时间。"

安森一咬牙摁灭烟头："行！"

这多年没见的校友当然认不出他来，但他听说过颜清酒。

"你就是颜清酒的经纪人？"老校友打着哈哈说，"我老婆挺喜欢她的。行！大家都是旧相识，你有困难我哪能坐视不理呢，只要你确定说清酒这小姑娘是没问题的，那么关于节目的问题，你就直接找我下面的制片人商量吧！"

安森放下了心里的一块大石，两人开开心心地叙了一会儿旧，其间安森的老妈还打来电话，安森想，就这么二十分钟时间，太宝贵了，顺手就掐掉了老妈的电话。等事情谈完，小助理送他出来。

到了僻静处，安森觉得清酒这事差不多有百分之八十的把握了，就开心地给老妈回电话，可那头一直是嘟嘟的长音，没人接。

他没空多想，匆匆忙起清酒的访谈来。请制片人吃了个饭，聊了不少细节，这位制片人满口答应："你放心！！这期节目绝对没问题！你带的艺人不可能一下子就完蛋的！我们节目就缺少这样独家有爆点的话题！"

安森感激地拿酒一敬再敬。

回家路上是一轮皎洁的满月，他瞧着那月光，心底既完满又孤独。快到楼下时，安森又拨打了老妈的电话，响了好一阵子，终于有人接了。

接电话的是他叔叔，叔叔只说了一句话："你在哪儿？快回来，你妈不行了。"

等安森赶回去时，白发苍苍的老母亲已逝去了，心肌梗死，没有遗言。或许母亲最后那个电话曾想说点什么，想向儿子求救，可是……安森从前不知什么叫心如刀割，这下算是懂了。

安森呆坐在母亲身边，直到护士提醒他去办死亡证明，这时已是第二天。天光大亮，综合二台的老校友打电话过来，委婉地提醒他：颜清酒的访谈节目很棘手，题材敏感。

安森急了：“当初那个开车撞了人，还捅了人家几刀的那个小年轻，你们不也给了他采访机会吗？”

“不，那不同。你这事根本还没定性！”老校友不耐烦地又说了几句，就挂断了电话。安森坐在病房里，护士过来把他母亲的尸体推走了，他望着窗外的阴云发了一会儿呆，又打开窗户瞧了瞧楼下如织的人流。这里是十七楼，再爬高几层去天台，稍稍伸手就能触到低垂的云幕。

大地震的时候他都没哭过，可这一刻却连眼睛也不敢闭上，一闭上就都是母亲的脸。他是独生子，父亲多年前去世后，母亲没改嫁，独自抚养他长大。他打拼这么多年，连恋爱也不敢谈，就是为了多挣钱，给母亲在静海市最好的地段买套房子，让母亲舒舒服服享享清福。殊不知在他打拼的时候，母亲的冠心病已经发展到了十分严重的地步。他只是一个不小心没接她的电话，没想到就成了永诀。

“原来你的能量就只有这么大，你根本就没本事，保护不了你想要保护的人。”他瞧着那天空无尽的阴霾，从未感觉到如此挫败。

不。

何止是挫败。

这是一个暧昧不宁的下午，天空堆满浓密的云朵，却不肯落下半滴眼泪。清子在家等消息，焦躁得像一头困兽，从客厅踱到书房，又从书房踱步到卧室。趴在客厅大沙发上时，她瞧见师父落下的随身小包里有一板药。清子拆开来一看，是从未见过的英文药名。

恰在这时，师父来电话了。

“清子，综合二台那个采访节目黄了。”

意料之中的事，她沮丧地想从喉咙里挤出一点安慰的话，只听见师父的声音又从听筒里传来：“还有，我辞职了。”

……

清子脑海里霎时一片空白。

“会有新的经纪人来带你们。”

“可新经纪人不是你！师父，到底出什么事了？”她不相信安森会说走就走，“公司给你压力了？这次的祸是我闯的，我去跟公司解释。”

“不需要了。”

无论她怎么哀求，师父也没松口：“不会有人一直陪着你们，清子，等她回来了，你告诉她，她终究有一天要学会一个人走。”

“那为什么是现在？”

“因为我累了，天下无不散之筵席。”

师父挂断了电话，清子举着电话在客厅里站了很久，只觉心头不舍，又打过去。可师父还是不肯改变心意，甚至说：“清子，每个人都有他自己的想法，他自己的路，我真的累了。你不能指望别人为了你而牺牲自己的生活，是不是？”

“可是师父……”她也知道不能要求任何一个人牺牲掉自己，为她来收拾这个烂摊子，师父终有一天会辞职，去过他想要的生活。可她没想到会这么快，更没想到会是现在。

“你什么时候开始想辞职的？为什么到现在才告诉我？”

“你当初冒名顶替来当主持人的时候，也没告诉我，不是吗？”

她哑然了，心知话说到这种地步，师父去意已决，她是覆水难收。她一贯以为自己够坚强，算不上是个遇到麻烦时会哭鼻子的笨蛋——原来这一刻，在失去了师父保护的这一刻，也只是满身冰凉，六神无主地坐在这里。

天下无不散之筵席。

她一遍又一遍地默念这句话，逼自己接受最亲密的同伴转身离去的现实。她想起师父包里的那板西药，在网上搜药名，发现居然是抗抑郁的药品。清子连忙回拨，可师父的手机已经关机了。她转打给公司副总Milissa:“米姐，我师父说他辞职了？”

Milissa也很头疼：“是啊，就一小时前打电话给我的，说走就走。你们到底闹什么矛盾了？他这个时候甩手走人，我去哪儿找人接手啊？！”

“行，米姐你先忙，我去师父家看看。”清子拿了外套出门，她一路小跑到师父家的公寓楼，一出电梯就闻到他们那层传来刺鼻的煤气味。师父家大门紧闭，摁门铃也没人开，清子心急如焚地去叫来物业撬开门锁。等门一打开，却见门里一切如常，没有走廊上那么浓重的煤气味，师父的手机好好地躺在茶几上，饮水机里咕噜咕噜地烧着水。

这时物业的另外一个保安进来说，是隔壁漏气了，不是这家。

虚惊一场。

她稍稍放下心来，师父的手机就放在茶几上，茶杯里还有没泡的茶水，这样的情形不像是会出事。物业小哥也如释重负地回去了，一面走一面抱怨是哪个马大哈业主忘了关煤气。

清子推开卧室的门，大床上有个人蒙头在被子里。她没进去也知道那被子里的人是谁，挨着门边低低地叫了声："师父……"

被子里的人一动也不动，似是无意回答。这一幕她在来的路上就想到了，只是妹妹现在下落不明，幕后又分明有人在作祟，这时若安森一走，妹妹清酒很可能会被公司放弃。为了保护妹妹，清子决定不管怎样，今天也一定要说动师父不能辞职。她轻轻叩门，又喊了一声："师父……"

"你走吧。"被子里传出沉闷的声音，"你从哪儿来就回哪儿去，往后我都管不着，也不想管了。"

"师父，求你了，求你留下来。"

她说了许多往事，想要用回忆勾起师父的恻隐之心。安森在娱乐圈这么多年，人情世故早已看得通通透透，哪里又不知道她心里的念头。他坐起来，索性狠下心说："清子！你摸着良心想想，这些年来我兢兢业业带着清酒，无论对你还是对清酒，我都问心无愧，我就自私这么一次。你们两姐妹从头到尾，一个玩消失人都不知道去了哪儿，一个冒名顶替把我当傻子，我不觉得自己有什么对不起你们的！你又有什么资格一定要把我留下来收拾这个烂摊子？"

话说到这个份儿上，清子心里一凉，杵在那儿半晌说不出半句话来。

师父又继续说:“如果说自私,你又何尝不是自私的? 清子,你来挽留我就是想救你妹妹。你又不是我的徒弟,就不用跟着她一块叫‘师父’了行吗?!我可不是你师父!”

“可你是我师父啊……”清子凄然地说。

从小到大她就活在妹妹的光环里,永远被家人和亲戚认为她不如妹妹,做错了一点事就会被数落很久。有一年安森给清酒争取了一个大牌杂志封面的机会,那天下着倾盆大雨,清酒感冒去不了,清子只能硬着头皮代妹妹去拍。

从未有过拍摄经验的她第一次面对镜头,白雨如瀑中,她尴尬得像个木头娃娃听凭摆布,手脚都不知往哪儿放,僵硬又难看。忙活了半天没拍到一张像样的照片,摄影师发火了:“你能不能专业点?!没这条件就别来上封面,浪费大家的时间!”后面的话越说越难听,她一句一句地忍,终于安森忍不住跟摄影师吵起来,一个好不容易争取来的上封面的机会就这样在闹剧性的争吵里告终。

清子又委屈又内疚地缩在安森车子的副驾驶座上,回程路上一句话也不敢说。雨水滂沱而落,她原以为安森一定会把她狠狠说一通,哪知在路上安森特意停车在一家便利店门前,买了两人的晚饭,又买了一支草莓味的棉花糖。他冒着大雨上车,把那粉软甜嫩的棉花糖递到她的手心里,笑意盈盈地问:“你一路上一句话也不说,是不是被那浑蛋骂了不开心?”

“对不起,是我搞砸了拍摄。”

她濡湿的眼睛怯怯地望着他,他伸手拂了拂她被雨水打湿的碎发,温柔万分:“没关系,往后我们还有更多的苦要吃,天塌下来你还有师父我呢。”

那时清子还是个十七岁的孤僻少女，他也年轻，从来没单独带过艺人。他们相逢于微时，他耗尽所有的资源和真心都给了这个徒弟。那天大雨后薄荷味的空气，和他站在车外被路灯染成金色的睫毛一起，都成了她脑海里过目不忘的温暖记忆。

后来清子一直活在妹妹的影子里。只有妹妹可以光明正大地叫安森一声“师父”，其实这一声“师父”，她在心里也是偷偷叫过许多次的。只是他从来不知道，这个冒名顶替的姑娘在内心深处也是这样依赖着他。

“不管你认不认，安森，你都是我师父。”她说，这一次她不再是为了妹妹，“其实我帮清酒顶过许多次班。当初去拍 MT 杂志封面的是我，去钟导那边试镜的是我，拍第三季代言服装硬照的也是我……”

一连串复杂的神色从安森的脸上闪过，困惑、怀疑、恐惧、感动、绝望……他们相对而望足足数秒，安森眉心一皱，顺手拿起床头柜上的台灯朝她砸过去，哐！灯架一声脆裂的声响，玻璃灯泡碎得满地都是。

“你滚！”

他痛苦地大喊。清子吓得退出房间来，一摸刺痛的脸颊，居然有血，是被刚才的灯泡碎片划破的。

卧室门彻底反锁上了。

她打电话给 Milissa 说了这边的情形，Milissa 当机立断：“你在那边等着，别让他出去，我马上就来。”

清子惴惴不安地坐在客厅里等着。这时，氤氲天气里难得地漏出一点点阳光，温情的，似乎在抚慰着她那一颗被吓坏了的心。

在来的路上她最怕的就是师父会出事，甚至在走进这个房间的刹那，她害怕看见倒在地板上的师父。但是还好，师父只是心情不太好。清子摸出包里的那一板药，这药是医生开给抑郁症患者的药物。她自责不已，师父最近情绪一直很低落，她怎么就没早发现呢？

还好现在他在房里休息，Milissa 一会儿也会来，她们带他去看看医生……一切就都会好起来的。

清子走去洒满阳光的露台，远远望着楼下 Milissa 可能会经过的路。这时，只听一声钝响从她身后的房间传来。

咚。重重地，深深地砸在她心上。

没多久，楼下就传来路人的尖叫。

电光石火间清子明白了，她折返到师父卧室门口大力地拍门：“师父！师父！”门里静悄悄的，一丝声息也没有。她打开门冲到楼道窗口，往那间卧室窗户的方向望去，被褥凌乱的床上空无一人，那间卧室正下方的水泥地上，有个熟悉的人影俯卧着躺在地上，暗红的血液犹如蔷薇展开的枝丫，艳丽而绝望。她跌跌撞撞跑下楼去，果然，那人就是师父。清子只觉得像是被抽走了全身的气力，一个“师”字还未喊出口，便一头昏倒在台阶上。

那天后来的记忆难过得像一场怎么也醒不过来的噩梦。师父被送去医院的路上就已经不治身亡了，陆续赶来的同事抱住她，不停地问她是不是还好，倒是生怕她的心灵在眼见着经纪人跳楼后会遭受重挫。

她忍着没哭，像是一下子成长了十岁，忙进忙出联系安森的亲人，办理死亡证明……直到安森的叔叔来接手后续的事情，她才如隔世的游魂，终于明白师父已死这个事实一般，颓然悲痛地软下身子，跌坐在医院的长椅上。安森的手机一直都没消停过，不知谁爆出安森自杀的消息，前些日子里苦苦联系不上的记者此刻一个个地找上门来，不停地有人打电话问，想试探安森自杀的消息是真是假。不出意外的话，安森的死将是明天的头条。

这多么讽刺啊！

从前安森想方设法就为了给徒弟求一个头条，三天两头约圈内人吃饭打麻将融洽关系。此时此刻，他一定没想到自己将来会以这样的方式登上头条。

师父，师父。

清子在心里默念，心如刀割。这世上最深的失去亲人的苦痛，她又经历了一次。在来医院的路上，她一路哭一路祈祷，她向老天祈求，如果老天能够留下师父一条命，她什么条件都愿意答应。

脚步声逼近，是颜泽。

他俯下身子替她消毒额角上的伤口，血染满了那一片头发，见得着粉红的皮肉。消毒水沾到伤口该是极痛的，他对她说："一会儿别走医院前门出去，全是记者。我要丁柔找人来把他们都拦住了。"

"颜泽，我想预支主持费。"

他微微一怔："多少？"

"能给多少就多少。"

"你是不是要预支钱筹办你师父的后事？"

"我想给他买块好点的墓地。"

"你好歹也是个明星，这点积蓄都没有？"颜泽很爽快，"不用预支，你账号多少，我私人转给你。"

"不用了。"她轻声说，"还是，公事公办吧……"这句公事公办似乎刺激到了颜泽，那种她熟悉的不屑又浮现在他的眼里。

"是。公事公办。"他利落地收起棉棒和消毒水，"明天早上去台里找丁柔，她会帮你办好手续的。"

第二天一早，东星卫视。

丁柔于办公桌那头推过来一份协议，大意是，颜清酒因个人行为造成的相关责任与东星卫视节目组无关，并承诺承担对节目组所造成的损失。

先签协议才能结费用？

清子一怔，她以为利落地辞职就算是撇清关系的想法过于天真了，现实世界哪容得下你做梦。她看着那协议上的白纸黑字，迟疑道："柔姐……能不能……先预支一部分，协议稍后再签？”

丁柔摇头说这个没办法，必须先签协议规避风险。

可签协议要落下的是妹妹的名字。眼下寻不着妹妹的人，又不能放着师父在医院里尸骨未寒，清子左右为难，一时落笔不是，不落笔也不是。她拿起那两份协议，哀求道：“柔姐，能不能……”

“不行。”丁柔这一日显得义正词严，一点也不肯容情，“颜小姐，因为你，我们这档节目已经瘫痪了，一大群制作人员前途未卜，现在更麻烦的是我们。你倒好，拿了主持费就想走人！”丁柔素来柔和的脸上满是怒意，毫不掩饰对清子和安森的厌恶。

“你们师徒俩已经够麻烦的了，现在又闹出这样的事情。你师父人走了，算是一了百了，留下这烂摊子给我。”丁柔说，“这几天我都被其他台的人问得烦死了，每天还要被领导骂！你觉得不该先给我们这些被你拖累的人一个交代吗？老实说，我真是烦死你们了，你要拿钱就痛快点签字，要么就别厚着脸皮来要钱！”

这一番话若是陌生人这样劈头盖脸骂过来，清子一点也不会惊讶，可是，这样冷漠地说出这番话的人，居然是第一天来东星卫视时就待她温柔得不得了的丁柔姐。

居然是她。

清子只当又补上了人生一课，一咬牙，忍住心痛和怒意签下了名字。

拿到主持费后，她径直联系了安森的叔叔，把银行卡放到老人家手上，嘱咐他为安森和他母亲挑两块好的墓地，老人家以为她是念及师徒情分，一个劲儿地说谢谢。清子在老人面前还能忍，一出他叔叔的家门就哭得止也止不住，一路走回家。夜色渐晚，街两旁已是万家灯火。

她记得，师父曾带她出席过多少浮华的大场面，香肩云鬓，摩肩接踵，珠宝傍身的贵妇们举着香槟微笑着寒暄，政客与商人们踌躇满志。她见过太多的热闹，安森也是，那时他豪气冲天地倚在空中酒店的玻璃窗边，指着脚下的万家灯火对她说："清酒，你看，这世界终有一天会是我们的，我会让你成为他们当中最耀眼的一个。"

那时他们师徒俩曾怀着多么真挚的期望憧憬着明天，憧憬着未来，似乎所有的繁华和荣耀终将握于手中，所有努力都不会成空……似乎人生还很长，他们有的是时间奋斗，有的是时间重新来过。

可怎么只是一瞬，那样鲜活、臭美，又疼爱她的师父就成了一抔黄土？所有关于未来的愿景都成了会刺痛胸腔的回忆。

师父曾说："清酒，你看，这世界总有一天会是我们的，我会让你成为他们当中最耀眼的一个。"可结局为什么不是她成了最耀眼的让他骄傲的人，而是她这样狼狈地用讨来的钱给他买了一块小小的墓地？

请辞节目组，又料理完师父的后事，已是两天后。东星卫视因这起事故，这档节目直接被停播整顿。一片凌乱里，无人可以商量的清子把自己锁在家里一整天，默默打定了主意。主意一定，她就开始写信，从傍晚到黎明，一封本想匆匆收笔的临别信写了足足一夜，这信是给妹妹的。她们姐妹俩从小相伴到大，从未有过真正的分离，连海啸与地震也未曾让她们生离死别。如今这一晚，清子独自一人坐在窗前写信时，竟是连半点妹妹的音信也没有。清子难过而又庆幸地在信里回忆了她们姐妹俩从小到大所有印象深刻的事，最后说："妹妹，无论有什么事，我都帮你去承担，我希望你平安快乐，你是我和妈妈所有的希望。

"无论如今的你身处何方，你只要记得，我永远像我们的妈妈一样，也深爱着你。"

写完这封信已渐近黎明，她把信藏好后，一个人站在偌大的客厅里满心失落。这座城市真是连一个她信任的人都没有了，她本想跟颜泽商量，可一想起那天颜泽远远望过来的眼神，那种比敌意更令人寒心的冷漠疏离，她立刻打消了念头。

清子并不糊涂，事情闹到这种地步，连丁柔那样好修养的人都选择划清界限，更何况是老辣的颜泽？

她只是伤心，心情如这个清晨窗外淅淅沥沥下起的小雨那般清冷。曾经她和颜泽走得那么近，转眼，她还没来得及告诉他自己的身份，事情就闹到如此不能回头了。

向来情深，奈何缘浅。

……

天已大亮，清子换上妈妈最喜欢她穿的白外套，打扮一新，拿起包，回头最后望了一眼这满是她和妹妹的回忆的出租房，决绝地锁上门离去。

此行是去派出所报案的。

昨晚写告别信前，她已经下定决心，先报案，到了派出所做笔录的时候，她就承认自己是颜清酒的姐姐，代替妹妹来东星卫视做节目，视频里那个不慎把端棉棉推下天台的姑娘也是她，而不是妹妹清酒。所有民事与刑事责任的后果，都由她颜清子一人承担。

如此心事重重地走到电梯口，电梯门正好打开，里面的人却是颜泽，还有另外两名身着制服的民警。太巧合了，四人面面相觑。两位民警交换了一下眼色，年长的那位亮出工作证，义正词严地说："颜清子小姐，我们是 ×× 分局的，关于你妹妹的事情，希望你能跟我们回去做个笔录。"

民警有备而来。她精心准备了一晚上的说辞，几句话就被精练的民警拆得七零八落，想要替妹妹揽下那个视频的计划也没有达成。

民警如是说："你放心，颜小姐，你妹妹的事情我们已经开始着手调查，东星卫视节目组已经配合我们找到了视频的原发人，我们会好好调查。绝不会冤枉一个好人，也不会放过一个坏人。"

清子到底不是警察的对手，又不老辣，三言两语就被警察打发了，嘱咐她先回家等消息。她一出警局大门，就见颜泽在门口等她。他扔掉烟头，对她说："走，我送你回去。"

一路上红灯出奇得多，见她迟迟不出声，他说："迟早要报警的，这时候我们必须得寻求法律帮助。"

"嗯，我知道。"她想起那一天他要她去找丁柔办预支手续，丁柔先推过来的那一份协议，白纸黑字写着权责两清。

清子说："丁柔把协议给你看了吧？谢谢你们的支援。师父的后事……"

颜泽打断她："什么协议？"

他问："丁柔要你签了什么？"

看那模样，他是真不知道。这时车已驶到了她家附近，停下，清子说了声"我先走了"，就侧身要开车门。可车门纹丝不动，是他没有开锁。

她又急又尴尬，轻声说："你开门吧。"

颜泽坐在驾驶座上，车里光线昏暗，昏暗中他的眸子却尤为明亮，一点犹豫也无。他俯身过来抓紧副驾驶座车门的把手，半个身子俯近清子，睫毛与鼻息近在咫尺，眼神更是避无可避。

他问："那天我在江边问过你的话，你还记得吗？"

"你有没有喜欢过我？"他又接着问，甚至等不及给她时间细想又说，"你现在说什么我都相信。"

清子默默望着这眼前曾冷漠疏离，又一度热切得近乎相恋的男人。连日来劳心劳力，他也面带憔悴，但这一刻眸子里却是明亮的，似是一束燃了许久即将熄灭的火花。就为了这一刻燃尽最后一丝力量，等待最后一线希望。见清子许久没吭声，颜泽索性把车门关紧，一脚油门踩下去，车子驶离了她家，很快就拐上环海公路。海风呼啸着从窗户席卷而入，把她的一头长发吹得凌乱而又柔软，如同她的心。

一路风景竟是入骨般熟悉，转眼车已开到昔日海啸前清子家的楼下。残垣断壁，好不寂寥。远远地，他们下了车，颜泽抓紧了她的小手，也不顾她的闪躲回避，一路将她拉到昔年住的那一栋楼下。楼层毁坏得厉害，眼见电梯全坏已是上不去了。颜泽回身看了清子一眼，见她眼里隐约有了泪光，索性带她走楼梯，一路上到她家那一层。

时隔数月，志愿者们早将楼道里的物品清理干净，空荡荡的楼道里，阳光斜斜地照进，映出墙壁上被海水泡过的层层水渍。那水渍与泥印一路延伸到天花板，生生地提醒后人，这里曾被完全浸没入水底。

被强行拖到此处的清子终是忍不住，呜咽一声，狠狠甩开颜泽的手，一路往楼下跑，只跑出几步就被执着的颜泽给截住了。

“等等！”他抱紧她，生怕她会消失似的勒得她几乎喘不过气来。

清子这时已是泣不成声，这废墟她几乎一年没有来过，她从残垣断壁里翻出妈妈的那件羊毛开衫后，就一直小心翼翼地收着，压在枕头下，却极少再有勇气来到旧居。

只要靠近，这里的每一砖每一瓦就都在提醒她，那一个比噩梦更可怕的下午，她只是碍于面子一时气愤不过，才说出了那样伤害妈妈的话。她说：“如果有选择，我也不愿意做你的女儿，我也不想活得这么憋屈。”

这只是她的气话，一出口就后悔了。

颜泽又带她回到那间曾与父母同住的旧屋。里面空荡荡，没有丝毫人气，结构与光线与当年并无两样，熟悉得紧。可这熟悉印入清子心里却是刺骨般的疼，她在这里失去了挚爱的双亲，世上除了妹妹以外，再没有旁的人可以依靠，再没有亲如骨血可以为她不惜一切的亲人了。

如今，连妹妹也只留下一个未解之谜不知所终。清子的心又痛又孤寂，泪珠先一步落下。“你带我来这里干吗？是我坏了你们节目的声誉，那日丁柔也拿协议给我签了，里面写得清清楚楚，造成的损失和法律责任我都一力承担。你又何必……”她说不下去了，这一刻她还说着这样故意保持距离的话。其实，只要看看颜泽此刻的眼神，看他那焦灼而深情的模样，她就明白了他的心意。

只是今非昔比。

想到这里，清子心里刺痛，正要走，只听颜泽哑着嗓子问她：“小丫头，嫁给我好吗？”

说罢，堂堂七尺男儿已经跪了下来，情深意切地跪在她这个小了他近十岁的小丫头面前，全无平日里的傲气和冷漠，有的只是一颗炽热的爱她的心。

素来冷峻的颜泽，这一刻求婚的时候竟也像个第一次表白的少年，从脸颊红到耳根，道：“带你来这里，就是为了让你父母的在天之灵也看到，我颜泽不是随便许诺的人。我要娶你，我要你做我的妻子，我要你一辈子开心快乐，无论有什么痛苦和难处都不要愁眉不展，都会第一时间想到我。”他诚恳地跪下，目光炙热，“嫁给我。”

清子不过二十岁，却也懂得一个男人给予一个女人最大的爱与尊重，就是想娶她，愿与她共度一生，许下这生生世世的承诺。这一刻阳光很好，眼前跪于她面前的男人眼神里满是真挚，毫无半点虚情假意。就算她再铁石心肠也被这份浓烈得发烫的爱给融化了。

再开口时，她已是满喉咙的哽咽。

“可我不是颜清酒，我不是什么明星，我只是最平凡最没有光芒的女孩。”

“我知道。”他点头，“我一早就开始调查你，知道你的身份。”

“我没有什么优点，从小我就样样不如妹妹，也不及她聪明。如果我早一点跟你和师父沟通，可能就不会给师父那么大的压力，也不会搞砸你的节目，甚至不会让妈妈伤心。可我是真的很爱你们。颜泽，我爱你，其实从很早很早开始我就喜欢你。可是我不敢说，一路忍到现在，我怕你喜欢的是明星的光环，更怕你发现我其实是个替代品。可我是真心爱你的。”

“我知道。”他重重地点头，起身抱紧了她，这拥抱如此深情而又有力度。阳光暖暖地包围着窗前的他们，窗外就是一望无垠的大海。如果这里曾有过太多的伤痛，那么，此刻在宁静的大海和温暖的阳光之中的这个拥抱，似乎就是所有伤痛的终结了。从此又有人给她一个全身心的拥抱，免她惊，免她苦，免她颠沛流离。

一番生离死别，清子早已不是当初那个怯弱的女孩，可再坚强的女子，私心里又怎会不盼望这样一个怀抱呢？因着这世上有这样一个爱她的人，哪怕她麻烦缠身，哪怕全世界都错怪她，哪怕被所有人抛弃，他都还在，他还在原地等着。他爱她。

两人立于阳光里拥抱良久，颜泽从外套里取出钻石戒指郑重其事地给她戴上。不大不小的一颗钻石耀眼于指端，不张扬，也不失体面。她欢喜地翻来覆去地看，只见戒指背面刻着几个字母，YAN。

“这个 YAN 代表你，还是我？”如果代表她，那会不会是代表妹妹？如果代表他，那就意味着无论哪个女孩成为他的妻子，他都能用这枚戒指求婚。

颜泽点一点她的鼻尖：“你自己取下来看。”

再一细看，原来戒指内环里还刻着 QZ，意为“清子”。

你的名字，我的姓氏。

她感动得在他怀里又待了一会儿，这一刻阳光暖好，她忽然探头殷殷地问：“我还没满二十岁，书也没念完，妈妈要是知道我订婚了，会不会觉得太早了，怪我不上进？”

“你妈那么疼你，应该是觉得你幸福就好吧。”颜泽这么想。

她鼻子一酸：“妈妈还是疼我妹妹多一点，妹妹可爱又优秀。”

“我倒不觉得。如果我有两个女儿，没必要疼一个不疼另外一个，这又不是什么非此即彼的事。不过是教育方法不同罢了。谁犯错自然是罚谁，疼爱可以分成双份。”颜泽一早就瞧出了她的心事，“总之你要明白，无论你妈是高兴你找到了归宿还是责怪你不上进，无论如何，她最终的目的都是希望你能幸福。”

她泪凝于睫，重重地点了点头。

依照颜泽的思路，这桩闹剧的缘由发生在真正的颜清酒身上，那首先得把颜清酒给找回来。可茫茫人海，从何处着手呢？

就连警察都说暂时只找到颜清酒的出境记录，并未找到她重新入境的痕迹，这事便这么搁置了下来。清子配合着警方的调查，颜泽则梳理节目组后期的应对与工作。几天过去，颜泽大半夜跑来清子的公寓，一敲开门就很踧地抱起她："老婆，这下你得重重地谢我啊！"

"喂，你放下，放我下来。"清子还不习惯他这么突然地喊自己"老婆"。

"今天台里领导找我讨论这档节目的走向，季晚那一期节目后就空了这么久。我想，既然观众有质疑，那就只能直面质疑，我打算把你、颜清酒和叶弥生的故事，作为下一期节目的故事委托。也就是说，你会是下一期节目的嘉宾。"颜泽说。

没等清子答应做嘉宾，颜泽已经忙起来了。写策划、聊剧情、找人、拍短片、约时间……起初清子以为他只是一时冲动，想为她做点什么让她宽心。却不曾想，他是认真地想把这事情做个了结。

按照后来颜泽的说法就是："如果我不把这件事给弄清楚了，人家一辈子都会以为你是颜清酒，以为叶弥生是你的男朋友——这、绝、对、不、能、忍！"

"就为了这个理由？"清子以为颜泽后来硬要把这件事情给拿下来，是为了公平正义，为了把事情弄个水落石出，给大家一个交代。

"这还不算理由？"颜泽冷哼一声，挂断她的电话后继续忙于拍片和策划节目。

在冗长得近乎一个世纪的两周等待后。

清子迎来了她这一档节目的最后一次出场，这一次她扮演的角色是她自己，颜清子。颜泽说，这期节目里会挑明她们两姐妹的关系，更是请来了叶弥生。

"你从哪里把他找回来的？"清子十分惊讶于自己男朋友的神通广大，"从前你好像没这么厉害呀。"

"从前你是我同事，现在你是我老婆啊！"颜泽一脸骄傲的样子，"帮同事和帮老婆怎么能一样呢？"

"……"

尽管颜泽跟她聊了一晚上明天该如何面对，可真到了要录节目的这天早上，失眠了整晚的清子还是忐忑不安。那节目的舞台上留着她被人当众曝光的噩梦，还有师父一言一行的模样……回忆和噩梦都太汹涌，搅得她的心如排山倒海一般。

上完妆，化妆师出去叫丁柔进来看看。

“嗯，不错。”

见丁柔点头，化妆师收拾收拾就去给别人化妆了，这间房里只剩下清子和丁柔两个人。

“那天你签完协议后，我后来仔细看了看，你签的是‘颜清子’的名字。”丁柔缓缓地说，“原来你是清酒的姐姐。你们竟然是一对双生姐妹。”

清子张口想说什么，但想起马上要上节目，又理智地克制住，只问：“颜泽呢？我几点上台？”

“他在和委托人对台本。”

“是叶弥生吗？”

“呵呵，是哦，就是那个很红的钢琴家……”丁柔顿了一顿，眉目里媚色流转，“对哦，需要我多嘴什么，你比我们都要熟悉叶弥生？是不是？”这时的丁柔有点儿忍不住了，这几天颜泽一门心思都扑在颜清子身上，把丁柔使唤来使唤去的，她早憋了一肚子气，“我知道，你和颜泽的关系已经确定了。可你这样是在利用他。”

“利用？”清子拧紧眉毛，“我怎么利用他了？”

丁柔冷然一笑。

“你为了帮你妹妹解脱，一定用了不少法子讨好颜泽吧？男人嘛……在好看的小姑娘面前，难免心软。所有人都劝颜Sir，说你现在身份没弄清楚，身上还背着一摊子谜团，公众形象又不好……叫你继续上镜，岂不是火上浇油？可他偏偏不听。”丁柔说，“所以，我只好去网上下载了你和叶弥生所有的亲密照片，一张一张打印给他看。清子，你一直说你妹妹清酒才是叶弥生的女朋友，可谁知道呢？反正你们姐妹俩长得一模一样。”

丁柔说：“那天，我把所有照片都打印出来给颜泽看。他看得特别认真，就算你们的父母还在，也不一定能一下子认出哪张照片是你，哪张照片是你妹妹吧？反正我想，颜泽这辈子脑海里都会留着你和叶弥生亲热的影子了。”她俯下身子凑近清子的脸，一个字一个字地说，“男人在这点上最小气了。你说是不是呀，清子？”

清子仍坐在化妆台前的皮椅子上。阳光透过薄如轻纱的窗帘映出一个她带着微微光晕的侧脸。她望了一眼丁柔，思虑良久，开口道：“柔姐，有些事，我没提，并不代表我不知道。”

“你什么意思？”

清子不慌不忙地说：“季晚的那期节目，放闹事者进来的人，就是你吧？”

“你……”丁柔微微怔了一怔，旋即优雅自若，“清子，往我身上泼脏水是没用的，我在东星这么多年，谁不知道我一心只为节目好？”她不屑，“如果你自己不想承担责任，想找个人一起下水的话，我想你找错人了。你根本就算不上我的敌人，你打不倒我的，你，不值一提。”

清子又好气又好笑。

“你觉得我是为你刚才说的照片的事情生气，所以也故意这么说气你的？”

“难道不是？如果我猜得没错，你这点猜测，是不是也跟颜泽提过？你应该在颜泽面前说了我不少坏话吧？”

近来颜泽对丁柔疏远了许多，连新一期节目的策划都是自己写，自己拍的，不再让她插手。她料定这里面必定是颜清子作祟。

清子没有说话。

事到如今她也瞧出丁柔对颜泽的心意，只是，丁柔故意放闹事人进来的细节，是颜泽在调查的时候偶尔获知，而后告诉清子的。

清子决定先不说。虽然丁柔对她没有留情分，但清子还是不习惯做得太过分。她想起第一天来东星卫视的场景，那天的丁柔人如其名，对她和师父都是那么温柔。

清子说：“我没有在颜泽面前提到过你。因为我知道你曾对他有情，他自己也知道。”她坦诚地说，“跟自己男朋友提起曾喜欢他的女生，这是自找尴尬。只是……柔姐，你还记得吗？我第一天来东星的时候，到早了，坐在会议室里饿得肚子咕咕叫，是你叫人买来点心，又贴心地为我们泡茶，一下子舒缓了我满心的紧张，那时的你好温柔。我以为我们是可以做朋友的。”

丁柔站定了，许久没有说话，回忆似乎也在这一刻砸中了她。清子本以为她会走，哪知片刻后丁柔转过身，疾言厉色道：“是！我也以为我们可以做朋友！可是，自从你喜欢上颜泽的那一天开始，我们就永远不可能做朋友了！”

“我并不是有心……”

“你又何必装呢？在爱情上人人都是自私的，谁愿意把自己喜欢的人拱手相让？！嗬，我也是。我怪自己太笨，当初就该跟颜泽建议找个男主持人，何苦答应台长去请你来，引狼入室！你一个小姑娘，你懂什么是爱情？你有没有尝试过用尽一切办法去帮一个人，就为了助他事业成功？你能不能体会到用八年青春去等待一个人的滋味？看着他从毛头小子变为成功者，就为了有一天他事业安定了以后，能第一个考虑到你，你有没有这么傻过？”

“你等了他八年？”

丁柔颓然惨笑。

“是啊，八年，八年前我刚毕业，来台里实习，颜泽是我的顶头上司，是他面试我，我一眼就喜欢上了他。你不知道那时的颜泽有多青涩，轮廓眉宇都比现在好看很多。可在一次次地试探后，我才知道他在事业成功之前根本就不打算谈恋爱，他说不想在事业上升期分心。所以我就决定等他。我想，只要我能在事业上助他一臂之力，一旦他成功了，疲倦了，想觅个感情上的归宿了，只要他一回头，就能第一个看到我。所以八年来我都没有换过工作，一心一意跟在组里，就为了他。”她苦笑，眼底泪光一闪，旋即化为不甘，“可我等来了什么？我只等来了你！”

“颜清子，你明明知道我喜欢他，又何苦跟我抢？我比你大了九岁！二十九了，你以为二十九岁的女人还有多少时间可以挑挑拣拣？我用了八年的时间等一个我喜欢的人，我有错吗？！”丁柔含恨道，“我不觉得我打压你有错！若不是他没有选我，我一定把你整得连渣都不剩！可惜是我自己傻，我用八年时间等的却是一个不喜欢我的人！我要灭你也没能灭彻底，他又出来护着你。”

清子苦笑：“或许颜 Sir 会注意到我，是因为我可怜。那时我来东星，人残废在轮椅上，父母双亡。你觉得我幸运？这样的人生如果你喜欢，我换给你。”

“你失去了家人，可你还有爱情啊，你有我用八年时间也没能换来的爱情。我不觉得你有什么可怜的！”丁柔脸上的泪痕已干，“这期节目后我就打算辞职，我不想再看到你们了。你也别做梦指望我们还有可能当朋友，往后，我们就是一辈子的仇人了！我祝你们倒霉一辈子！”

丁柔摔门而去，高跟鞋在走廊上击出一长串骄傲悲伤的音符。清子坐在椅子上，许久，才听到那脚步声越来越远，她颓然地往后靠，想要休整思绪应对接下来的节目，可适才丁柔的那几句“从你喜欢上颜泽的那一天开始，我们就永远不可能做朋友了”、“我等了八年，我等来了什么？我只等来了你”……一直在脑海里萦绕不去。

在爱里，每个人都是傻瓜。丁柔从中作梗的这些细节，不仅颜泽提过，素来与清子亲厚的小昭也提醒过她。乍一听时，清子既震惊又愤怒，后来知道丁柔等了颜泽八年，又心生怜惜。现在丁柔把话说绝了，撕破了脸，清子反倒觉得给这段关系画上了最圆满的句号。

她和丁柔这一对宿命情敌，算是分了个胜负，两清了。

这一边的演播大厅亦是热闹。

委托人居然是主持人的绯闻男友，同样是明星的叶弥生，这期节目又引起了新一轮的网络围观。说好了观众不能发图片到网上的，可还是有不少人在偷偷拍照。更有人爆料警察也在现场出现了，这一下子把大家看热闹的心吊到了最高点。

清子在后台等着。

开场，临时主持人只说了几句开场白后，导播就切入了今天的短片。

事先节目组怎么都不肯透露短片的内容，如今在后台，见到大屏幕上那一帧帧画面时，清子一时感慨万千。短片里说的，正是妹妹颜清酒和叶弥生的故事。那是一个连她都不曾细细了解的妹妹的另一面，也是她未曾见过的，深情而矛盾，形象更加鲜活的叶弥生。

你相信宿命吗？

有人说，宿命是不愿意承认人生其实是无数的偶然事件汇集而成的洪流的人们，臆造出来安抚内心的词。可又有谁能逃脱宿命？

哪怕是执意大胆的颜清酒，和小心闪避的叶弥生——

颜清酒天生不孤独。娘胎里有双胞胎姐姐陪，长大后又凭着一张生得讨喜的脸蛋，收尽了人间所有的宠爱。她不缺爱，也没有受过冷落。连寂寞、空虚、孤独这些在同龄人的生命里用烂了的词，也没有在她的字典里出现过。

没有人生来就是应该寂寞的。

心有所属又得不到回应，才会觉得寂寞。

她前半生的好运气在遇到叶弥生后，花得一干二净。那时他是新崛起的钢琴家，连业界翘楚都赞他惊为天人。十岁时他随亲人远赴欧洲，师从名师。少年时一举斩获顶级赛事大奖，衣锦而归。因着高超的琴技，感人的现场，出众的气质，一下子成了娱乐圈和时尚圈的红人。

那时清酒还在念高中，偶尔去校外兼职给杂志拍平面照，受冻暴晒一整天才给五十块钱，除去十块钱吃盒饭，还剩下四十块钱。她经常连一瓶水也舍不得喝，把这四十块钱扎扎实实存下来，买叶弥生演奏会的门票。

清酒的家境还算不错，可叶弥生演奏会的门票实在是太贵了，她不敢老伸手问家里要，就这样十块、十块很辛苦地攒，等罐子里的零钞满了的时候，差不多就能买一张靠近舞台的坐地票了。所谓坐地票，就是没位子只能坐在靠近舞台的地板上，音箱就在耳边轰隆隆直响，台上主持人“喂”一句，她脑子里就会轰隆隆连响三声。可就算如此她也觉得再满足不过了，因为离台上的他又近了一点，再近一点。

她喜欢听他弹《卡农》。

一段旋律誓死追随着另一段旋律，蜿蜒直上不离不弃，直到最后一个小节最后一个音符里，它们才消失在同一个缭绕不绝的颤音里，就像永生不渝的爱情。那时的叶弥生，是天空里遥不可及的星光，她是地上追着星光的孩子。他的光芒太过耀眼，她拼尽全身力气只为望一眼那星光，只消一个远远的张望，也能让她觉得十分满足。

有一年某知名卫视的跨年演唱会上，叶弥生应邀演出，酬金六位数。清酒也来做兼职，寒冬里穿着超短裙给观众引导座位。报酬八十块钱，散场后还要自己打三十块钱出租车回家，等于白忙白冻一个晚上才赚五十块钱。可清酒愿意，因为只要混进场里就能不花钱看到叶弥生的演出，还能站在离他很近很近的位地方，说不定还能递一瓶水给他！

作为一个狂热的粉丝，遇上这样的大好事，她简直做梦都要笑醒了。

那晚叶弥生没有弹《卡农》，她却在每一个音符里听到自己的心在怦怦跳。她爱着的人，就这样坐在离她不到二十米的台上，却是那么遥不可及。这一时，这一刻，几万人都不约而同地坐在这里，听他弹琴。有这么多人爱他，仰慕他的才华，他的一切。那他呢，他又知不知道有个叫颜清酒的小姑娘，这样爱着他？近乎卑微，却浓烈得胜过所有人。零下三度，她光着腿穿着超短裙演出服，站在台下的暗影里，默默地望着他弹琴时专注的侧脸。心像一颗初初熟透，裂开一条小缝隙的坚果，在疼痛里溢出淡淡的芬芳。酸涩又寂寞的香气，在她心里一点一点满溢，这一刻，她真实地感受到了寂寞。

人不是生来就寂寞的，心有所属又得不到回应，才会觉得寂寞。

那天她抓起台里准备好的嘉宾花束，冲上去献花。众目睽睽之下，她厚脸皮地献完花又索取拥抱，竟然还鼓起勇气在他耳朵旁结结巴巴地说："你……你好，我喜……喜欢……"

这不是突如其来的心血来潮，喜欢他这么久，什么疯狂脑残追星的事情她都做过，却唯独没有表白过。高高在上的叶弥生或许连她这个人也记不住，更不会对她有一丝特别。清酒的耐性真是折磨透了，叶弥生的粉丝群里，每天都听着这些姑娘诉说自己有多么多么喜欢弥生，一定要找机会告白云云。

听到这些的清酒，每天都活在焦虑里。

所以这一天，她打算趁献花的机会，来个孤注一掷的告白。

可孤注一掷的告白，真是需要大量勇气的啊！明明要一顺溜说出口的告白，只是稍稍顿了一顿，关键性的后半截就给吞了下去。

"算了，下次告诉你。"她逃也似的下了台，撂下叶弥生满头冷汗地站在台上。

这是唯一一次，一贯被业界奉为"演奏伟大无比，能像神一样精准地命中你的心"的叶弥生，后半场一连弹错了好几个音，神一样地失误了。

这失误让清酒高兴得快要飞起来，自作多情地把这个失误理解为"他果然被我的表白干扰了"、"这是不是代表着我在他心里，多多少少跟别人有点不一样"。

她兴奋地在心里打着小九九，表面还是跟着那帮后援会里的小粉丝们惋惜地说："啧啧啧，弥生一定是没休息好，一定不能让明天的网络新闻乱写。"

那晚的后半夜，天空下起无声的大雪，她一路小跑回家，在雪地里张开双臂，像一只未长饱满羽翼就努力往天空飞去的鸟儿。那是她十几年来第一次尝到单恋有回应的甜味。从前都是别人先喜欢她，她从不把那些一门心思贴上来的男生当回事。或许这就是女孩的高傲。她一直想，她倾心的男人，一定要是这世上最有才华，气质最卓绝的男人。

清酒的风湿性关节炎也是在那段日子里落下的病根，长时间穿超短裙站在寒风里，冻着了骨头，痛得她半夜睡不着。满身大汗跑去洗手间，从热水器里接了一大桶热水泡脚。泡着泡着，热水烫到连脚都麻了，骨头里那股瘆人的疼痛才稍稍淡去一点。姐姐穿着睡衣站在门口，疼惜地问她："这样值得吗？"

她低下头，望着水里泡着的双脚，嘴角微微上扬："值得。"

他值得。

关节炎真是个劳神的病，一旦得了就很难好，遇上刮风下雨的天就疼。白胡子的老中医摇晃着脑袋说："你们这些年轻小姑娘啊，就是喜欢大冷天的穿裙子，仗着年纪小不拿自己的身体当回事。这不？得病了吧？！风湿就要保暖！要养！这几年你别想穿什么裙子了，天一冷就把护膝给戴上，穿长裤。"

不能穿裙子，很多兼职就做不了，清酒一下子断了课外经济来源。爸妈给的那点零花钱根本不够用，为了参加叶弥生后援会的活动，她没少问姐姐借钱。姐姐也真够义气，索性每月分一半零花钱给她。只是，姐姐也说了："清酒，喜欢一个人没错，喜欢的人恰好是明星也没错——但你要记住，他始终是个明星，而你只是个小小的粉丝，不要奢望太多。"

彼时的清酒，也失落明了地点头。

她不敢奢望太多，尽管她一次又一次地想靠近他而不得，尽管她一次又一次地付出，最后只收获到心底深深的寂寞。

外挂全开的天才少年叶弥生一路过关斩将，大的小的打酱油路过的敌人都被他一一消灭干净，最现实的娱乐圈和最势利的时尚圈，也都眼巴巴地恨不能跟他沾上一点裙带关系。"叶弥生"这三个字就意味着品位与高端。这一顶王者的桂冠，一半是入了他的手心。去上学的路上，她常常可以看见他的海报，越来越多，地铁站、公交车站、大商场的外墙上，海报上的他也极少笑，眼睛里却有一种旁人难以察觉的温柔。她一直觉得叶弥生是很温柔的人，只有温柔的人才能弹出那么缠绵的《卡农》。

献花那次后，叶弥生似乎对她也没留下什么印象。读高二她也跑不了兼职了，买不起演奏会的门票，就只能跟着大家一起去机场接机，这是个能近距离接触偶像又不用怎么花钱但特别受累的差事。一帮小姑娘打着灯牌、横幅，举着鲜花，穿着后援会统一的T恤，傻乎乎地站在出站口那儿等着。那天遇上霜冻，她在寒风里足足等了五个小时，双手双脚就像泡在冰水里，几乎快没有知觉。

叶弥生出现时，低调地没戴墨镜之类矫情的玩意儿，他只穿了一件平凡的黑色羽绒衣，脖子上围着灰色围巾，气质却是极好的。那一瞬间，所有期待已久的粉丝激动地大喊起来："弥生！弥生！叶弥生！"她的T恤还套在棉袄上，鼓鼓的，像个难看的大胖子。可此时爱漂亮的清酒也顾不上了，在人群里一跳一跳地喊："弥生！弥生！叶弥生。"明明站在栏杆的最前面，最打眼的位置，叶弥生的目光连落也没落在她身上，就径直从她身边走过去了。

不是不失落，清酒原本以为那次献花后，他多多少少会对她有一点印象。

可是他没有。

不过这次也算赚到了，叶弥生很Nice地跟大家合了个影。他的助理特别叮嘱大家"回去的路上要小心安全，不要让弥生为大家担心哦"，几句客气话让一帮小女生感动得稀里哗啦。清酒凑上前去贱贱地问助理姐姐，他们公司还要不要招助理，如果要招一定要记得通知她哦。所有去接机又得到合影机会的粉丝们，都在论坛里心潮澎湃地讨论了一个晚上，个个幸福到爆。当然，她们谁也没说自己都给助理姐姐留了电话，拜托助理姐姐在招新人时一定要多多考虑自己。她们有共同喜欢的偶像，又都有各自的小私心。

那时的他发着光，持续地发光，她站在人群里默默地凝望他的光芒，竟也觉得好幸福，却不敢奢望太多。如果他一直只是她的偶像，如果不是她自己也成了别人的偶像，如果她还只是当年那个傻傻地追星的小姑娘，或许，也是他们各自的福分。

可命运不会放过他们。

养了大半年，风湿好了许多，清酒又按捺不住开始拍平面照，攒零花钱，凭着甜美的长相，率真的眼神，和十七岁的无敌青春，她得到的机会越来越多。有一天她在拍一条广告，叶弥生后援会的外联部长打来电话，问她现在在哪儿。

她没告诉过别人自己偶尔也拍拍广告接接戏，便随口胡诌道："在学校呢。"

然后听到对方说："告诉你件事，美死你。今天的粉丝月度见面会上，助理姐姐特别问到你，问那个冻得膝盖发青还上台献花的小姑娘呢，她怎么没来？"

呃？助理姐姐眼神这么好，离台下那么远还能看清她的腿冻得发青了。

她正迷糊着，对方又说："助理姐姐要我给你带一瓶药膏，她不知道从哪里听说了你有风湿。你哪天过来我这边拿吧。"

这就更奇怪了，八竿子都打不着的叶弥生的助理，会知道她有风湿？

谜底很快揭晓，五分钟后，广告导演进来问她："妆化好了没有？你要配合的大腕都来了小半会儿了，就等你了。”

“腕儿？谁？”

“叶弥生啊！”导演用一种“这你都不知道”的臭屁神色打量他，又说，“这次拍的是红酒广告，投资方下了重金，好说歹说请来了叶弥生。”导演还啧着嘴说，“这个叶弥生真难请，一般的酬劳根本拿不下他，他也不是看到钱就好说话的人。可不知怎么后来忽然又同意了，艺术家的心思就是诡异啊！”

导演后来说的话，半个字都没进她的耳朵。

她脑海里只盘旋着一句话“我不是在做梦在做梦在做梦吧”。

那天的拍摄，第一次这么近距离靠近偶像的清酒是飘着拍完的，嘴角始终保持四十五度微微上翘的微笑，满眼的春光荡漾，脸上绯红一大片。叶弥生见到她的第一眼时，皱着眉头说：“这位女主角，是不是喝多了？”

导演笑道：“她刚才还好好的，一听说要跟你一起拍广告，就喜成这样了。花美男真是害人哪，好好的一个少女就这么疯了……”

清酒：“……”

看出端倪的助理姐姐，在一旁哧哧地笑。

缘分就这样把红线的一端系到他的手指上，另一端抓在清酒手心里。或许，自小女生缘极好的叶弥生只是一时无聊又没有想追的人，就接受了在眼前窜来窜去的她，可对她来说却是祈祷了一千多个日夜才能修来的福分。

世界真是不公平，你不屑一顾的，却是我毕生所求。

约会了几次后，某一次在咖啡馆里遇到他的老同学。老同学难得地看见叶弥生这次居然带了个女孩在身边，便揶揄道：“这是你的女朋友？”

清酒一下子就红了脸，连忙解释：“不是的不是的，我只是他的小助理啦，偶尔过来帮帮忙，他只是带我来这儿喝杯咖啡休息一下。”

叶弥生不动声色地抿了一口拿铁咖啡，放下杯子，淡淡道：“也可以算吧。”

清酒呆住了，难以置信地问：“你……你说算什么？”

叶弥生放下杯子，似笑非笑地说：“颜清酒，带你出来这么多次了，你以为咖啡是白喝的啊？”

那是清酒一辈子最快乐的时光，好像走在路上被命运的大礼包砸中了头，做梦都能笑醒。姐姐常笑她：“喂！颜清酒！你那桃花眼能不能收敛一点？”

可哪里收敛得住，她的幸福满满的，能跟他在一起，哪怕是一句“也可以算吧”没有正名，她也心甘情愿。

叶弥生的女朋友不好当。

与所有追过她的男生不同，叶弥生不会捧她在手心里，不会曲意逢迎。他说：“做我女朋友一定要学会忍，你不能乱说话成为狗仔队的爆料来源；做我女朋友要学会照顾自己，我的事业那么忙，不可能时时把你捧在手心里哄。我不是体贴的男友，但只要我们心心相印，无论有多少人投怀送抱，也不会入我的眼。”他极少带她出现在公众场合，免得被记者拍到。因为叶弥生说解释起来太麻烦。他不太记得她的生日，有时会四五天也不记得给她打电话。她打过去，一般也是助理姐姐接的。十次有九次，助理姐姐都会温柔地低声说：“清酒吗？弥生现在接不了电话哦，我们正在彩排，一会儿他忙完了我叫他回电话给你吧。

助理姐姐说的这个“一会儿”，往往是一两天后。

叶弥生轻描淡写地叫她出来喝茶、吃饭、逛街，似乎从来没有接到过他的电话，也极少牵她的手，极少吻她，更不像其他普通男朋友会给女友送惊喜的礼物——没有，从来没有。

他总是在忙。

忙着谱新曲，忙着练琴，忙着录节目，忙着彩排，忙着拍广告，忙到精疲力竭的时候，才会想起她，给她打一个电话，问她现在在哪儿。

许多次都是深夜了，他一句“出来见个面吧”，她就披上外套偷偷溜出来见他。

她一直很乖，他想见她，她总是第一时间赶到。他累了，她也就一个人打车离开。有一次，叶弥生的飞机深夜才到，他们在路边的拉面店里草草地吃了碗牛肉拉面。好几次，她的话都到嘴边上：“弥生，今天……”

“今天真是累惨了，一会儿你自己打车回去吧，乖，我累得开不了车了。”他揉着太阳穴说。

“我……”

“你还有事？”叶弥生打着呵欠，“有事也明天再说吧，我真是累了。”

那晚她独自打车回去，红色出租车驶过鹅毛大雪纷飞的长街，少女抹开玻璃上氤氲的雾气，望着城市广场上的大钟——秒针正一格一格地跳往十二点的位置。

她没想到爱上一个人会有如此孤寂的时刻，心里静得像是一点声音也没有。原本以为有男朋友是温暖有依靠的一件事，却原来越是深爱越是孤独。今天是她十八岁的生日。在十二点前，在属于今天的最后一秒里，她趴在车窗上轻声对自己说：“颜清酒，祝你生日快乐。”

她是懂事的女朋友，不奢望有名贵的礼物，甚至连一束花也舍不得让他买。

可她多想听他说一句“生日快乐”啊，只一句，一句就好。

他忘了她的生日，她却一直记得他的生日。他们的生日其实离得很近，只相差二十多天。清酒想送叶弥生一个钱包，拿捏不住品牌。姐姐说：“叶弥生出席过两次爱马仕在上海的活动，他是不是喜欢爱马仕？”

可一个爱马仕的钱包要多少钱？

姐妹俩搜索了一下爱马仕的价格，被吓到了。最后她们商量了一下，还是给叶弥生买个巴宝莉的钱包好了。姐姐说：“常常在网上看到有巴宝莉的代购，价格大约是三四千一个。”三四千对高中学生来说也不是个小数目啊，她们班寄宿的同学一个学期的生活费也就这么多。可深爱一个人的时候，总会做这样的傻事，明明是自己舍不得买的好东西，却会勒紧裤带买给他。

恰好，她相熟的导演要找一个挨耳光的替身演员。导演要的镜头是这样：一个当红炸子鸡扮演的小三与情夫去海边度假，正当两人你侬我侬的时候，彪悍的正房出现了。然后正房大步走上前去，二话不说，啪！一记耳光狠狠地扇在小三脸上。

开拍前导演跟演正房的女演员说戏：“你要记住，这是戏里你最恨的女人，所以你下手要狠，一定要扇得够狠，要让观众心里也跟着那声巴掌咯噔一下，心想，这一巴掌一定很疼吧。”

演小三的女演员是当红女星，当然不愿意就这么被扇一巴掌，所以清酒得穿着和她一样的衣服，在戏里替她挨这一巴掌。那时是冬天，而剧情是夏天，清酒换上一身泳装站在海边，浑身上下没有一块皮肤不冷得起鸡皮疙瘩的。真到了扇耳光的时候，动手的女演员见替身是清酒这个小姑娘，心就软了，几次都是狠狠地抡起胳膊，落到她脸上却是不轻不重的。可即使这样，清酒的脸上还是泛起了清晰的五根手指印。

“不行！再来！”

“再来，再来一次！”

导演发怒了：“你怎么了？！说了要你真的打耳光，你再不真打，我们组今天就别想收工了！”

一记又一记耳光扇得她的左脸都麻木了，最后通过的那条，胳膊都扇累了的演员用尽了吃奶的力气，几乎把整条手臂甩到她脸上。清酒脑子里嗡的一响，像被碗口粗的木棒狠狠地敲了一记，就什么声音也听不到了。

听不到对方的台词，听不到导演说OK，听不到剧组的人懒洋洋地捶着肩膀说终于收工了——她只是一个小小的替身演员，替大明星来挨这些巴掌，换一点点钱，给她喜欢的人买生日礼物。

那天好冷，冷到后来的清酒冻到快没知觉了，可痛楚却是清晰的。

她的左脸肿起好高，殷红的血顺着破了的嘴角流下来。

当清酒从导演手里接过这拿自尊和鲜血换来的钱，本该感到酸楚和满足，却因为忽然想起了叶弥生的笑脸，心里满是付出了的快乐。导演看着她红肿的嘴角，关切地问：“清酒，出什么事了，为什么你这么急着用钱？”

她摸摸嘴角，一笑：“没事，没事。”

再没有比这更狼狈的时刻了。

她想，这次吃的苦她不要对任何人说，爸爸妈妈不要说，就连双胞胎姐姐也不想告诉。

可晚上她悄悄溜回家，趁爸妈睡着了在洗手间擦嘴角的血迹时，却还是被姐姐发现了。姐姐只披了一件睡衣倚在门边，默默地打量她，一句话也没说，这真是瘆人的沉默。她脸上花了的妆和硕大的一个巴掌印，谁看了都会误会个八九成。清酒正琢磨着该怎么跟姐姐解释嘴角的伤口，姐姐忽然问："清酒，你喜欢的那个人，真的值得吗？"姐姐问完就心疼地哭了。

清酒在自来水龙头下洗着的双手，也停下了。

冰冷的水冻得她双手通红。

却还是没有犹豫，她说："值得。"

她肿着嘴角连药也舍不得买，加上姐姐支援的两个月零花钱，她们趴在巴宝莉的柜台上挑，发现价格比她们预想的还要高一点点。最终她只够买一个小小的钥匙包。这已经是她所能承担的极限了。

当晚清酒就赶去见叶弥生。

恰好来了一批人在找他聊巡演的事情，一时半会儿聊不完。助理姐姐就说："清酒不如先回去，等弥生忙完了自然会回电话给你的。"

"没事，我等他。"

她攥着那份包好的礼物，在大堂里坐下，安安心心等起来。明天叶弥生就要离开这里去巡演了，没有一个月时间是回不来的，她想要提前给他这份生日惊喜。

清酒在大堂里眼巴巴地等了三个多小时，助理姐姐下班了，保安下班了，连大厦里的中央空调都关了，空气在一点点变冷。走廊和办公区漆黑一片，没有人声，她就一个人坐在昏暗的大堂，脑海里不断涌现那些看过的鬼片里的镜头，自己把自己吓出了一身冷汗，战战兢兢地走过去敲叶弥生办公室的门。

门里轻微的说话声戛然而止，有人问："谁啊？"

是叶弥生的声音。

"是我，清酒。"

叶弥生开门时很惊讶："你还没回去？"

他身后好几个人起哄："哟？这是哪个小姑娘啊？叶老师，这是你的粉丝，还是你女朋友啊？"叶弥生的脸色不好看了，他最讨厌把私事暴露在与工作接触的人群里，何况，这里面还有媒体。

有个眉目里颇有些媚色的姑娘站起来："弥生，原来有人在等你啊，那我们就先回去了，改天再聊？"

"不用，你们等等。我把她打发走。"叶弥生出来，随手带关门。

清酒听到那姑娘直呼他的名字，那副亲昵的样子，加上叶弥生又不肯当面承认她女朋友的身份，心里很不是滋味。但真到了大堂，只剩下他们两人的时候，跟男朋友见面的喜悦又压过了那点醋意。她兴致勃勃地把礼物递给他："嘿，你看看这是什么？是你的生日礼物呢！"

叶弥生哦了一声，接过礼物："你就为了给我送这个？"

"你不拆开来看看？"她露出期待的星星眼。

"清酒，这些物质上的小细节对我来说根本不重要。"叶弥生随手把它搁在同事的办公桌上，"为了送个生日礼物等得这么晚，你真是太乱来了。”

本以为他收到礼物会开心，原来人家根本就不在乎，清酒心里委屈，第一次没有用温柔的语气跟他说话：“我就想等，我就是今天想见见你，不可以吗？”

“小朋友，你以为人人都像你，只要念念书谈谈恋爱追追星就好了？我要工作的，每天都有很多工作！你明白吗？那些演出公司的人嘴上说要走，其实只要今天合同没定下来，谈到天亮他们也不会走！”

清酒怔住了，半晌，喃喃地小声说：“弥生，我只是想见见你。”

叶弥生抚了抚疲惫不堪的脸，似乎再没什么精力谈情说爱了，甚至累得连话也不想多说，只摸了摸她的头发。

他送她下楼，给了她五十块钱打车回家，就转身上楼去了。从前也是这样，他给她打车的钱，并不会陪她等车，更没空开车送她回家。

可是，这一次不太一样，深夜独自站在路上等车的她，望着他离开时决绝得没有一丝犹豫的背影，忽然，有股强烈得不能再强烈的失落感袭上心头。她要失去这个人了吧？不，应该说她根本就没有得到过。她在他心里始终只类似于一个关系亲近的小粉丝，或是只小宠物。

他叫她坐着，她不敢站着。

他叫她等，她竟然一直等，一直等，一直一直等，终于等到这一刻。她心里涌起了密密麻麻的难过，清醒而浓烈地认识到，他们根本就是两个不同世界的人。她倾尽全力给他的，他根本就不稀罕；他疲惫打拼时，她又帮不上他一点点忙。

之后巡演的时光里，他们几乎断了所有联系。弥生不是在演出，就是在奔赴下一场演出的路上，等他闲下来有一丝丝喘息时间的时候，往往已是深夜。许多人都以为明星是最热闹的职业，可其实演出过后，卸完妆，独自泡在浴缸里望着酒店窗外的天空，那一瞬心底的虚无，最是寂寞。

在最本质的寂寞面前，没有谁是特别的，无非都是尘世间的孤儿。每到这个时候，他都会猜此刻的清酒在做什么。可他也只是想想，并不会主动打电话给她。

傲娇如叶弥生，自小就习惯了所有人都围着他转，他甚至没有追过任何女孩子，不用追，自然会有人贴上来。当初的清酒和许许多多的粉丝不就是这样吗？只要他一个稍稍停留的眼神，都会让她们受宠若惊地觉得好幸福。所以，被宠坏了的叶弥生，哪怕心里惦念过好几次“清酒为什么还不打电话来跟我道歉”、“她最近忙什么去了”，可就是不肯先低头。

有一天，赶完深夜的演出，他一个人疲惫地回到酒店，窝在空荡荡的大床上刷微博和贴吧。贴吧里有不少新粉丝新面孔，也有从前认识、ID 跟清酒熟悉的几个女孩子。叶弥生认认真真地找了好一会儿，也没找到清酒新发过什么帖子。看来她有好一段时间没来过“叶弥生”的贴吧了，倒是找到一个与清酒比较熟悉的网友发的帖子。

几个小姑娘正在商量等他回静海的时候，要几点去接机。

她们说得起劲，有人跟帖问了一句："那要不要喊颜清酒？她好久没来贴吧，也没参加我们的活动了。"

为首的女孩说："我也叫过她几次，她老说最近有考试出不来。随她吧。追星也是一阵一阵的，说不定她现在没那么喜欢叶弥生了，就不跟我们混了呗。"

这帖子让叶弥生一晚上没睡好，好几次想打电话给千里之外的清酒，又怕深夜吵到她休息。他一遍一遍地问自己，自己到底把清酒放在心里的哪个位置？

这种哪怕在一万英里以外，只要想起对方的名字心下便会一暖的心情，是否就是爱？

他们足足一个半月没联系。

一个半月，四十五天，一千零八十小时，六万四千八百分钟，三百八十八万八千秒。

骄傲惯了的叶弥生，和感觉被抛弃的颜清酒，他们之间的缘分越来越淡薄。巡演结束，叶弥生回静海那天，后援会如往常一般去机场接机。她也去了，站在马路的另一端，隔着一条路的距离，默默望着从出口走出来的一个又一个人。这天她穿了件红色外套，对于她"邻家女孩"的品位，叶弥生老笑她土，只有这一件，她穿上的那天，他撇了撇嘴装成不在意地多看了她几眼，说："这件还不算太难看。"

叶弥生出现的那一刻，粉丝群爆发出喧闹的呼喊："弥生！弥生！叶弥生！"所有人呼喊着他的名字，拼命从人头攒动里探出脑袋来，希望他能看自己一眼。可是他没有，与助理姐姐一行人很快上了保姆车。一帮粉丝在后面追着，拍打车窗求合影。在拐弯的瞬间，车窗里折射过一个男人精致如剪影的侧脸。

那是他，她一眼就认了出来。她知道这种粉丝多的场合，他即使看到了她也不会为她下车，甚至不会给她这个影子女友一个示意的眼神。

果然，那辆车子很快就驶入了快车道。

这就是道别了吧？

尽管，道别的两人连一个交换的眼神都没有。他们终究回到了各自的位置上，就像两颗偶尔撞上的小行星，刹那间轰轰烈烈地相遇，绚烂后重回各自的轨道。他继续当他的明星，她则当回她的高中生，小小的粉丝。

她望着那辆车远去，从未感受过的悲伤像冬天的海水，一点一点漫上来。

那个买不起门票只能坐在地板上为他鼓掌的姑娘，是她；

那个上课发言都会脸红却能冲上台向他献花索取拥抱的姑娘，是她；

那个为了给他买生日礼物大冬天穿着泳装被打得嘴角红肿的姑娘，也是她。

她一直用自己的方式，小心翼翼地接近他，笨笨地爱他。他一直是天上的星光，她则是追着星光的孩子。最后星光没入云朵，精疲力竭的她，也只能望着星光消失的方向流泪。

载叶弥生的保姆车消失在路的尽头。失落的粉丝们也陆陆续续离开，她口袋里还放着那份生日礼物，根本没机会给他。她刚要走，助理姐姐就打电话过来，声音听上去很急：“清酒，你在哪儿？我们刚从机场出来，我看到对面有个穿红衣服的姑娘很像你。”

清酒心里一急，下意识地否认：“不，不是我。”

助理姐姐疑惑地问：“难道是我认错人了？”

挂断电话，清酒即便再不舍，也得离开这里了。在那个老套的故事里，天真的飞蛾爱上了燃烧的烛火，她一次次扑扇着翅膀与烛火擦肩而过，她不顾翅膀的灼痛，对烛火说：“嘿，我喜欢你，我能拥抱你吗？”

烛火提醒过她，明明提醒过的：“不要太靠近我，你会被灼伤。”

可她一厢情愿地以为不会，她以为喜欢就够了。

她以为。

漫天飘起了鹅毛大雪，地面上很快便像铺上了一层白白的沙，她踏着雪往回走，雪越下越大，随风卷成白色的旋涡。她觉得有点冷，拢住冻僵的双手呵气。刚呵了两口，就见白茫茫的视野尽头，有个人影正冒着漫天雪花朝她的方向奔来。

起初只是个隐约的影子。

渐渐近了，他的眉，他的眼，他熟悉的黑色风衣，他在湿滑的地面上跑着的姿势。

她忘了暖手，整个人定在原地。没散去的粉丝们认出了从冰天雪地里奔来的人正是叶弥生。

在粉丝们的尖叫声中，叶弥生跑到她跟前，将她一把揽入怀里："别离开我。"他哽咽的声音一点也不像曾经骄傲的叶弥生，"别离开我。"

飞蛾终于拥抱了心爱的烛火，她在火焰里燃成了一团绚烂的灰烬。

在咽下最后一口气之前，她听见火焰发出痛苦的噼啪声。火焰流着泪说："既然伤害了你，那我也一起熄灭好了。"

最刻骨铭心的幸福，往往要用最锥心刺骨的痛苦来换取，上帝真是公平。

这个拥抱公开了恋情。

在叶弥生后援会里掀起轩然大波，也让清酒这个籍籍无名的小嫩模一瞬间成为各大传媒的宠儿。讨喜的脸蛋，十八岁的青春，和永远微笑颇得观众缘的笑容，让清酒很快成为最先冒出头的新生代。叶弥生也毫不避讳，三天两头带她录节目做采访，顺带着让她认识不少圈里人。

后来清酒才知道，那晚在弥生的办公室跟他谈到半夜的女孩是他新招的助理，叫端棉棉。原来的助理姐姐怀孕辞职了。助理姐姐离职那天，一行人为她开欢送会，想到过去她的照拂，往后见面的机会也少了，清酒不免有点伤感。助理姐姐爽快地拍拍她的肩膀："小姑娘家的，学什么不好，学林黛玉伤春悲秋的！清酒啊，你知道吗，我和弥生都喜欢看你笑的样子。

至于工作上的事情，有棉棉在，我也很放心，弥生他，前途无量！”

助理姐姐说得没错。

叶弥生前途无量，不久就拿下年度最受关注音乐人奖项，巡演的上座率高得惊人，赚得盆满钵满的。演出商们也早早地就找他敲定了明年的演出计划，惹得叶弥生在清酒面前大呼“好累，好累，老婆你赶快红起来吧，这样我就可以安安心心在家弹琴，不用跑出去商演了”，一边卖萌一边抢走了她正在吃的巧克力。

这个家伙……

助理姐姐说，有端棉棉在，工作上的事情她就放心了。这话也算对。随着叶弥生越来越红，端棉棉成为他事业上不可缺少的左膀右臂。在清酒面前，叶弥生会撒娇会卖萌更会常常耍赖；在粉丝和端棉棉面前，他却是极正经的，从来不讲半句笑话，有一说一。据说这端棉棉毕业于国内知名音乐学府，家里也颇有背景，要找一份悠闲又收入丰厚的工作并不难。可她在听了叶弥生的一场演奏会后，心甘情愿放弃了去高校任教的机会，栖身于叶弥生的工作室，甘当一名小小的助理。

“端助理喜欢叶弥生吧？不然谁放着好好的大学老师不当，来当这辛苦又没什么钱的助理啊？”

流言越来越多，她想捂住眼睛和耳朵，听不到也看不到，可是那个名字却一而再再而三地出现在她的脑海里。

弥生接了一大票的商演后，连好好练一下午琴的时间也很少了，偏偏清酒虽然可爱，对音乐却是一窍不通。两人约会时只能聊吃聊玩，唯独聊不了音乐。可端棉棉不同，她比清酒年长几岁，多了些温柔隐忍。不该说的话，在叶弥生面前一句也不多说，常常让叶弥生觉得这个助理真是明白他的每一点心意。端棉棉对叶弥生的爱，不比清酒少一丝一毫，可她来晚了。叶弥生心里，早有了一个颜清酒，似乎满满当当的，再容不下其他人。

恋人难成，知音总可以吧？

意识到清酒在乐理上一窍不通的她，在这一块狠下苦心，叶弥生练琴，她就细细研究他练过的曲子，反复听名家的技巧和境界。渐渐地，叶弥生惊喜地发现，他身边这个小助理，竟然在鉴赏上是个颇有见地的高人，不经意间经常能提出相当有价值的建议。叶弥生当然很高兴，因为琴就是他的生命。

更令人惊喜的是，出生于音乐世家的端棉棉，在谱曲上也有极高的天分。叶弥生最近写的几首原创曲子，有一两首清酒很直接地说“听上去好像一般”，而端棉棉却喜欢得很，说再也没听过比这更令人心潮澎湃的曲子了。她还提出了一两点建议，一下子就让叶弥生的曲子在结构和意境上更升华了一层。很快，叶弥生就觉得，这个小助理在音乐上比谁都懂他，他们在音乐上的感觉简直就像同一个人。

叶弥生和端棉棉一起讨论编曲的时间越来越多，好几次，叶弥生明明和清酒约好了吃饭，可到了吃饭的点，因为一个曲子的要点没解决，叶弥生又临时打电话给清酒说对不起，吃饭的时间得改改。

清酒也不再是当初那个站在办公室外傻等的小姑娘，不敢吭声半句的小粉丝，她是叶弥生真正的恋人，又怎么会感觉不到危机呢？

有些人注定命运相连，海啸时清酒正在叶弥生的工作室里，端棉棉的办公室就在隔壁。慌乱中，三人被逼得往楼顶跑。连日来潮湿的天气让清酒的风湿病犯了，腿一直在疼，一路狂奔中躲闪不及，就被从楼道坠下的水泥块砸到。叶弥生搬走石块时，清酒的腿已是血肉模糊，叶弥生抱起她往天台上跑，端棉棉就一直跟在后面。

三人只有一件救生衣，叶弥生没有丝毫犹豫，一手就把救生衣给了清酒，还仔仔细细给她穿上了。断骨让清酒疼得全身冒冷汗，他为她拂去额上的汗珠。唯一的一件救生衣给了清酒，叶弥生又说，三楼办公室里应该还有几件救生衣，现在地震停了，他下楼去找找，看能不能再找到两件。

眼见着叶弥生的身影消失在楼梯口。

端棉棉不急不缓地问清酒："疼不疼？"

腿上血肉模糊，当然疼了。可疼得快要昏死过去的清酒，懂事地说："不疼，不用担心我。"

"我当然不会担心你，"端棉棉说，"你有救生衣。"

说罢她笑了笑，从极虚伪的笑容里挤出一丝得意，缓缓地对她说："就算他把救生衣给了你，也没关系，弥生已经和我在一起了。无论今天以后，我们之间谁活了下去，我端棉棉活得都值了，至少我是被我喜欢的男人爱过的。”

见清酒白着脸不说话，端棉棉又说了许多，一一佐证了弥生对她有感情。叶弥生迟迟找不来新的救生衣，先前广播里预告的三米海啸渐渐涨到五米，直到天边出现一线白色的巨浪，至少有十米。天台上的两个女生都被吓坏了，端棉棉就来抢清酒的救生衣，她说：“反正弥生喜欢的是我！如果海浪卷上了这层楼，你的脚受伤了，漂在海里也只会引来鲨鱼，你以为你活得成？！”

清酒死死地护住救生衣，这时十米巨浪抵达，瞬间的气浪把争抢的两人一路推到栏杆的最边上。端棉棉一手拉住救生衣，一手把清酒往栏杆那边拽。清酒手一松，用力太过的端棉棉就站不住脚，一头往楼下载去，瞬间就被海浪卷走。

天台没有被淹没，海浪带走了端棉棉，她必死无疑。

那件救生衣还在地上。

清酒满身是血，呆坐在栏杆边，望着栏杆下那曾经是草地的一片汪洋发呆。过了一会儿，叶弥生走过来，从背后抱紧了她，他们一句话也没说，只深深地抱紧了彼此。

叶弥生见到了最后“清酒松手，端棉棉掉下去”的那一幕。

他什么也没说，装成不知道。

清酒更不敢说，端棉棉死前说的话也成为她心里的一个结，她害怕一说出来，叶弥生会误会她，更会不要她了。各怀心事的两人觉得应该把这个秘密永远深埋在心底。所以从那以后，叶弥生变得更喜欢独处。

清酒也没有从前那么爱笑了，在医院做完截肢手术后，她一边刷着网上的微博，一边给叶弥生发微信，却渐渐无话可说，常常是你发一个微笑符号，我发一个“心”，就不知接下去该说什么好。

以为这个秘密就此深埋的清酒错了。

那栋商务大厦虽然在海啸里逃过一劫，没有坍塌，但它也给清酒留下了最大的隐患。由于它安防严密，在天台和消防通道都布有监控摄像头。颜清酒和端棉棉那天的一举一动都被天台楼道口那个没有被海水冲到的摄像头记录下来。

海啸后，监控室里负责的保安恰好看到了这一段。这保安是颜清酒的粉丝，他也知道这段录像能够给自己带来财路，于是，他趁众人忙于灾后确认亲友平安与否的空当，悄悄把这一段视频录像掐掉，私下拷走了。

清酒来东星卫视试镜前，有一天，接到一个神秘的快递。她以为是粉丝的礼物，拆开来，却是一沓由视频截图洗出来的照片。从照片上看，正是清酒在天台上与端棉棉起了冲突，争执中，端棉棉被清酒推下了天台的情景。

她不敢看那些照片，这时师父刚好推门进来跟她说录节目的事情，清酒就连忙把照片塞到被子里，装成若无其事。师父说，东星卫视在筹备一档关于海啸的纪念节目，他瞅着这机会不错。

清酒嗯嗯应着，被子里握着那沓照片的手，手心里全是冷汗。

保安勒索清酒，要钱，要约会，还要清酒跟他在一起。

起初清酒态度坚决，那是意外，她无心伤害端棉棉的。可那个保安耍无赖，他说：“你以为有人会相信你说的话吗？人人最相信的都是自己的眼睛，从照片上看就是你推她下去的，你百口莫辩。”保安还威胁，如果她不听话，就把这件事告诉她男朋友，让叶弥生知道，他女朋友其实是个心狠手辣的女人。

“我可以直接把照片卖给小报，或是随便在网上发个帖子……到时候，你看你是不是还有命从牢里活着出来！”年过四十、邋遢油气的保安，得意扬扬地看着十八岁的清酒——他的猎物，他断定清酒不敢拿他怎么样。

十八岁。

许多十八岁的女孩还如未断奶的孩子，事事依赖着父母，而清酒却已经历了从追着星光跑的粉丝到自己成为明星、目睹生死离别，从无忧无虑的享受恋爱到如今受人威胁。

后来叶弥生终于还是知道了这件事。那保安从清酒那里没要到什么钱，就找了个与叶弥生一起搭电梯的机会，并给他看了一小段视频。那段视频里，清清楚楚地显示是清酒把端棉棉给推了下去。叶弥生没说什么，给了保安一大笔钱赎回了视频。等清酒知道这件事时，那无赖已拿了钱喜滋滋地走人了。

那时清酒的腿还不能动，还在医院做复健，哪儿也不能去。

向叶弥生问起这件事，他只是轻描淡写地说，欧洲那边有个交流活动，他想过去学习一阵子。她恋恋不舍地牵了牵叶弥生的衣角，想说你别走，却又喃喃着说不出口。清酒忽然有点难过，轻声问他："弥生，你是不是相信那个人说的话？"

叶弥生沉默地抚过她的脸颊。

"你真的相信他？"她着急了，"我没有，我真的没有。"

叶弥生还是沉默。

清酒急得眼泪都快掉下来："弥生，你相信我，我真的没有，弥生，弥生。"

他的沉默真可怕，再没有比深爱的人不相信自己更可怕的事情了。叶弥生终于打破沉默："相不相信不重要，清酒，重要的是我喜欢你。"

因为喜欢你，即使知道你做过什么，也会不顾原则地帮你掩饰。

他搭乘的航班起飞的那天早晨，静海市遇上难得的大雾天气，茫茫雾气笼罩了大半个城市。

她一早坐在病房的窗户边，望着白茫茫的世界，一再延误的航班让她心存侥幸。清酒想，会不会这场大雾一遮就是好几天，说不定叶弥生在机场等烦了，等累了，也就不想走了。

中午时雾气散去，叶弥生发了最后一条短信给她：起飞了。

往常他去外地，离开时也会发一条短信，说"起飞了，回来见"，可这次却没有往常的那句"回来见"。

那晚清酒在病房里听了一晚上的《卡农》，一个声部追随着另外一个声部，生死相随，不离不弃，像极了至死不渝的爱情。她坐在电脑苍白的背光里，一声不吭。安森兴奋地从外面推门进来，边走边说："清酒，东星卫视的合作意向谈得差不多了，这可是个复出的好门槛！好机会！清酒……你哭了？鼻子怎么红了？"

"没呢，师父你看错了。"清酒倔强地一抹鼻子，勉强挤出一丝微笑。

清酒从前也不太忍得住，只要叶弥生不在，想哭的时候就放开嗓门哭。刚做完截肢手术那会儿，麻药一散真是疼得锥心刺骨，她在叶弥生面前一直强忍着，忍出满身冷汗。等病房里只剩下师父一个人的时候，师父见她一直低着头不说话，问她怎么了。她才一把攥住师父的衣角，哑着嗓子说疼。

当着她的面，师父吹牛说："这点疼算什么？想当初我刚出道时给人家当替身，从七楼摔下来把脚给摔断了，拍拍屁股一点事也没有，接着演。"可傍晚时分，倚在飘窗边发呆的清酒却发现，早就说回家去了的师父根本就没有回家，他一个大男人坐在楼下花园的小长椅上，坐了许久许久，哭得很伤心。

后来，她就再也没在师父面前喊过一句疼。

保安收够了钱，倒是安生了一阵子，也如约辞掉了工作人间蒸发。清酒一直耿耿于怀叶弥生给无赖封口费这件事，可这样确实让她清静了许多。这事就算这么过去了，她安慰自己。

可叶弥生一直没回来。

一周，半个月。

两个月。

三个月。

叶弥生去了欧洲后杳无音讯，像一滴水落入了滚烫的沙漠，瞬间消失不见。他也曾发过一封电邮给清酒，说他在那边生活得很好，暂时放下了所有的商演，一门心思练琴。

“终有一天会回来的，但现在一切还很难说……”他这样写。这终有一天到底是多久，什么时候，她不知道，只有一天天等，等，等，等下去。

去东星卫视签合约的前一周，清酒下定决心去一趟欧洲，找一找叶弥生。他大概会在哪几个地方，她心里还是有数的。欧洲那边也有可以信赖的朋友，她不会有危险。

清酒找到姐姐清子，说她要去欧洲一阵子，东星卫视这边的节目已谈得差不多了，可为了师父她不好爽约。

姐姐连连摇头：“主持人这工作太难了，我怕说错话。”

“姐，很容易的，我之前也没当过主持人，所以就算你出了点娄子，也不会有人怀疑的，颜清酒本来就是新手嘛。”

“你只要小心一点，不要让人发觉你的腿就好了。”

姐姐无奈地摊手：“光是想想都觉得头大，我的假期啊，又用来帮你收拾烂摊子了。你要去多久？”

“或许一两周，或许一两个月，或许……”她眼神迷茫，

“总得找到他，或是有点线索才回来吧。”

在叶弥生离开的同一个机场，搭乘同一家航空公司的航班，在同一个时间点，她坐上了叶弥生曾搭乘的这一架航班离开静海，飞往他可能在的地方。窗外，白白的云朵铺满了整片天空，仿佛踏着这软绵绵的云朵就能去天空那边的山上唱歌。远远地，一架逆行的航班也正迎着金色的阳光而来，偌大的天空里，两架方向不同的航班在这里偶然相遇，又迅速地回到各自的航线里，渐行渐远。

来之前，她给叶弥生发了一封邮件。

她说，从前有一只小小鸟，她长得丑丑的，翅膀也光秃秃的没长好羽毛，小小鸟以为自己一辈子就是这样了，只要在妈妈的庇护下，就算没有大出息也不愁吃喝。可她遇见了一颗美丽的星星，在偌大的天幕上，他是最美最夺目的一颗。小小鸟每天痴迷地望着那颗星星，她说，她想抱一抱那星光。可姐姐说她笨，说她是痴鸟说梦。

可小小鸟不听，她倔强地坚持练习飞翔，为了长好羽毛去吃她以前最讨厌的虫子。终于有一天，她也长出了一身雪白的羽毛，虽然不够好看，但足够飞得更高更远一些。

姐姐说：“你这个笨蛋，我们只是普通的鸟啊，怎么能飞上那么高的天空，去拥抱一颗星星呢？星星就是星星，不是我们能够得着的。”

可她不信，她偏要试一试。

离别的那天，爸爸妈妈和姐姐都哭了。

她也想哭，却笑着说：“哭什么呀，我很快就回来啦。”

在一个深夜，当满天的星辰亮起时，她扑扇起翅膀，奋力朝心爱的那颗星星飞去。她眼里再没有别人，她也知道自己这次可能回不来，却还是拼尽了所有气力往心爱的星星的方向飞去。

她努力飞往他的方向。

路途艰难且长。

她说：“我想要抱一抱你，我的星光。”

星星没回答她，只是停在原地发光。爱是多么不公平的一件事，有的人只需要待在原地安安静静地做自己，自顾自地发光就好了，自然就有人舍身忘我地来爱他；有的人穷尽一生地努力，只为与他在生命里有片刻的交集。

小小鸟当然没能拥抱她的星光。

她力尽了，坠落前燃成一团火球，在天际划出一线稍纵即逝的光亮，犹如流星。终于这一刻，她和他也有了那么一点点相似，她是流星，他是恒星。

临死前她一点也不后悔，为了接近他，她曾用这一双最平凡的翅膀，努力飞往最遥不可及的星光。

她曾怀着最大的希望，飞往这一生中最深的绝望。

在幕后，凝视屏幕上那对小情侣的清子，既难过又感慨。时光仿佛一瞬间倒流了许多年，只为了让这一对恋人的过往重现。时光能将一个人毁得面目全非，也能让一个人完美得无坚不摧。

清酒走的时候，背影是那么孤独。清子看得心里一疼，她们毕竟是姐妹，亲姐妹，连寂寞时的神态都是一样的。她以为只有自己在父母去世后才会常常感觉到孤独，被粉丝和男朋友宠着的妹妹或许不会。

可是她错了。她们姐妹俩面对的其实是一样的命运。

清子知道，待会儿自己就该上场了，无论观众砸鸡蛋还是扔西红柿，她都得接受着。她坐回后台的位子上，把眼底的泪水抹干，又补了点妆。这时听得台下一阵骚动。委托人的通道打开，一身正装的少年站在光线的背面，身姿清朗。

光线勾画出他清朗利落的身形。

观众席骚动得更厉害了，少年接过话筒，一步步走下台阶，走到台前。

没有几个人能像叶弥生这样，不用刻意打扮，不用说一句话，就有让所有人的视线都集中在他身上，怎么也离不开的魅力。有的人，真的是天生发光的生物。清子在台后看着台上的叶弥生，他是那么夺目。她有些懂得妹妹的心情了，叶弥生一旦上台就会与人拉开强烈的距离感。尽管在台下他可以是个不善言辞的羞涩少年，可一上台，他就是星光熠熠的明星。

演播厅里的少女们已经连话都不会说了，一个个冒着星星眼瞧着叶弥生。大概当年的清酒也是这样吧，清子苦笑。她想起第一次做完节目出来，在广电楼下的广告画上看到叶弥生演奏会的宣传海报，那一刻她挪不开脚步，望着海报上的叶弥生想，这个她熟悉的少年被置于聚光灯下时，是多么有距离感。

尽管前不久他还在妹妹的公寓里，为女朋友烤刚学会的哈雷蛋糕，被清酒抹了一脸的面粉，像个呆萌的孩子一般；尽管他在台上的演奏精准无差，但只要清酒走过去跟他说说话，哪怕是站在一旁看他弹琴，叶弥生就会一连弹错好几个音。

她想起看灯会的那天晚上，颜泽送她到家门口，先一步回国的叶弥生在清酒的公寓里等她。她和颜泽正说着话呢，叶弥生忽然开了门。那一瞬间三个人都愣在了原地，尴尬不已。等支开颜泽后，叶弥生沮丧地发现原来眼前的人不是清酒，而是她的姐姐清子。那晚他们聊了许多，无论她怎么套他的话，叶弥生也不肯说出他离开的真正原因。

“那你为什么又回来？”

“还不是因为舍不得。”

叶弥生颓然地靠回沙发上，疲惫的神色里第一次有了无奈的温柔。那天晚上他们拥抱着分别。她在楼下拥抱叶弥生的时候忍不住哭了出来，是的，这就是她妹妹付出一切去爱的男人，他身上也有妹妹的气息，宛如亲人。那一刻她抱紧了叶弥生，说："无论清酒多么任性多么难相处，弥生啊，你能不能不要怪她？你是她的命，没有了你，她就成了行尸走肉。"

那时的叶弥生，回应地点头。

人与人之间的际遇多么奇妙，一个人与另外一个人原本素不相识，无感情无瓜葛，却因为第三人的关系，能在彼此的身上闻到自己深爱的人的气息。她和叶弥生，又何尝不是如此。

"对不起，诸位，我是叶弥生。"叶弥生在台上，恭恭敬敬地给大家鞠躬。他不善言辞，这时千言万语在喉，更是不知从何说起，"我从来没有想到事情会发展到这样一种地步……有很多话想说，有许多人都需要表示歉意。"

"首先，我没有把误会跟女朋友挑明就直接出国散心，让她非常非常担心我，也跟了出去。这直接导致签得好好的节目没有了主持人，在这种情况下，她的双胞胎姐姐颜清子不得不来顶包，并且承受了很大的压力。关于顶包这件事，我和颜清酒要向各位观众以及节目组，还有她的姐姐道歉。"

"其次，也是我最难过的事。"

"清酒的经纪人安森先生是我和清酒的朋友，他一直很照顾清酒，可我们却不知道他长期服用抗抑郁药物，这一次的风波给他带来了巨大的压力，最终把他推向了我们都不愿意看到的结局。这是我和清酒最难过的事……"

叶弥生到底只会弹琴，又感性至极，话说到这里已经哽咽难言，场上安静一片，渐渐悄然涌起低声的议论。

“安森？就是颜清酒那个很娘的经纪人？他怎么了？”

“这你都不知道？他自杀了。”

“……”

观众们纷纷流露出怜悯的神色，谁说这世上有同情心的人少？多了去了，可惜在你盛极的时候，不会有人同情你。主持人见一时冷场，连忙说：“这一次我们的节目不光请来了叶弥生，还有一位神秘嘉宾，也是关键性的人物，我们这档节目的制片人，颜泽先生，有请！”

清子只见过颜泽在台下的样子。多数时候他总是抱着胳膊在播控室里关注着屏幕上的每一个细节，有时他也会在台下，一副冷峻理性的样子。他甚至不会为一台节目好好打理一下自己，清晰地明白自己要待的地方就是幕后。幕后最重要的是理性，是掌管全盘的能力，而不是打扮得帅帅的，等着自己被摄入镜头。

不过……

颜 Sir 上镜还真是好看。

轮廓深邃的他在镜头里格外夺目，甚至超过了旁边眼眶红红的叶弥生。上台坐定后，主持人问他：“颜老师，你们的主持人颜清酒让姐姐当替身这件事，你们事先真的一点也不知道？”

“不知道。”颜泽说，“节目开始播放前，我们组对颜小姐的印象一般。她足够有话题，但身为主持人业务不熟，身有残疾对节目的录制也有相当大的影响。经过一段时间的磨合，好不容易节目走上正轨了，又出了身份曝光的事情，还有可能牵涉到人命案子，这对于我们节目组来说，是个很大的打击，所以……”他顿了顿，“我们报警了。”

主持人神情严肃：“你们觉得在这种情形之下，节目组靠自己的力量已经没办法肃清网络上的评论了？”

颜泽笑了笑。

“我们可不敢低估网友的智商。我们就算撇开关系也没用，颜清酒的确是找了她姐姐来当替身，谁叫我们节目组这么多人都没有发觉呢？甚至连她有个双胞胎姐姐都不知道！节目出事故，是我们的责任。”

“尤其是后来下节目后，网络上曝光了一段视频，内容宣称是揭露这位主持人牵涉人命案的事实。我们当即与颜清酒的经纪人联系，可没想到的是，这时她的经纪人已经承受不住压力去世了……于是我们只能报警，我们只是一档节目而已，可以弘扬正义，但不可能干涉正义。”

“不过，关于那段在天台上的视频，我们在分析时发现，这段视频经过了剪辑，警方调查后发现了完整的视频，让我们来看一下。”

在警察和观众的见证下，他们又播出了最后一段视频录像——

原来，在清酒、叶弥生和端棉棉一同跑上天台避难时，是端棉棉趁乱绊倒了清酒，让她摔下了狭窄的逃生通道，被落下的水泥板砸中了腿。在叶弥生下意识地把救生衣给了清酒，生死关头第一时间关注的只是清酒，没有其他人，更没有顾及端棉棉时，端棉棉心里的恨是显而易见的——可惜端棉棉此时被妒忌烧昏了头脑，没想到楼道和天台上都有摄像头。

叶弥生走了以后，她有了第二次动手的机会。眼看着海啸要袭来，清酒的腿又痛得锥心，豆大的汗珠一颗颗地往下掉。趁她痛得快要昏过去时，端棉棉作势要扶她，却是在背后推了她一把。可这一把没使上大力气，清酒没掉下楼去，反而被她给推醒了。

一次不得手，端棉棉很是不爽，很快，两人争执起来……随后的片段便如那保安揭露的一样了。先前那保安只挑了后面这一段对清酒不利的视频，想故意抹黑她。

原版的这段视频一播完，举座皆惊，观众们纷纷说，原来视频片段稍微截去一点，所看到的情节就会完全不一样。真是连亲眼所见的事情也有可能出错。一直沉默的警方这时也应邀上台，案子没结，警方不会对案情发表任何看法。不过，很同情颜清酒遭遇的王姓警官说："大楼另一个角度的监控摄像头也有一段关于颜清酒和端棉棉受伤和逃难时的镜头，我们已经调取了这段视频，会做认真的分析。随后我们会传唤几位当事人来配合我们做调查。这件事情在网络上引发了广泛的讨论，带来了一定的社会负面影响。"王警官表态，"请大家相信我们警方，一定会给大家一个真实的答案。我们不会放过一个坏人，也不会冤枉一个好人。"

台下掌声雷动，清子见流程已经走得差不多了，接下来就应该是她代表她们姐妹俩，向现场观众道歉的时候了。她整了整衣服，不是没有见过大场面，可这一秒这一刻，手心却黏湿出汗，心里不安地想，一会儿上台要怎么说。

正想着，一只软软的小手搭在她的肩膀上。

有人轻轻地唤了一声："姐。"

清子回头看，一句话都没说，泪水就淌了一脸。一百多个日日夜夜，她无数次挂念到失眠的妹妹，此刻就活生生地站在她的面前。

白衣素颜，一双如泉的眸子清明如昨。

"姐，你怎么哭了呢？"颜清酒轻轻抹去姐姐眼角的泪水，"你看，我这不是好好的吗？"

"你的腿？"

"我去欧洲找了很久都找不到他，就去一家比较有名的公司装了义肢。"清酒拉了拉长裙的裙摆，嫣然一笑。她的笑容永远是清子最大的心灵慰藉，像雨后的阳光流泻于湖面。"在国内的时候我一直都不肯装义肢，是因为太痛了，磨起来难受。那时候我想，反正有你照顾我，有弥生疼我，就算一辈子都站不起来那又怎样？我照样可以过得好好的。"

可是去了欧洲以后清酒才知道，一旦失去了姐姐和叶弥生的支持，她就什么也不是，连名气都成了可有可无的鸡肋。

起初，清酒满怀希望地去了叶弥生念过的学校，也拜访了他的老师和朋友，问及叶弥生的下落，朋友和老师全都说不知情。她又去了学校、戏院、图书馆、他朋友家、他喜欢去的咖啡馆、他爱吃的中国餐厅……都没有。叶弥生真正如一滴水，浑然不觉地消失于这世界的沙漠里，是那么彻底。

她开始绝望了。

她甚至想，是不是他们俩的缘分到这一刻真正走到了尽头。

她在异国他乡的酒店里，搜到东星卫视，看着舞台上的姐姐尴尬地处在主持人的位置，硬着头皮生涩地主持节目，清酒既难过又庆幸。到最后，疼她的还是姐姐，永远不会消失的关爱，也还是来自姐姐。

“可我不能老赖着你，姐，你也有自己的幸福要去争取。”亲姐妹总是心有灵犀的，清酒牵起姐姐的手，“一开始是磨得有些痛，因为残端不适应接受仓。可后来我习惯了忍住疼痛走路，也就好了。至少好过一直坐在轮椅上，是不是？”

清子低头看着那双被长裙遮住的腿，再看看妹妹素净的脸，一瞬间，她感觉那个熟悉的妹妹又回来了，好好地站在她面前，可似乎又有一些不一样了。

她们都不再是从前的小女孩。

舞台上，主持人隆重地向大家介绍今天的嘉宾——

“下面，我们有请这一期的特约嘉宾，让大家又爱又恨，之前一直代替真正的颜清酒出现的姐姐，颜清子。”

清子准备上台，妹妹抢先一步上了舞台，回身朝她伸手：“姐，一起吧。”

她愣了一秒。

只一秒。

默契变成释然的信任，她牵住妹妹的手，一同面对满场惊讶的观众，面向叶弥生和颜泽，还有惊讶的主持人。

炽烈的白光灼灼地照在她们尚且年轻，却已经担负了太多的脸上。清酒始终牵着姐姐的手，两人肩并肩站着，真挚而歉意地面对着所有人。所有人的目光，在这一时，这一刻，也是这样赤裸裸地落在她们身上，打量着她们。宽阔的舞台让她们无处闪避，从身体到心灵。

清子悄悄问她："小酒，你害怕吗？"

"怕。但我还有你。"妹妹握紧了她的手。

尾声 难过时我会记得笑

那一天节目结束后，妹妹颜清酒和叶弥生就被带去了警局。连警察也说，如果清酒这小姑娘在遇见敲诈的第一刻就选择报警的话，事情就不会闹到如此地步。

幸好还能回头。

半年后。

海啸博物馆在这座城市的最东边落成。那一天，清子和颜泽应邀出席开馆仪式。节目组在寻访当事人的线索时，搜寻到了海啸遇难者的大量影像资料，他们细心地将这些资料编纂成为一部纪录片，还取了个温暖的名字，叫《难过时我会记得笑》。

这部怀旧气息浓郁的片子，让时光倒流回两年多以前——

初初仍是台上艳丽的校花，在入学典礼上致辞，带着几分漂亮女孩的傲气，滚滚在台下的人群里沉默地遥望她。那时他们一个高傲，一个卑微，一个从无察觉，一个用心已久……那时她的耳朵还没聋，还没有一个人像一根蜜蜂的刺，深深地扎进她的心里，她也不知道原来竭尽全力去恨谁时，往往伤到的会是自己。

宋启明吊儿郎当地过着他的少爷日子。每天嘻嘻哈哈地调侃花涧，哪怕组队打一通宵游戏，也比上五分钟的课来得提神。他哪里会知道这世上还有一个叫徐梓贞的生母，正满世界疯狂地寻找他。

那时的季晴和季晚还天天吵架，为了一条裙子、一个冰激凌也能吵得天翻地覆。季晚每天最快乐的日子就是去学校，那时她就能躲开啰唆的老爸、老妈和麻烦精老妹，好好享受一下自己的小时光。

……

还有清子和清酒的妈妈。

妈妈仍是一副温文的样子。那天她照例去宠物店看望流浪的小动物，在角落里发现一只刚捡来的流浪小猫。妈妈捧起小猫，轻轻抚摸着它毛茸茸的背，想让它不要对这个庞大而陌生的世界感到害怕。

“小宝贝，给你取个什么名字好呢？”她想了想，“叫豆豆怎么样？”后来这只小猫在海啸里幸存，兜兜转转最终被颜泽收养。彼时妈妈的额头抵住小猫的额头，一主一宠的侧脸定格在永恒的微笑里。

他们都在笑。在逝去的年华里，这些逝去的人们，笑容是留给爱他们的人的最好的礼物。

那时还没有地震，生活看起来稀疏平常，太阳每天升起，昼夜更替永不停歇。我们以为能够把控命运，可下一分下一秒就被它玩弄得皮骨也无存。

可就算努力一场最后的结局是皮骨无存又有什么关系呢？

至少我们曾用力发过光。当林知初满心甜蜜地坐在滚滚的自行车后座上；当海边的宋启明青涩地拥住花洄，紧张地吻下去；当季晴躲在墙后好半天，就为了给罚站的姐姐递一颗巧克力……谁敢说，那不是真真切切存在的幸福？

镜头转到妈妈的那一段，清子看得目不转睛，原来初次去东星就遇上的小猫豆豆——就是她妈妈当年助养过的流浪猫。是妈妈的气息还留在清子身上吗？所以不黏人的豆豆才会在她身上也嗅到了旧时主人的气息，也那样黏黏地跟在她的脚边？

原来因缘际会，早有注定。

不是豆豆，她又怎会在走廊上与颜泽单独遇见？

这姻缘是妈妈在天堂为她准备好的礼物吗？无论当年妈妈是多么恨铁不成钢，私心里，一定也是指望着女儿能拥有让自己幸福的能力；私心里，一定也是深爱着每一个女儿的吧？

清子不敢再往下看纪录片，低头让发丝垂下掩饰住快要涌出的眼泪，坐在旁边的颜泽碰了碰她的手臂，轻声说："给你看样东西。"说罢从外套口袋里拿出一张薄薄的照片，"海啸遗物的志愿者找到的。"

那是一张薄薄的照片，泛黄，又泡过水显得破旧不堪，所幸图像还在。黑白画面上，年约三十的清丽女子怀抱着娇小的婴孩坐在一片开满蒲公英的草地上。远处，是日光下波光粼粼的大海，女子与这海面一样，温柔如斯。

"妈妈……"清子脱口而出，翻转照片背面，只见背面写着——爱女清子一周岁纪念，于静海海滩。清子的眼泪终于夺眶而出，妈妈抱她的时候，那眼里的疼爱毫不掩饰，又有谁会不爱自己的子女呢，哪怕她是最不争气的女儿。

一滴眼泪啪地落在照片里妈妈的身影上，她捂住嘴，竭力不让自己痛哭出声，颜泽从旁揽住她的肩膀。回家后，她将这张照片、在废墟里找到的羊毛开衫和师父安森的遗物一起锁进了保险箱。

这保险箱里的一切，将静谧无言地，永永远远地沉于她的心底。

这是她心底最疼痛，亦最珍贵的一个角落。

难过时我会记得笑

后记：因为曾疼痛，所以更珍重
作者：桃子夏（张蓓）

本来全然没有打算写这篇后记的。这本书写得太久，所有想说的都在故事里说了个透……可是今早看到马航航班 MH370 的最新消息，说，飞机已坠入印度洋，无一人生还——霎时间心悸，喉咙里似揉进了棉花一般苦涩难言。

我们一生都行在路上，为理想、为责任、为生存……谁也不知，是否下一秒里就会被命运无情地摁下 End 键。所以我改变了主意，心想，还是得写后记，与这个陪伴了我两年多的故事，来个道别。

这个故事，我原本对它怀有很大的写作野心。2008 年汶川地震和 2011 年日本海啸给了我很强烈的创作欲望，我忍着心里的火焰，直到有时间写这个长篇。

可有野心是一回事，有没有能力得到心里想要的东西，又是另外一回事。人的大部分痛苦，我想，都源于对自己无能的痛恨。这本书的第一任责编是徐洁，她给了我很大的帮助，令我感恩和难忘。可完美主义者就是这样纠结，我一次次写，又一次次删，简直焦头烂额。后来徐洁辞职，惜菲和宁为玉陆续接手了这本书。在历任责编的鼓励下，我一边埋怨和痛恨自己的无能，一边继续跋涉在这个故事里。

我从一个全然不知前路坎坷、空有热血的二货，变成一个小心翼翼，懂得珍惜和努力的人。一个终于在痛苦里成长和成熟起来的人——单凭这一点，这本书对我而言就意义非凡。

写这本书的时日里，我一人坐在安静的书房里默默耕耘。时常会觉得有人在拿刀子刺我，一刀，一刀，从后背左心房刺入，利落地戳穿了我的心脏。我痛得泪流满面。

从背后捅我的那个人，拿着刀子问我："你痛吗？"

我点头。

她释然地说："那就好，如果连你自己都不痛，又怎能感动别人？"

这样痛并快乐着，一直持续到定稿的前一刹那，我和宁为玉敲定了稿子，他说："就这样吧？"我说："嗯。"

那一刻，才发觉两年多来终于落下了心头的一块大石。

不管这个故事是否受人喜欢，它都一定是带给我最多痛苦和快乐的故事。它让我在深夜里大哭过，也曾因写好了一个得意的情节，快乐得像要起飞。它更让我体会到了残酷的失落感，以及许多从前不曾有过的写作体验。谢谢它，谢谢它完满了我生命里的这几年。

谢谢故事里的人物——颜清子、颜清酒、颜泽、叶弥生、安森、林知初、罗小衮、宋启明、花涧、徐梓贞、季晴、季晚、丁柔、小昭……

深深感谢历任责编。

谢谢徐洁和惜菲的呕心沥血，谢谢宁为玉的完美收官。